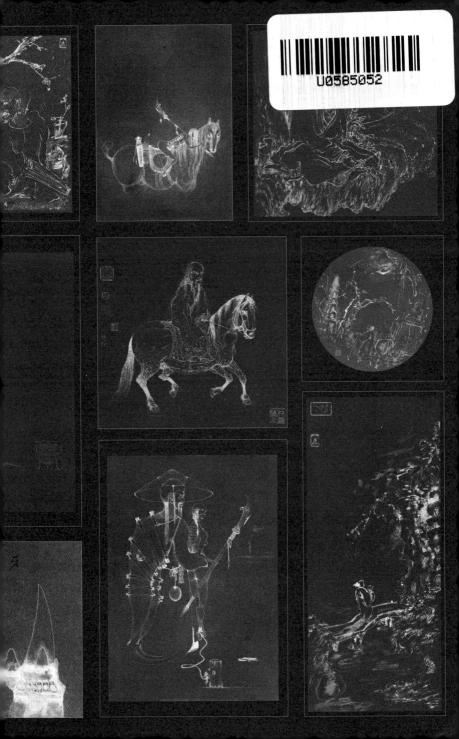

# 恶魔师

杨典 著

作家出版社

# 目 录

# 序

　　闲窗捉笔，杜撰一篇小说时，其开端与结束可能都是偶然的、被动的。写作者大概唯有对中间进行部分，能勉强把握住一点主动性，其余则只能听天由命。因言说一种思绪，本身乃是"倩女离魂"之学。故无论古今，最好的小说，往往还会带有一些未完成的开放性或伟大的"缺憾"。我记得早年读南朝刘义庆《幽明录》，便有一则云：

　　　　硕县下有眩潭，以视之眩人眼，因以为名。傍有田陂，昔有人船行过此陂，见一死蛟在陂上，不得下。无何，见一人，长壮乌衣，立于岸侧，语行人云："吾昨下陂，不过而死，可为报眩潭。"行人曰："眩潭无人，云何可报？"乌衣人云："但至潭，便大言之。"行人如其旨，须臾，潭中有号泣声。

　　这篇志怪只写到这里，就戛然而止了。潭中究竟是何人、什么怪物、谁在哭？刘义庆并没说，却又引来观者无限追想，并预言了某种存在的荒谬性。而且，这一则当初在某些版本中还被刻意放在了该书卷首，可以说用心良苦。当然，无论志怪还是志人，幽明玄思，在汉语古籍里多如牛毛，也并非异端故事才有的独创。正如鲁迅所言："六朝志人的小说，也非常简单，同志怪的差不多。"如《太平广记》第三百三十九卷"军井"一则，写一人用绳子下到了某大井之底去寻某死者尸首，但等拽上来时，人已痴呆了。据他说是看见了井底有"城郭井邑，人物甚众，其主曰李将军，机务鞅掌，府署甚盛"云云，然后便惊恐而逃。仓皇间，他连找到的尸首也忘了带出来。同样，寥寥几行写到此，原作者永远搁笔了。古人的意象创作多是隐喻与含蓄的典范，即：把批评的自由、思维的拓展与更多的故事可能性，都留给了并未写的那一边，留给了虚无。眩潭可以说是为"玄谈"之谐音（潭也通谭，如冯梦龙有《古今谭概》）。死蛟化身的黑衣人与对深渊的凝视，又何曾与西哲所言"凝视深渊太久则会变成深渊"之论有悖？"军井"难道不就是一座城市暴力系统的小模型吗？纵观古籍，皆可微言大义，空间设置无论渊潭、石窟、山洞、虎穴、海底还是深井等，其映照出的焦虑感，乃至恐怖感，也可进入某种现代性吧。因小说凌空之幻象，本身又是一种建筑在叙事之上的智力漏洞。空间不过是观念的投影。

汉语的美学在于似曾明言，镜鉴明言，却又羞于明言。

写小说也像一种不断坠落的过程。伏案太久之人，迫于文字生涯这奇特癖好的吸引，大概很多都会有这种失重感。因伟大的写作必须"脱离现实"，让文学取而代之。记得卡尔维诺便有一篇《坠落》，写一人悬浮在宇宙真空之中坠落，再坠落，不停地坠落。他虽不知会落到在怎样的大地上，却亦觉得美妙非常。他只为这"不断坠落"而感到幸福。无论是如迪诺·布扎蒂用《无期徒刑》来表达有限的自由，苔菲以《断头台》来讽刺暴力系统的快乐，科塔萨尔写《魔鬼涎》（即《放大》）来表述追求真相或有与无之关系，或是冯内古特发明《时震》来预演时间的分叉等，世间以小说而入悖谬思想、反抗现实之作家不计其数，皆因他们深谙"世界只能倒着去理解，顺着去经历"的道理吧。当然，作家都是狭隘的。而这共同的狭隘与创造形式，又构成了普遍的写作景观。整个文艺都只是真实世界的棱镜而已，自有其无用之用。好的文学从不能真正批判具象的历史，只能总结个别的人性。这有些像十八世纪英哲曼德维尔（Bernard Mandeville）用《蜜蜂的寓言》表达过的那个著名悖论，即：私人的恶德，公共的利益。作为私人产物的文学即是如此。每个作家都在追求自己最私人化的隐喻、恶、虚荣、伪善、色情、语言、叛逆与想象力，以及作品出版后带来的名利。而且大多数时候，为了编撰一种奇异的幻境和危险的思辨，还不得不用解构与叙事去完成纳博科夫所谓的"欺骗性"，以便增加阅读推动，争夺更多的思想高地，反抗生活的平庸。作家与作家之间虽然无关，但他们的全部文学，又共同铸造起了人类精神的集体大势，扩展了人性的变化领域和反逻辑的疆土。文学是我们存在的反相。唯有这反相能无限接近世界的真相。用无来判断有，用假来探索真，这恐怕是一切史学、法学、社会经济学、植物学与动物学的原理，可能最终也会是心学的原理。辛劳的蜜蜂们是在集体无意识中完成了蜂房世界的主观繁荣，就像无用的"山木"与有用的"鸣雁"，也是在集体无意识中得以个体幸存。故曼德维尔的寓言与庄子的寓言也并不矛盾。

　　写作有时也是一种集体（个体）无意识。花二三日写或读一篇小说，与花去一生来阅尽世间事，皆如入漆黑的迷宫。无论时长，总是要等到结束之后，才明白它们似乎是早已被设定好了的。写作之人只不过是被一种莫名的巨大激情，从背后推动着，然后不知不觉地去做了一件本来与自己无关的"私事"。当然，一本书，尤其小说，一旦独立出去，最终也不会结束于这件"私事"。写作最终还会被无限的读者化为一种对"公理"的探索。如按梁启超先生1902年在《论小说与群治之关系》一文中所言，小说在中国甚至有着比十八世纪法国启蒙哲学之于欧洲思想与生活更重要的性质，远超过文学的边界。所谓"欲新一国之民，不可不先新一国之小说。故欲新道德，必新小说；欲新宗教，必新小说；欲新政治，必新小说；欲新风俗，必新小说；欲新学艺，必新小说；乃至欲新人心，欲新人格，必新小说。何以故？小说有不可思议之力支配人道故"云云。当然，小说从"私事"而发展变为"公理"是一个漫长而又无法回避的过程，而且二十世纪以后，这势头已渐渐处于颓势。这一点，无论西方文学，还是中国当代都是如此。但追忆过去，小说对世界之改变，的确曾远过于今日任何媒介，包括杂志、电影、电视甚至网络。小说曾算是唯一堪称与人间社会新思潮、革命、骚乱与历史剧变同步的艺术，是从精英到普罗大众皆为之人心激变的文学。这从十八、十九世纪的西方到冷战前后的欧洲、印度或日本等国的文学史都能看出。中国近现代也类似，如在鲁迅《中国小说史略》、阿英《晚清小说史》、刘心皇《现代中国文学史话》（其中关于民国小说与革命的梳理）、郑振铎《中国俗文学史》或夏志清《中国现代小说史》与夏济安《黑暗的闸门》等书中，小说的社会作用都被当作核心问题来谈，而作家个人的精神与趣味倒放在其次了。但写小说之人最初都是不自觉的，甚至只是率性而为的。一个好的小说家，其实并不在乎其作品未来会有什么社会意义。私事或公理，只是一枚硬币的两面。写作只是为了用语言的胜利代替生活的失败，希望能移形换影，从而拯救自己在面对存在与虚无时的焦虑。仅此而已。尤其在今天，再好的小说，似乎都已边缘化。写小说之人倒是可以更放松了，不以任何外界的意义束缚自己的叙述。或许这才是文学的本义，是小说之真色界，语言之观自在。也未可知。

本书收入的几十篇短札，也多是急就章，写了诸如轻功、花关索、大异密、父子、沙皇、鼻祖、飞头蛮、心猿、妖怪、逃犯、被往事之罪困扰的人或唐代诗人等，有些并无主人公的名字，只是想记录一些癖性与观念，一些只能转换为幽闲消遣的悲怆记忆。好在这些小说大都是继《鹅笼记》之后一年多来所制之新篇。说是节外生枝也罢，说是个人实验也行。我的目的就是要尽量接近虚构的究竟顶。因中国古代小说曾被叫作稗官野史，但我历来不太相信一切"历史"。清儒章学诚言"六经皆史"，但究竟什么叫历史？谁来判定真伪？写历史的人自己都不一定见过历史，靠的往往不是事实，而是当时当地之观念。文史哲也不分家。我是愿意把诸子百家、二十四史、古诗或十三经也都当作小说或志怪来读的。我相信贾宝玉之戏言有理："除四书外，杜撰的太多。"在我眼中，即便整个"四部"都可以入"说部"，是一系列被各种意识分类管理后的"观念小说"而已。况且，若按《汉书·艺文志》的"诸子十家者流"之排列，小说家恰在第十家，据说"君子弗为也"。可前面那些最重要的儒道墨法等九家之学，随着近代西学东渐与帝制传统的解体，具成"干尸"。即便想加个"新"字，也是勉为其难。唯有小说家，因本来即虚构之学，故反而能千古不易，并直接转换成了现代性与世界性。这也是汉语积累的元气与幸事。毫无疑问，为了接续这元气，我的确期望自己的写作能在过去的思维冲锋与观想折叠中，再次升级，甚至摆脱一切小说传统，达到某种无序的意外（如本书最后的那篇《十翼》）。虽其中也有取自古籍的演绎故事，刁钻修辞，但说到底，一切小说都是可以横空出世的、毫无背景的残酷虚构，彻底的无。书斋坐驰，神思日行八万里，不与任何旁人相勾连。写作可以是完全"无意义的表达"。只是近现代以来，从徐振亚、喻血轮、鲁迅、郁达夫、蒋光慈、施蛰存、李劼人、废名、汪曾祺乃至刘以鬯等那几代小说家尚未有机会去做，而二十世纪八十年代以来的新汉语小说之实验也始终未抵达"无意义"之究竟罢。当然，我也许写得仍很不够，或者实验已失败，且待未来再看吧。忽然想起张爱玲早期就写过一篇短札《散戏》，讲女子南宫嫿，在观戏返家途中，一会看看月亮，一会想想婚姻，心绪漂浮若旧上海街头的一位最渺小的尤利西斯。最终，当她在一个玻璃窗前站了一会，"然后继续往前走，很有点掉眼泪的意思，可是已经到家了"。此篇笔墨东摇西照，纷纭凌乱，似并无任何实质性内容。过去我读时，完全不理解作者到底想说什么。可后来每念及此作，却又常叹其敏感之奇绝已得。因"南宫嫿的好处就在这里——她能够说上许多毫无意义的话而等于没有开口"。从文本气息而言，我的作品当然完全与张派无关。我本是个野蛮人。我最认同的写作是直觉、猛志与对规律的否定。但这本书中的短札小说，大多也是想在激荡的思绪中找到能冲决一切的某种"无意义"吧。这"无意义"是古代志怪寓言赋予我的血统，也有晚清与民国文学，乃至整个西方近现代文学云集到我身上的脾气。血统也许并不高贵，脾气也的确不好，权且集中在此作一番聋哑语、文字瘴而已。过去写《懒慢抄》时，似也有此意。至于谁在我的书中还看到了什么"真相"或暗示，我虽不会反对，但终究是不太重要的事。

长话短说：书名"恶魔师"，本义可在文中参阅，此不赘言。当然，若用"十魔军""心猿"或"摸骨"也可以，皆是取自其中一篇之名。整理此书时，正逢春瘟肆虐，各种疾苦消息每日频传，昏天黑地。远望世间，真状若"潭中有号泣声"，却又无法说出到底是何物，只能心照不宣，并令人对庚子年的深渊望而生畏。惭愧的是吾辈懵懂于科学，无补于现世，只能足不逾户，面壁思过，唯愿山河无恙，车书万里，人与岁月雁行。在此心乱如麻的禁闭时期，作了这些胡言乱语，不知所云，还望读者诸君体谅罢。是以为序。

2020 年 2 月，北京

# 轻功记

晚明破败，令荒径无人扫，山昏鸟满天。当年名噪一时的大飞贼薛鸢轻功被废，只是一夜之间的事。四个狱卒从四个不同方向按住他的四肢，同时挑断了他的手筋与脚筋，历史便宣告结束了。他再不能像早年刚出山时那样，随意在晾衣绳、鸡蛋、竹叶或恋人的手掌上站桩；他再不能一跃而起飞入斜插林间的阁楼，或如散步一样，从河这边踩着水面便飘到河对岸去了。他那一身飞檐走壁、闪跳腾挪、倒挂金钩，甚至从存在与虚无之间也能自由出入的通天本领，从此化为了如烟往事。这真是令人唏嘘的遗憾。不过，传闻薛鸢是自愿挑筋的，这倒出乎大家的意料。

晚明朝野人尽皆知，薛鸢最初的确是因轻功卓绝，语言诡谲，身手则骨腾肉飞、动若幽魂，才受到四野草民的敬佩。但有时，所谓敬佩也不过是为遗憾、误解与怀疑而打的一场前战。自从他宣称自己违反了物理常识，在一个月黑风高之夜，独自飞入了铁丝网、武器与探照灯密集的"真宫"，盗取了皇帝玉玺之后，人们便再也不愿相信他了。首先，举国上下没有一个人能理解，谁能飞过那么高、那么森严的巨大宫墙。大约从一百七十三年前开始，宫墙外方圆三十里便没有了鸟窝和树。宫墙裸露在烈日下，像一个光秃秃的疯子。四周没有任何遮蔽物。这之前，很多喜鹊与麻雀都曾因不小心路过而被射杀。这倒也不是最重要的。重要的是宫墙的高度。因各个朝代的增补与修缮，帝国的宫墙始终在生长。原始宫墙的墙体遗址在地下就有七八层之厚，地上又有四五层之多。现在的宫墙，只不过是原有宫墙上面的一座冰山而已。墙与墙无限叠加，底下的墙宽如广袤的大海。最上方的墙，体积依次递减变小，最高的宫墙大约只能围住一个房间，但其中依旧呈复杂的"回"字形。据说那就是皇帝的房间。不过，因那房间从未有一人进去过，所以至今无人确定它的真实面积。它可能仅有几百平方米，专门用来进行登基、下令或朝仪；也可能有数千数万平方米之大，是一座真正伟大的、藏满世间珍宝、嫔妃、禁军与谋略的大宫殿。谁知道呢？唯独能肯定的是，那房间的海拔高度，早已远远高于帝国周围的群山的高度、风暴的高度与明月的高度。而且，整个墙体四周都没有门。宫里的人出入，都是走内部与外部之间专用的内部地道，入口无人知晓；或者以专用的云梯攀爬而上。每一个地道口与云梯口，都有重兵把守。一个外人想要进入宫殿，除非靠轻功。但人的轻功是有限的。薛鸢的轻功，从他过去的作案记录来看，顶多能纵身飞跃到宫墙三分之一的高度。若说他是依赖一己之力飞进了最高的房间，盗窃玉玺又飞了下来，这在运动力学、人体解剖学、武学与建筑结构学方面都是不成立的。何况墙内墙外和房间里到处都是灯笼、机关、感应暗器与日夜徘徊的巡逻侍卫，整座宫墙在视野上完全盲点。他就算不被射杀，掉下来也会被摔得粉身碎骨。这无论如何也说不通。

薛鸢的轻功被废后，过去敬佩他的人开始称他为骗子。为了安定人心，帝国刑律与一切祖传的犯罪学中，轻功便与诈骗成了同义词。

　　然而熟悉薛鸢的人都知道，他一生的记忆全都来自轻功：其中包括如曾经攀上帝国第一山最高峰之"究竟顶"，时间只用了四十二秒；再如曾疾驰夜行于仇家的屋顶、进入官宦巨商们的府邸，探囊取物般轻易便盗得了罕见的秘籍、宝刀或黄金等；他曾在一面墙上贴身住了近半个月；他曾站在一枚钉子上喝茶，获得过无数对手的尊敬；当然，还有在少年时代，他曾与他致命的恋人一起，贴着地面超低空飞行。他们可以连续数个时辰脚不沾地，却离地面近得能听见汗珠砸在地上的轰鸣；他们曾浑身赤裸地拥抱，躺在一根纤细的麦秆上，麦芒的尖刺得他们浑身酸痛，而激烈的亲吻则又让他们保持着不往下坠落。那时，整个世界都会随着被压弯的麦秆而弯曲。可以说，薛鸢的全部记忆，都是在空中构成的，地面那点事，从来都如蜻蜓点水，只用于偶尔的停留与休息而已。他平时不是在树上，便是在塔上，或是在花上、在鱼背上、在避雷针上、在一片飘过的落叶上。薛鸢的哲学里从没有沉重的思维方式，就像没有大地。

　　最终，大家都没想到对玉玺的渴望，竟让他毁掉了一世英名。大家都不能理解薛鸢为何要夜入宫墙。因玉玺本不是能换钱的东西。即便拿到了，又上哪里去卖，卖给谁，谁又敢买呢？对一个早已功成名就的飞贼而言，有什么必要为这么一件难以出手的禁忌之物冒险？当然，最令大家失望的，还是薛鸢招认进入宫墙内盗窃这件事。这是明显的欺骗、浑话和不顾逻辑的吹嘘。天底下就不可能存在这样的轻功。大家都觉得上了当。有好些年轻的崇拜者还跑到大街上去对着他被捕的布告骂个不停，朝画像吐唾沫。似乎薛鸢过去那著名的轻功史，都是假的，都是他一个人为了博取名声而杜撰的。他顶多只是弹跳力好，根本没什么轻功。尤其还有一个说法更引起了众怒，即薛鸢自称他飞上最顶端的宫墙后，终于得以一窥那间"真宫"的样子。他说"真宫"是一间只有二到三平方米的斗室，其面积与民家用的小卫生间差不多，小得仅能容下一个人。他看见那斗室，状若金丝笼，虽高耸入云，雕梁画栋，但窗口就是门，窗台就是床，唯一的一把龙椅下面就是马桶。每天吃饭时，都有人把山珍海味用一根竹竿挑着，从底下的宫墙从云梯攀缘到窗口送进来。等皇帝吃完了，他们会再爬上来取走杯盘、剩菜、泔水，顺便取走装满昨夜粪便的马桶。因房间太狭窄，勤奋的皇帝平时就趴在"真宫"的地上，批阅天下奏折。累了，就在地上打坐观想。历朝历代，皇帝和皇后都住在这么一间狭窄的屋子里。权力巅峰的面积不过是弹丸之地。而且，在皇后的要求下，那斗室还在不断装修。很多地方都被木板、帘幕与脚手架挡住，能活动的范围只剩下大约一平方米。因那枚玉玺与这对龙凤夫妻平时用的古籍、地图、枪、法器、文件柜、项链、皮靴、内衣与手纸等密集地堆放在一起，很容易就被找到了。

"那你进去时没看见皇帝吗？"狱卒问。

"没有。只有皇后一人躺在窗台上睡觉。我身轻如燕，她也不可能感觉到我进来了。"薛鸢说，"只是我拿着玉玺出来时，看见有一个送夜宵的老仆人，和酒饭篮子一起挂在窗口上。"

"老仆人没问你是谁吗？"

"没有。大概他以为我是来递奏折的。"

"他没拦住你？"

"我一跃从窗口飞出，他怎么拦得住？"

"他也没喊人抓贼？"

"没有。他看见我身手不凡，这么高的地方也能纵身飞进飞出，高来高去，便对我喊了一句话。"

"什么话？"

"他说，'年轻人，你跳下去时小心点，可别崴了脚'。"

"就这些？"

"就这些。因他话音未落，我已安全着地。"

"那老仆人穿什么衣服？长什么样？"

"天太黑，我也没回头，一时没看清楚。"

"那他戴帽子了吗？"

"帽子好像是有。"

"什么样的帽子？"

"好像是一顶紫纱八角冠。"

"你确定吗？"

"不太确定。也有可能是六角冠，或四角冠。"

狱卒们听到这里，忽然笑道："嘿，我实话告诉你吧，无论什么冠，在我们整个宫墙内，其实只有一个人能戴帽子。"

"只有一个人？谁？"薛鸢很意外。

"那我们可不敢告诉你，你慢慢猜吧。反正就算猜到了，你也没有机会再见到他。"四个狱卒一边笑着，一边挑断了他的最后一根筋。

这些不着边际的传闻，自然引起了民众的哗然。显然，大家认为这也都是薛鸢刻意编造出来的谎言，只为了证明他的确用轻功飞上宫墙去过。伟大的真宫怎么可能只有巴掌大小？真是胡诌。也正因这一席荒谬的话，大家更彻底地否定了薛鸢的本领和他的意义。他在从"真宫"跳下来四个月后，与玉玺一起被捕。玉玺太精美，上面刻有古奥的九叠篆，晶莹剔透，仿佛雪山冻石、老坑田黄或处女的皮肤。薛鸾因昼夜把玩，还不时地拿出来给他的一个姘头及无关者炫耀，因而暴露了行踪。

他被挑断手筋与脚筋后，能如普通人一样行走，只是走起来非常缓慢而已，有点像树懒。既然能走，大家便也不认为他失去了什么。轻功作为一种传统绝技，因薛鸾的误导和犯罪，则成了最卑鄙的一个文化名词。对于本就不存在的任何奇迹，人有记忆便是错误。按理说，盗窃皇帝玉玺是灭九族之罪，毫无赦免可能。但那个曾暴得虚名的旷世飞贼，则因其轻功属造假，故并未被定为盗窃玉玺罪，而只是被定为了个诈骗罪。也有人据此揣测，他自愿接受挑筋，否定轻功的秘诀与内涵，会不会只是一个换命条件？"真宫"的入口真的如此狭隘和不便吗？老仆人又到底是谁？帽子是什么意思？这些都是谜。但这些谜又都成了薛鸾的万幸。他在被囚禁了三十八年后，于一个风调雨顺的太平时节被释放出来。因长期囚禁，缺乏运动，他走路更慢了，甚至慢得分不清是不是原地踏步。在晚明的夏日，那些过去曾经相信而后来彻底不再相信轻功的人，有时会看见薛鸾拖着沉重的身躯，走到大街上来望气，或与无关之人闲聊几句。他看见完全否定轻功的人群，仍在继续争论或回忆轻功。轻功既成了被浪费的禁忌，却又同时是流行的哲学。而薛鸾自己则已发福成一个浑身肥肉的大胖子。他会摇着一把大蒲扇，很缓慢地行走、买菜、发呆、打喷嚏，状若一朵痴呆的、没有移动方向却仍来回移动的云，一只复杂的肉气球。大概因太过肥胖，他在哪里站久了，地上都会留下一个深坑。他会对着空间，凝望。只是凝望，如一尊柔软的雕像，皮肉的泡影。时过境迁，他也绝口不再提那些敏捷如飞、挥金如土、夜行晓宿的快活日子，那些靠速度、高度与转身的空灵度，便征服过财富与女人的陈年旧事，也再不愿承认他那曾叱咤于墙内墙外、目击过东方式奥秘的生命中不能承受之轻。

2019 年 7 月

# 火儿罕残肢令

沙奔海立，黄金在尖叫，草原烈阳大如断头。那道闻名遐迩的残肢令下达漠北时，火儿罕部落内人人皆表现出由衷的狂喜。每个人都为即将失去一部分身体感到悸动。无论断手、膑足、挖眼还是拔掉全部牙，乃至髡发、劓鼻与阉割这样具有极端侮辱性的刑罚，都是大家异常期待的一场欢乐。据过来人讲，当年新一代执行残肢令的人，本领远高于历代执行者。因他能把疼痛与流血量都降到最低，让受罚者绝对配合。整个过程中，大家都会充满微笑、酸麻与恬静，并在被切割时充分享受失去局部肢体带来的幸福，如释一生重负。因此，大家过去对这道残酷刑罚的恐惧与恨，逐渐都转变成了对这新一代执行者之景仰。

这个新执行者本名塔塔·阿秃尔汗，因特殊地位，草原上一般称其为阿秃尔汗大异密。"异密"即草原部落的统帅、首领或侍卫。阿秃尔汗大异密是一个博学的领袖，懂得包括造火药、打伏击、射弩箭、驯烈马、摔跤、机械、伊朗数学、中国针灸、草药与蒙古催眠术等各种知识。他尤其精通波斯长枪、中国双钩与一把火儿罕长柄开山钺，力御十牛。但除非爆发战争，否则他很少，甚至从不使用这些暴力技术。多年以来，他都只是用一种状如枝形吊灯的六棱多叶锯齿折叠刀，为部落名单上需要残肢的人解体。六棱多叶锯齿折叠刀，如六面修长的镜子、六根凶猛的沙漠剑兰、六道倒映草原分裂的伤口。没有人能看清阿秃尔汗大异密在执行残肢时的具体刀法、功力、速度和凶残程度，因那只是一刹那间的小事。多年以来，每个人都只会快乐地迎接他为大家解除"肉体完整的痛苦"。阿秃尔汗仰仗着这门登峰造极的手艺，统治并管理着火儿罕部落长达半个世纪之久，为无数的火儿罕人带来过尊严和运气。这门手艺还有效地抑制住了其他任何部落对火儿罕的进攻。因草原上还有一道格言：武功从不指向没有武功的人。在十三世纪黄金草原火儿罕部落里，自阿秃尔汗统治之后，便再也不存在一个有武功的人。这门手艺还确定了大异密对部落人群所得猎物的分配方式，即每人每天所得之牛羊肉，应与其失去肢体之重量相等。至于器官丧失者，则按其人的一只胳膊之重量来分配。在阿秃尔汗的世纪，完整肉体就像完整记忆一样，被世人公认为是最漫长的耻辱、最啰唆的累赘和最没有底线的悲痛。一度驰名于十三世纪下半叶金帐汗国的《火儿罕扎撒》（法典）认为："一个人只有去掉身上那些积累着腌臜、腐烂、敏捷的多余部分，变成半个人，三分之二个人，或四分之三个人，才能有效获得生活的幸福、爱情与欢乐。唯残缺是可救赎的。不完整的一仍然是一。"当然，法则尽管简单，阿秃尔汗也有伟大的切割法和举世罕见的诛心术，可执行起来却也颇费周折。

首先，阿秃尔汗说："执行残肢令须是在清晨卯时，太阳初生之际。"因这时所有人的阳气都会随血液逐渐上升，六棱多叶锯齿折叠刀会随着阳光一起降临，恰如移灯就座，光焰漫流，可照亮被切者全部黑暗的身躯，瞬间令其到达乐的极点。

因此，每日一到凌晨时分，阿秃尔汗的帐篷外就排起了长长的队，挤满了前来等待、争取和期望尽快执行残肢令的火

儿罕人。排队长龙从部落河流这一边，绵延到部落群山的另一
边。很多人甚至因残肢令上了瘾。如本来去年已被执行过的
人，今年又来找阿秃尔汗，希望他再给自己切掉一部分。但阿
秃尔汗大异密从不敢违反扎撒的原则：一个人一生只能残肢一
次。残肢令可以在火儿罕人童年时，甚至出生时就执行，也可
以等到了晚年再执行。无论何时，他都将保证能一刀切割到
位，令人一劳永逸，永不再有完整的痛苦。至于是否还有残留
的烦恼，阿秃尔汗是严禁人们争论的，因那无异于是在怀疑他
高超的技术。

不过，这些原则和禁忌，并未引起火儿罕人足够的重视。
隔三岔五，总会有人第二次、三次或反复无数次，来找阿秃尔
汗补刀。他倒也不处罚这些不懂事的部落庶民，只是微笑着将
他们全都乱棒赶出帐篷去。

有的人出来便抱怨道："阿秃尔汗总说我的胳膊已太短，
不能再锯了。可我的胳膊明明还有一大截呢，怎么就不能再
锯了？"

有的人则建议道："阿秃尔汗说我只剩下一只耳朵，不能
再切掉另外一只。可这个世界本来没有任何声音，我要两只耳
朵有何用呢？扎撒太僵化了，就不能为我们改改吗？"

诸如此类的事，多不胜数。如上次刺瞎过左眼的，这次
争着来要求阿秃尔汗刺瞎右眼。少年时就割掉了舌头的人，人
到中年后又来请求阿秃尔汗帮他割掉喉咙。没有膝盖的，渴望
再切掉整个的屁股。没有屁股的，又想拿掉脊椎和脖子。如有
一个读书很多的火儿罕宗教学博士，本来在三十年前就已被阿
秃尔汗凌空飞起锯齿刀，摘掉了两个睾丸。现在此人已年近古
稀，竟然又兴高采烈地来排队，请求做第二次阉割。睾丸只有

两个，如何能第二次阉割？意外的是，宗教学博士还带来了一大堆古老的、记载着七世纪火儿罕解剖学的突厥文羊皮书《兀黑撒都尔赤问答经》，企图专门向阿秃尔汗证明：人的睾丸其实有三个，两个是外睾，但只负责繁殖和性欲；还有一个内睾，挂在腹腔中，呈圆形，但没有边缘与颜色，谓之"隐睾"，专负责衍生男子卑贱的色情幻想与痛入骨髓的对色情的抱负。他需要阿秃尔汗用他高深的蒙古催眠术、早期草原冥想法和他的折叠锯齿刀并用，才能摘除隐睾，为他解除那与生俱来的无限色欲。博士还对他说："羊皮书上早已证明，三睾丸皆为人追求的无限之器官。但人只有在局限中才能升华。局限性越大，升华的速度便越快，升华的纯度也越高。无限性则是人的障碍。"

阿秃尔汗自己也是一个渊博的学者，出于对古代知识和羊皮书的尊敬，虽未将博士乱棒打出，却仍未满足他的要求。因升华或堕落，在火儿罕部落的扎撒中都被认为是命中注定的。阿秃尔汗认为，残肢令只是一种获取幸福的技术，可以改变人的命运，但不能依靠残肢令的快感来代替人的命运。

可岁月漫长，人的耐心则短暂。无论阿秃尔汗多么无情，拒绝过多少人（包括男子的威胁和女子的诱惑），大家仍对他那柄六棱多叶锯齿折叠刀的光辉及高超武功带来的快感抱着大希望，并乐此不疲。在火儿罕部落统辖的草原上，只要是苍天覆盖的地方，到处都能看得见行走着的瘸子、独臂人、断指者、无唇人、无牙人、无鼻人、秃顶、没有乳房的女子、无头彪形大汉、无脸美人、聋子少女以及各种类型的哑巴、盲人或阉人等，有些人肚子上有一个肉窟窿，有些人的肉窟窿则在头顶、两肋或大腿上。窟窿都是漆黑的，不少人甚至一生都不知道自己失去的是哪一部分。但这些残酷图景只能令外人感到不解，并不能影响所有火儿罕人对获得残缺肢体的狂喜。天残地缺，人与自然也该是一样的。这处罚是一种神圣的隐私，是亚细亚的苍天赠予一个部落的最奇特的礼物。火儿罕人坚信，唯此大异密残肢令才是永保部落太平的密钥。

大家每日早晨，从帐篷一出来，便常常会禁不住互相寒暄道："怎么样兄弟，今天还要去找阿秀尔汗行残肢令吗？"

"是啊，我准备再去一趟。"另一个说。

"那他要是还不答应你呢？"

"那我就明天再去。明天还不行就后天去。要不等草原下过雨后再去。大不了等过了这个冬天，待遍野开花时我再去。心诚则灵，阿秀尔汗迟早会理解我们的追求。"

这就是火儿罕部落所有人当时的心境、愿望和快乐。大家都懂，在充满残腿断胳膊，闪耀着黄金、骨骸与兵器的草原上，其实只有一件大事。所有事都围绕那件事展开。那件事所有人都经历过，并为它付出过完整的肉体与痛苦记忆。那件事一切忽必烈明白，一切大异密明白，即使草原上无边无际的乌鸦、狼群和熊罴也都明白。只是多年以来，因阿秀尔汗的绝世武功，大家宁愿默默接受他六棱多叶锯齿刀带来的狂喜，也从不想提及那件事。为了尽量忘掉那件事，大家便都把精神放到了残肢令的狂喜上。世界本没有真正的完整性。因完整的一反而不是一。可惜，火儿罕人的特殊嗜好，后来连同他们的历史一起被抹掉了。好在大家都记得，当年所有人都深深地爱上过阿秀尔汗大异密，爱上过残肢令所带来的狂喜，爱上过那种崇高而酥麻的撕裂感，爱上过他秘密的尖刃刺入金色皮肤的绝对美。那些被遗弃在草莽中的残肢、骨渣、器官与肥肉，后来曾被集中起来，在河边垒成了一座巨大的残肢冢。每年夏至之前一日，部落里的人都会到残肢冢边祭祀，为这块狂野的戈壁变成喜悦的丛林而祈祷，为自己失去的那一部分无用的身体而赞颂。众心皆服大异密。为此，很多人还曾要求阿秃尔汗能为自己，甚至为自己的孩子们来行斩首。故而残肢令下，因断头而得大快乐者，历代也不在少数。阿秃尔汗也因有此手艺，得以守护了火儿罕部落的幸福与安全许多年。据草原长者口述，阿秃尔汗最终是在一个没有星辰的夏夜去世的。无人知道他当时是否已沦于衰落、愧疚或是病痛。因整个部落只剩下他一个人还有完整的身体。他去世前，是自己砍掉了自己的头。这在任何一代大异密中，哪怕在任何武士、亡命徒或野蛮人中，技术上都是极难做到的。锯齿折叠刀凌空一转，他的头准确地掉进了事先预备好的一只波斯鱼纹陶盆里。人头没有血。人头的脸上绽放着无比幸福的、类似草原秃鹫在交配时才有的激动与狂喜。他的头掉下后，身躯则走出了帐篷外，一直往火儿罕部落外的山林走去。有人看见一头棕熊前来迎接他的残躯，并将残躯拖走。没有人知道他的残躯最后去了哪里。大家只好将他的头埋在河边，与所有其他人的残肢埋在一起。阿秃尔汗去世三年后，成吉思汗征服并收编了火儿罕部落。为了安顿与欺骗人心，他杀掉了上百个火儿罕博士，烧掉了他们记载有塔塔·阿秃尔汗武功、法术、奥秘与残肢令奇迹的羊皮书。成吉思汗还让人从河边残肢冢里，将阿秃尔汗大异密的头挖出来，又让一只自己饲养的秃鹫叼到山中，给群鹫分食。他这样做，是为了彻底抹掉这个大异密的存在及一切有关部落统治的纪事。故到了十四世纪初，当那个波斯人、史学家、御医兼蒙古帝国伊利汗国宰相拉施特被腰斩之前，在其伟大的著作《史集》第一卷第二编里，对这个部落领袖的记载也只剩下零星一句，全文如下：

014

## 火儿罕部落（Qūrqān）

以前，（当）成吉思汗与泰亦赤兀惕部落作战，他征集军队时，这个部落归附了成吉思汗。有关他们的纪事，见于本纪中。但我们不知道，当时和现在这个部落中有谁是大异密。

2019 年 7 月

# 元 人

## —— 或 "修恋记"

　　世间有太多凌乱镜花,令静若止水的凤凰也善恶莫辨,唯有哀怨。

　　记得上元灯节过后不久,残留的素食会成员们还在围炉夜话,吃着"汤圆",豫州警方便破门而入了。搜查者们从逃亡失踪的耀县"素食会"总会长卓秀纶及其众多姘头同居过的别墅中,共搜出了大约五箱女装、一箱童装和堆满在床下与储物间的数不清的现金、避孕套、胸衣、吊带丝袜、戒指、项链与胭脂等女性用品。最让人意外的,是在这幢拥有几千个素食门徒、说起话来神秘诡异的嫌疑犯素庐巨宅中,竟没有任何涉及暴力的器具。无论是枪支、匕首、绳索或棍棒等,一概皆无。

　　在卓秀纶每日用餐的圆形宴会厅及厨房内,甚至连一把菜刀或小水果刀都找不到。炉灶也很干净。整个橱柜的料理架上,只放着一瓶盐,以及一瓶芝麻油。

　　"难道他不做饭,不切肉吗?"有人曾问涉案的女子蒋凤凰。

　　"不知道。我只看见他吃所有的菜时,都是用手撕。"她说。

　　所谓"素食会"全称为"东雪山部耶输陀罗素食会"。这个会是何时在耀县出现的? 也不得而知。反正在耀县,几乎人人都曾是会员。

　　蒋凤凰入素食会已有三年多了。在城里大学念完书后,她因失恋回到了家乡。那时大家都称卓秀纶为"素王",于是她便也跟着这么叫。因在耀县，连田间那些不识字的匹夫匹妇对卓秀纶都很敬服，从不直呼其名。只有入会之后，才能改口叫"卓师"。县志上有记载：在民国时的豫州乡村，不少老人或病人因故不能下田，或无事可做时，都爱去寺院、道观、尼姑庵或者土地庙之类，加入某个信团。土改以后，很多僧侣道士尼姑都被还了俗，庙、观与庵也都少了。但是一代又一代往下传承的吃素的习惯，始终具有影响力。

走遍耀县方圆数十里地，找不到一家杀猪场，更没人养鸡鸭牛羊。

但到了前些年，市场上卖肉的却多起来了。肉贩子大多并非本地人。

在蒋凤凰眼里，过去在大学时的恋人们也都很聪颖博学，但要和"卓师"相比，则都不堪入目。素王的面相，真可谓玉树临风，龙章凤姿，目光也像球形闪电，让人不敢正视。蒋凤凰幼年时，就知道他是家乡首屈一指的美男子。在素食会的办公室里，即便像蒋凤凰这样见过些世面的女大学生，也都不敢轻易和素王说话。当着素王的面，无论向导问她什么，她都默默地点点头。"你想入会吗？"她点点头。"你能坚持吃素吗？"她点点头。"你愿意住在这里，和其他姐妹们一起修炼吗？"她点点头。她只是每答一句，便偷偷地看一眼坐在屋里的素王，像是在看一棵遥远的树。

最初，想要与素王共进晚餐，是非常奢侈的事。

在素食会里，如果哪个姑娘一开始就有类似的念头，便会被"荐菜师"乃至其他人嘲笑为起了妄念。荐菜师，是素食会里专门替素王安排每日食宿的人，一般为男子，具有仅次于素王的权威。据荐菜师解释：想与素王共进晚餐，都需要修行素食一年以上，待过去身上吃肉时残存的腥味都消散干净了，才能有这样的方便。

"可我已经吃素一年了呀。"蒋凤凰说。

"你虽然已经一年，但肉食时期的种子，还残存在你的血液、细胞乃至骨髓中。这些东西使你依旧有所心浮气躁，所以暂时还不行。"荇菜师告诉她。

"那啥时候才行？"

"这说不好。首先要看你的造化，其次也要看卓师的意思。"

"卓师的意思，是什么？"

"就是看会长的心情嘛。他老人家发话说叫谁去，谁才能去。你别忘了，咱们会光是在耀县就有好几千号人呢。男男女女，等着跟素王吃饭的多了去了。"

"跟卓师吃饭，到底有什么好处呀？"蒋凤凰想了想，又怯声怯气地问荇菜师。

"好处？"荇菜师笑道，"岂止是好处？我问你，吃素是为何？"

"当然是为了修炼，为了行善，为了……"蒋凤凰一时也不知怎么回答。

"那都是小道。从根本上说，吃素首先是为了让你能照见自己。"

"照见自己？"

"对。你觉得你照见过自己吗？"

"我不知。"

"你从未照见过自己。"

"哦。"

"你知道为啥吗？"

"为啥？"

"因为昏聩嘛。"

"昏聩？"

"对。你看，几乎所有吃肉的动物，都是四足朝地，横身爬行。这样，血气和血液便每天冲入它们的脑髓里，让它们昏昧无明，无法像我们直立行走着的人那样清醒。所以四足朝地横身爬行的动物，永远也不会有人的语言和智慧。按此推理，在人这个看似高一等的动物种群中，大凡吃肉者，也是每天被各种血气与荤腥冲击着脑髓，让他或她，对一切现象都茫然不明，精神如爬行。就好像照镜子时镜子上有一团雾气，看不清自己。这就是昏聩。"

"是这样啊。"

"当然。知道我为什么叫荇菜师吗？"

"不知道。还真的一直想问您呢。"

"荇菜就是驴蹄小莲叶，这个你是知道的。诗云'参差荇菜，左右流之。……悠哉悠哉，辗转反侧'。在会里，哪怕如修到我这样境界的，也只能算是还在辗转反侧，还在徘徊。就像水面漂泊的浮萍，还谈不上通透。可是，就连我也很少有机会与卓师一起吃饭，更何况你们这样的新入会者。吃素不仅要有耐心，还得有谦卑之心呀。"

说着，他递给蒋凤凰一颗白色的太素丸。

这是蒋凤凰第一次被会内修为高的前辈训导。她常常认真思忖荇菜师的话。因一入会时她便听姐妹们说了，荇菜师是从小就不吃肉的，只吃太素丸。他浑身没有一点肉食者的腥膻之气，对各类蔬菜膳食，也异常地精通。他对所有会员从无一点戾气，一视同仁。既然他都这样说，必然是有道理的吧。她将那太素丸接过来，一口吞下。

　　蒋凤凰早就知道，素食会一直都在制造这种叫"太素丸"的方便食品，并大量推广。按照荇菜师的说法，"太素丸"这个名字，本是素王从《列子》里引来的，即所谓："太素，质之始也。"另如元人张善渊也在《雷霆玄论·万法通论》中有云："太素者，太始变而成形，形而有质，而未成体，是曰太素。"据说，太素丸是素王卓秀纶家的祖传秘方，即用耀县土产的白萝卜、油菜、莴笋、睡莲、地瓜、苜蓿、芥菜等，拌以少量的盐制成。经常吃太素丸，在精神上便可突飞猛进，速度之快，相当于不吃者的七八倍。太素丸的模样是圆形，如江南人家的汤圆大小，直径在三公分左右。只需清水，上火煮十分钟便可食用。因里面有盐，吃时连酱油都不必蘸。若冷却了，还可作为出门的干粮随身携带，随拿随吃。

　　每年到了制太素丸的季节，耀县的素食者就会举行集体仪式。大家先把所有需用的菜蔬剁成碎末，铺满在空坝子上，然后外三层、里三层地围成圆圈静坐，等待素王来点光。所谓点光，即太素丸快到成品并最后搓圆之时，需用一滴秘水来提香。到时，卓师便会穿着一身黑衣出现。他走在门徒、姐妹们和芳香四溢的田间，走向静坐者的圆圈中心。他会从袖子里拿出一瓶叫作"雪山子午汤"的液体，走一步，洒三滴，一点点地将汤汁倒进那些剁碎的蔬菜碎末里。这也是所有会员能同时看见卓师的日子。

　　雪山子午汤又是用什么所制的？无人得知。

　　总之，如荇菜师所说："只有点过光的太素丸，才会有奇特的修炼效果。那不仅仅是为了提香，主要还是为了给会员的灵魂本质提纯。"

十多年前，太素丸因味道带着野生菜蔬的奇美，润滑清新，香透肝肠，很快便在耀县乃至附近的州县都流传开来。在蒋凤凰入会之前的很多年，素食会便经常收到雪片一样飞来的订单。千禧年之后，素食会的管理者们也渐渐都成了耀县的富人。在几个荐菜师和素王的策划下，耀县还成立了"雪山素食公司"以及遍布周围各乡镇的二三十家子公司，每一家子公司下属还有素食加工厂、素食店、素食餐厅、素食烹饪学校、素食旅行体验班、素食分会等。公司开始出版过一本关于素食养生的刊物，名曰《素王》。后来有读者反映说，这个词本来是指孔子，如唐人刘沧所谓"三千弟子标青史，万代先生号素王"。可孔子是吃肉的，似乎不太妥，于是便停刊了。然后他们又发行了叫"素食行"的录像带、磁带、光碟与教材；后来成立了"耀县素食会网站"，还制作了各种关于素食的视频在网上传播。太素丸也从最初的一种绿色，变成了赤橙黄绿青蓝紫黑白等九种，其中原料，几乎囊括了所有蔬菜水果的种类。当然，味道仍然只是用盐，以及用雪山子午汤点光。为了扩大影响，会里的各级骨干也多了起来，由低到高，总数大致如下：

豫州一带的会员（总数 17085 人）

网站登录会员（总数 2157689 人）

入门向导（604 人，分散于耀县各乡镇）

向导（137 人，集中在耀县与公司内部）

指引（81 人，公司职员）

清净师（64 人，兼公司管理员）

断肠师（48 人，负责培训会员的素食生活）

断念师（24 人，负责训导会员的精神生活）

门尊（12人，负责处理因素食引发的纠纷）

药师（12人，负责医治因素食引发的疾病）

闭关监督员（8人，兼生产部主任）

行脚监督员（8人，兼营销部主管）

小荐菜师（7人，兼子公司经理）

大荐菜师（3人，兼公司经理）

总荐菜师（1人，兼任副会长）

膳师（6人，仅为会长个人提供饮食）

一级管一级，如金字塔垂直管理，最后一级即会长卓秀纶，也称"修炼师。"

为了吸引更多的人行善，卓秀纶还特意在耀县附近的野山上，盖了一座面积大约二千平方米的有传统徽派建筑风格的大楼，作为"东雪山部耶输陀罗素食会"的总部。大楼前修有两三座牌楼，楼后有池塘、假山与草地；养着不少麋鹿、藏獒与丹顶鹤。每年他都会请一些人来这池塘里放生。当然，放生的鱼鳖，须直接从素食会购买才行。楼是木质结构，雕梁画栋，环绕的长廊如曼陀罗图迷宫般，让人眩晕。在耀县，匹夫匹妇都管这座一般人不能进去的楼叫"素庐"。不过从2008年开始，人们便很少见到素王。有人说他是年纪大了，腿脚不便，懒得走动。他似乎终日锁在素庐里，从不出门。

作为对素食修炼者的鼓励，卓秀纶曾宣布：每周一次，他会与一名学员或有一定成就的素食主义者共进晚餐，修炼素食，并解决任何他们在吃素后遇到的疑惑与症状，给予他们一种独特的、唯有素王才有的能量。

从此，与卓师进餐，便成了所有人梦寐以求的事。

而每个与他进过餐的人，出来后也都会感叹："卓师太美

022

了。能与他一起说话和一起吃饭，那真是难得的修炼呀。"

自从荇菜师跟自己谈过话后，蒋凤凰便更是静下心来，一餐又一餐地慢慢吃素，等待着与素王的共进晚餐的时刻。在这之前，她决心一定要彻底根除自己身上的腥膻之气。她毕竟刚入会才一年。在光阴流逝的日子里，当她最初见到市场上有肉卖时，还带几分食欲。到后来，哪怕见到路边田间有猪在跑，她也都觉得恶心了。

*

每个吃过太素丸的人都有迷惑与昏聩时期：有人是不断呕吐，有人是身上长斑，有人终日神情恍惚，有人便秘或记忆力衰退；更有甚者，会出现失明、耳聋或者阳痿等症状。在耀县的几千人中，也发生过某素食者不堪忍受幻觉的折磨，跳楼自杀的事，但毕竟是少数。据说他们一旦得到卓师的召见，便立刻会恢复清醒。而蒋凤凰在食用太素丸的一年中，出现的症状则是不断地做同样一个奇怪的噩梦。

不知是否与那位荇菜师对她说过的"横身爬行的动物"之言有关，蒋凤凰每到深夜丑时之后，便会梦到一位可怕的"元人"在山顶闪现。

称其元人，是因在梦里，总有个声音在空中向她喊："蒋凤凰，你看，那就是元人。"蒋凤凰便顺着声音抬头往山上去看。她看见一团庞然大物，不知是什么，站在山巅上发出凶猛的吼叫。他像是个披头散发的怪物，嘴角垂涎，浑身长满猩红的长毛，大如一座小山。那元人吼叫够了，便会从山顶跑下来，像一团着了火的滚木礌石般，压向蒋凤凰。

元人走得近了，能看见他脸上还长着一对闪光的獠牙，眼球突兀，鬓角、下巴乃至脖子上全是斑斓的虬髯。

元人只有头顶是光溜溜的，如一枚愤怒的鸡蛋。

这莫名的怪物一扑到蒋凤凰身上，便张开黑暗的大嘴，发出熏天恶臭，并朝着她的乳房和脖子一阵乱咬，让她惊叫一声，猛地醒过来。睁眼看时，床前四周，其实一派寂静。唯有她的内衣已湿透，满头大汗淋漓。有时，她的下身还会流出一些液体，被窝里湿漉漉的。关于此梦，蒋凤凰咨询了很多人，从耀县里普通的占梦师，到会里的向导、指引、断念师、门尊、药师和大小莕菜师等。但没有一个人能向她做出什么明确解释。为此，蒋凤凰经常一连几夜都不敢入睡。

"元人？是不是你听错了，猿人吧？"有人问她。

"不，就是元人。梦里还可以看见这两个字，就刻在那山的峭壁上。"她肯定地答。即便在白日里，只要她一想起那梦境，也会吓得浑身肉麻。

\*

五月的一个阴雨天，一位小莕菜师，来告知独自在家静坐已有好几个月的蒋凤凰：卓师今晚可与她共进晚餐了。这对她而言，真是太大的欢喜和意外。

当黄昏时分，山雨欲降，她终于来到了向往已久的素庐。

穿过草地与假山遮阴的林间小径，蒋凤凰跟着带路的小莕菜师，亦步亦趋，向卓秀纶所在的圆形宴会厅走去。路过一段小桥时，她看见池塘中有几十尾肥肥的锦鲤在游。锦鲤的队伍蔓延在幽深的睡莲与浮萍之间，显得很有气势。就仿佛是很多年前，在大街上，在城市的晚霞中那拿着烟花和喇叭的人群在游行示威。此刻，一位年龄不大的门尊正蹲在池塘边，拿着一筐子又圆又白的碱面馒头在喂它们。馒头被门尊一点点掐下来，扔进水里。锦鲤们便疯狂地蜂拥而至，刚才保持的整齐队形全撇下不管了。那水面漾起的涟漪、泡沫和因争抢碎馒头扬起的激烈浪花，令蒋凤凰紧张的心仿佛有了一些放松。

原本寂静寥廓的素庐，仿佛也因锦鲤争食的水声有了一点生气。

她还闻着空气中有一股奇怪的气味。这味道似曾相识，一时又不知是什么。

他们穿过一扇从未见过屏风，绕过了三条走廊，才最终来到宴会厅。远远的，她便看见素王席地而坐。地上放着十来张清凉的蒲团，还坐着另外几个荐菜师。

蒋凤凰第一次这么近距离地端详卓秀纶。他虽年逾半百，却依然如过去那般俊秀。看见她来了，卓秀纶的脸上微微笑了一下。因笑容泛起的皱纹，似乎比想象的多。但他的肤色依然是那么光润。不时地，蒋凤凰觉得那肤色简直比女人的还好。

"来了，请坐。"他淡淡地说，手里拿着一串琥珀色的老蜜蜡念珠。

"卓师您好。"蒋凤凰脸红了一下，不知怎么回答。

"你就是蒋凤凰？"

"嗯。"

"这是你的本名？"

"对，是我娘取的。"

"哦，凤凰，很好。"

卓秀纶笑道，与此同时挥了挥手。在他的手势下，屋内其他几个荐菜师，仿佛刚才是有什么事在谈，现在则如约好似的，向会长鞠了一躬，便都退出去了。

待坐下来后，膳师为他们端来了当天晚宴的菜肴。令蒋凤凰惊讶是，除了几盘素食和太素丸之外，素王的餐桌前还摆着一条清蒸鱼，以及一瓶酒。

刚才在池塘外闻到的气味，便是这鱼发出来的。蒋凤凰忽然觉得有些反胃，却又不便表露出来。她用手微微掩住了鼻子。

"你也许很奇怪吧？"卓秀纶说，"怎么我会吃鱼？"

"这……真的是您在吃？"蒋凤凰惊讶地问。

"是我。你也可以吃。"

"咱们不是素食会吗，怎么？"

"谁说鱼不是素的？"

"鱼，怎么会是素的？"

"这就是你们需要开导的地方。一般的吃素者眼中，总是有肉，这也是肉，那也是肉，正所谓肉眼凡胎，无非肉欲。在我眼里，则全都是菜，猪也是菜，牛也是菜，鱼也是菜，荤腥无不是好菜，此所谓太素。"

"您的话，我不太懂。"

"慢慢会懂的。"

卓秀纶见蒋凤凰有些惶恐，便沉默了一阵。他先吃了一口鱼，又拿起身边的碧绿如森林的生蔬菜叶，一片一片，慢慢地撕着吃起来。他撕菜叶的动作很优雅，眯缝起眼睛，似乎在仔细呼吸蔬菜的甘美芬芳。从一开始，他身上那种与生俱来的强大气息，便让蒋凤凰处于不能自已的矜持与情不自禁中。

蒋凤凰始终不敢主动说话，卓秀纶只好又开了口。

"听荐菜师们说，你经常做一个什么……元人的噩梦？"

"嗯，是啊。那个梦是这样的……"蒋凤凰想重新讲述一遍。

"不用说了，我都知道。日有所思，夜有所梦，这也不算什么怪事。你这种现象不过就是'他空见'而已。"

"他空见？"

"'他空见'你也不知道？"

"不知道。"

"这是藏密觉囊派（Jo-nang-pa）的见解。觉囊派认为：事物都有一种真实的本性，不能说是性空。由于人有虚妄分别之心，所以才会出现性空。本性是我，虚妄是他，故性空只能是他空，而不是自空。照此推理，一切语言与行为都只能叫作'他空见'。我们素食会全称不是'东雪山部耶输陀罗素食会'吗？这是民国一位喇嘛在我们耀县行脚时创立的。耶输陀罗就是佛妻 Yasodhara，她与太子时代的悉达多生过一个儿子罗睺罗。如果你认为，佛既然是反世俗婚姻的，怎么也曾结过婚呢？那么你就完全错了。因为你看到的不过是自己的分别心，就像你觉得只有蔬菜才是素食一样。这就是'他空见'。"

卓秀纶说着，继续用手撕着菜叶吃。时不时地吃一口鱼，又喝上一口酒。而他的话蒋凤凰听得一头雾水。

"可我，只是不知怎么才能睡得踏实。"

"你这个大学生，知道'烟士披里纯'吗？"酒过三巡的卓师忽然笑起来。

"什么？烟士……？"蒋凤凰一时被他笑憷了。

"真是一问三不知。烟士披里纯，我看你们缺的大约就是这个。你还是个女人，离进入雌雄一体、荤素不分的化境，实在还有很远。因为你心里总是在担心什么吧。也许你在怀疑我？"

"我从未怀疑过卓师。"

"那就算你不相信我能给你能量？"

"不是。我是修素食时间还太短，很多东西不明白。"

"没有关系，今夜有我与你的'修恋'，一切疑惑便都将烟消云散。"

"什么？"

"修恋。恋就是炼，不要有分别心。每个人来，我都一视同仁，哪怕他是男子。"

卓秀纶一边说着，脱去了他的上衣，同时忽然抓住了蒋凤凰惊慌的手。

自从与初恋的人分手之后，蒋凤凰便从未再看见过让她心动的异性肉体。而卓秀纶身上的皮肤，犹如细腻的绸缎，透明、白皙、光滑，且紧绷得像一面鼓皮，几乎能照见她的容貌来。不知是自幼吃素，还是饮食搭配得太好，卓秀纶身上或腋下还散发着淡淡的异香，这种异香裹挟着晚宴的酒味，让蒋凤凰既想呼吸，又感到有些窒息。她几乎还没来得及看清卓秀纶裸露的下身，便被强行拉进了他的怀里。也不知为什么，她几乎懒得反抗。也许是从不想反抗吧。她等这一天等得有些太久了。仿佛她当初加入素食会的初衷，不过就是为了能与这个自幼倾慕的素王亲昵。

当修炼师卓秀纶用他美妙的手，如撕菜叶一般，撕开蒋凤凰的内衣时，她脑中再次浮现出锦鲤们争食的浪花和涟漪。她迎接他的嘴唇时，也像是一尾扑向馒头的锦鲤。

至于卓秀纶在交欢时带给她的感受，或因太快乐、太激烈、太疯狂，俨如被一层层巨浪不断地打翻在地，让她铭心刻骨，又几乎完全想不起来。

一个月后，在豫州市的图书馆里，蒋凤凰才终于查到了"烟士披里纯"的出处。这个词本出自梁启超在1901年出版的

《饮冰室自由书》中的同名文章。文章开头便说：

> 西儒哈弥儿顿曰："世界莫大于人，人莫大于心。"谅哉言乎！而此心又有突如其来，莫之为而为，莫之致而至者。若是者，我自忘其为我，无以名之，名之曰"烟士披里纯"（Inspiration）。"烟士披里纯"者，发于思想感情最高潮之一刹那顷，而千古之英雄豪杰、孝子烈妇、忠臣义士，以至热心之宗教家、美术家、探险家，所以能为惊天地泣鬼神之事业，皆起于此一刹那顷，为此"烟士披里纯"之所鼓动。

她继续往下读，似乎渐渐明白了这个词的本义。原来卓秀纶是想告诉她，梦里的一切都来自"烟士披里纯"，即灵感。人有了灵感，便不再有恐惧。如梁任公云：

> 精神一到，何事不成。西儒姚哥氏有言："妇人弱也，而为母则强。"（Woman is weak, but mother is strong）夫弱妇何以能为强母？唯其爱儿至诚之一念，则虽平日娇不胜衣，情如小鸟，而以其儿之故，可以独往独来于千山万壑之中，虎狼吼咻，魍魉出没，而无所于恐，无所于避。盖至诚者，人之真面目而通于神明者也。当生死呼吸之顷，弱者忽强，愚者忽智，无用者忽而有用；失火之家，其主妇运千钧之筒，若拾芥然；法国奇女若安，以眇眇一田舍青春之弱质，而能退英国十万之大军；曰惟"烟士披里纯"之故。

可这些与卓秀纶的所谓"修恋"又有何关系？难道卓秀纶向她表示的恋情，或者与她发生的床笫之欢，只是一种对"灵感"的实践吗？她始终也想不明白。只是那夜之后，她对素王卓秀纶的情感，已从最初的膜拜转为了某种平常的依赖感。尽管在后来的日子里。卓秀纶允许她每过一月，可以去素庐里与他吃一顿晚宴。她也知道，传闻卓秀纶几乎对会里的所有颇具姿色的女子，都有过"修恋"行为。有些是已婚妇女，有些还是少女或童女。按照后来警方的调查与公布的数字："耀县嫌疑犯卓秀纶在经营素食会期间，诱奸或强奸共七百四十三名妇女或幼女，并涉嫌故意伤害罪、食品安全罪和诈骗罪。"

但蒋凤凰并不介意这些。她只是觉得自己不再寂寞。

因她有了一个可思念之人。思念便是她的"烟土披里纯"，令她无畏。

春天，耀县附近州县的素食公司，几乎一夜之间，全都被搜查了。因为有人揭发太素丸中含有违禁品，而且还有肉食。人们在地下室里，还发现几大箱子卓秀纶点光时所用的"雪山子午汤"，经检验后发现，那不过就是一般的小磨芝麻香油而已。一时间，整个素食会天翻地覆，成了耀县人的众矢之的。所有的向导、指引、门尊、监督员和荐菜师都被拘留审查了。会员们纷纷退会。而卓秀纶则在警方破门之前，便已秘密消失在耀县的野山里。有人说他是去了豫州，有人说是跑到终南山躲起来隐修了，成为秘密的"元人"；还有人则说他已逃出国去避难了。至今，无人知道他的下落。

警方要求被欺骗、诱奸或参与过制造太素丸的人，能主动站出来揭发卓秀纶。蒋凤凰是唯一一个躲着不见人的女了。自卓秀纶失踪后，她吃什么都觉得索然无味，对什么都不再关心。她感到五脏六腑中血流奔腾，子宫中有欲望激荡，也有婴儿的呼喊。三年以来，她第一次有了去找一个男子结婚，过相夫教子那种庸俗生活的冲动。

而且，她再也没有梦到过"元人"。她白日在田间劳作，深夜便坐在灯前抚摸着自己微微隆起的小腹。她想：这孩子的皮肤也会像他那样静美吗？

秋雨袭来后，怀着卓秀纶骨肉的蒋凤凰，开始了吃肉。

2014 年 4 月

# 黑灯照

　　黑灯照有八千多个老太婆，她们拿着皮鞭、经幡、镰刀与绳索，口中用点燃的菜油吐火。她们杀人时，会在皱纹密集的脸上涂胭脂，用早已掉光了牙齿的嘴去咬人的鼻子；她们会集体作法，用肚脐眼向外喷射出神秘的石子，击中对方的眼珠。她们人人头戴一只漆黑的头套，手提黑灯笼，腰悬黑锦囊，里面装满了火药、鬼魂、纸人纸马，还有无数用经血浸泡过的绣花针。这些东西都是她们能意外攻击对手的法宝。有时，她们还会剪下自己的白发和白阴毛，插在死者的尸体上，以表示黑色的胜利。

　　历代传闻：成群结队的黑灯照老太婆，出现在世纪初那个忽然漫天下雹子的夏夜。无人知晓她们来自何方，是否有纲领，信奉什么神祇。只听说其中年纪最大的九十三岁，最小的也有五十八岁了。大部分成员都在六十四岁以上。甚至她们胯下骑着的马也是老马，带的狗都是老狗，藏在花轿里的猫也是老猫。她们是一支缠足、羸弱、佝偻、咳嗽、一瘸一拐与皮包骨头组成的急先锋，是苍老匹夫的娘子军。她们的暮气所向披靡。她们常常在帝京的半空中飘荡，用画符吹熄洋人的枪炮与哲学，用不可思议的呻吟、絮叨与闲聊发出震耳欲聋的沙沙声，遮蔽电线杆与庙堂。她们来时，整座城市到处都能看见漫无边际的黑灯笼，东飘西摇，像许多乌鸦在摆手，否定一切青春的存在。黑灯照所过之处，但见无数人头滚落，烟雾缭绕，鸡飞狗跳，血流遍京畿。当时，所有人都因世间忽然出现了这样一群老太婆的武装部队而惊诧不已。

不作战时，她们便集体在大街上静坐。其中有些人可以踟跌于半空。年纪最大的几个老太婆可脚不沾地，用一把折扇，扇动地面而起飞。有的一次可横飞数十丈开外，有的则飞到屋顶上去，不见踪影。但也有因静坐过久，便在坐姿中去世的。大家会就地掩埋她。黑灯照的组织结构是秘密形成的，至今查不到她们是由谁来统领，并在数月之间便形成了能震撼东风的力量。她们集体移动时，仿佛一团夺目的巨大乌云，仅是裹脚布散发的凶猛气味，就足以让方圆数里的猪染上瘟病，蚊蝇与蜻蜓都不敢靠近。虽说她们都是老太婆，但其过去的身份最初都是寡妇。据说这些心怀大恶的寡妇最初并非全叫黑灯照，其中未生育过子女的寡妇名"蓝灯照"，生育过子女的则称"黄灯照"。寡妇里又分为泼妇、娟妇、恶妇、妖妇、烈妇和一般家庭主妇等。她们年纪一大，且又都曾有过一段激动人心的悲惨历史和对私情的幽怨，其惊艳的萎靡队形，便已足能令人闻风丧胆。后来，无论是否寡妇，只要是心中有大恨、上了岁数的老太婆，也都渐渐从四里八乡闻讯赶来，加入她们的队伍。她们干脆全混在一起，将乱七八糟的灯笼、衣裙和武器全都涂成了黑色，统称为"黑灯照"。据说，这也是为了响应一个从未谋面的远方领袖"林黑儿"之盛名。可即便是林黑儿，也从未能控制她们的行动。半老徐娘、中年寡妇与耄耋弯腰的老太婆们，性格各自不同，可杀人的步调、理由和手法却异常一致。仅此一点，她们就引起过红灯照少女们的集体嫉妒。相比之下，后者太过幼稚，只是一阵浅薄的芳香。黑灯照成员是由怎样的原则和抱负来统一意志的？不得而知。大家只知道她们互相沟通的手段是幻术、谣言、对往事的怀念、对儿孙的批判，以及对自己死亡日期的准确判断。她们预测事变，定吉凶祸福，决定攻打的下一个目标，则是靠观察黑灯笼中蜡烛的明灭：当幽幽的光焰在风中倾斜时，那火苗指出的方向，便是她们即将出征之处。

老太婆们仗着自己都是生活的过来人，历史的见证者，故对世界的认识也最深刻。白内障与盲目完全不会影响她们看清敌人的败象。

历代传闻，她们战斗的奇迹多如牛毛，譬如：用剪刀消灭洋枪队的街垒；拿花白的发辫捆绑俘虏和叛变的市民；挥舞带刺的铁莲花割开西方圣徒的喉咙；全身赤裸，暴露着丛林般下垂的乳房和干瘪的阴门，驾驶上千朵彩色祥云堵住九座城门，或倒立行走、便溺、号叫、诅咒、砍小儿头，以此不战而屈人之兵等。有时，她们在战斗间偶然产生的伤口，会与绝经妇女们身上散发的腐臭，凌空排出雁阵，势如破竹。疾风骤雨，掩不住她们风烛残年发出的怪异呼啸。白发苍然，反而增添了那一代老太婆阴郁的庄严。那些年，洋人入境多年，铁路、电、奇怪的制度、宽容、自由、理性、逻辑、常识、契约与不知所云的各种楔形文字等，已将寡妇们年轻时生活过的城市、恋爱过的街道，都占领得面目全非。不肖子孙亦多不胜数，其中很多甚至已变成了她们的敌人。但久经沙场的黑灯照老太婆们，早已将自己训练为最残忍的老姬。她们白天也许还会一如既往地去买菜、散步、带孙儿玩耍、坐在纺织机前织锦、在亡夫的灵龛前点上一炷香。待一到了雨夜，伟大的心魔便会率领她们开始进攻。她们会忍住自己多年的悲痛，神出鬼没，乘风飘逸，飞行集会，去到任何蜡烛火苗指定的地方，杀掉不计其数的让她们厌恶的人。她们隐藏着自己对爱与亲人的巨大失望，掩饰住少女时代全部的梦，拿起委屈的屠刀和抑郁的毒药，与卑鄙的现代性鏖战，同时也是在为这一生激情的消失而复仇，为肥肉、敏感与性欲的麻木而冲锋。任何卑贱的懦夫，都不敢直视她们衰老的面目。遗憾的是，因她们都已进入年迈与绝望之年，虽百战不殆，自己却并未剩下多少时间来整理旧山河。在最后的岁月中，她们也算参透了生死、幻觉与异化，理解了壮丽的丑身与文明的皱褶。因黑灯照老太婆团体的诞生与具体灭亡细节，皆从未见载于任何史册，于是人们大多愿意选择相信：老太婆们后来是因成员逝世与伤亡数目日渐增多，超过了半数，才自动暂时解散的。因她们完全消失时并未在大街上留下哪怕一只黑灯笼，故大家认为她们终有一天还会重新集结，再次排山倒海而来，令整个红尘皆为之发抖。

2019 年 7 月

# 汗血宝马

野阔围全暗，俄惊一派红。

山光腾杀气，猎火散天风。

白草霜威卷，苍鹰夜眼空。

照开云墨墨，飞澈焰熊熊。

万木号朱雀，千峰走祝融。

箭明禽左右，烟涨谷西东。

撤幕沙痕外，韬旌烧影中。

焚莱瞻御狈，离曜静彤弓。

旧时"猎火一山红"[①]，万物都会暴露，无处可藏身。当山那边的人一开始烧山之后，那匹受惊的汗血宝马，便一定会从此小径上仓皇路过——这便是父亲收集了多年追马经验，最终得出的判断。当时，朝廷为了抓到藏匿在这座山林中的一个著名钦犯，烧山便成了这一地带生物们的定局。可朝廷并不知道，这山中还有一匹罕见的汗血宝马。这件事只有父子俩知道。马是他们与这个世界之间最大的奥秘。父亲在很多年前，曾因打猎发现过那匹奇特的马，跟踪了它很多年。他自称是从

---

① 出自南朝庾信诗《上益州上柱国赵王诗（二）》。后清人王廷绍在《八家诗》卷一《澹香斋试帖》中，起首便是以此为题。本篇起首之诗，即引自此书，但作者之名未记录，应为清人。

第一次初恋时，就开始到处寻觅那马的踪迹了。可马只出现过一次。后来他阅女无数，如今已人到中年。捕捉汗血宝马的办法，就是在地上画一道横线，父子俩则站在横线两端，各自拿住绊马索的绳头，然后等着那匹疾驰的、状如暴风雪的奔马跑过来。它会跨跃那条横线，就像箭穿过一层窗纸，时间顶多只用十二分之一秒。父亲说："待奔马飞身腾到半空时，我们同时抬起绊马索，就能将其摽倒在地。然后我会迅速上前去用缰绳套住它的头，勒住它的鼻子和咽喉。你则要赶紧把缰绳的另一端系在树上。这样它就跑不了。兵半渡可击之，这是古训。"

"明白，可缰绳又在哪里呢？"儿子有些不放心地问。

"绊马索就是缰绳。"父亲笑了笑，用下巴颏点了点地下的绳子。

父子俩画完横线后，就始终在丛林里等着。烧山开始了，烈焰飞腾，无数动物都从滚烫的山林里冲出来：如密集的虎狼群、蛇、鹰、豹子、野猪、孔雀、锦鸡、松鼠、蝙蝠与蝴蝶等，皆四下奔逃飞散。可唯独没见那匹汗血宝马。他们等了一天、三天、十天、数十天乃至数月，也没等到。父亲倒不气馁，因等待早已是他一生的惯性。儿子则非常烦躁，也不敢反驳。令儿子没想到的是，这样等会等一两年，甚至三四年。马仍没有出现。那座巨大无比的山，早已烧成了荒山。那个藏匿在山林中的钦犯，也早已被抓住，被枭首示众。甚至后来被挂在山前村口、随风飘摇的那颗钦犯的人头，日晒雨淋，也早在岁月中风干成了一星空洞的骷髅，宛若挂在村口的一盏威慑黑夜的孤灯。可汗血宝马始终都未出现。

早在钦犯被斩时，儿子便已不再相信父亲的话了。他怀疑那匹马根本就是父亲杜撰出来的,只是为了能躲避烧山这件事。迫于父亲的威严和命令,他不敢独自离开。

烧山时,一阵大风刮来,地上的横线立刻会被尘土掩埋。他们便赶紧再画一次。如果下雨,泥浆也会将横线掩埋,那就等天晴了重新画。父亲对汗血宝马出现的途径与捕捉地点的准确性,始终坚信不疑。那横线在同一位置越画越深,渐渐地在地上变成一条深深的沟。后来绊马索也腐烂了,他们便换了一根,又换一根。因他们多年埋伏在小径深处,以至有些过路人曾误以为他们是准备拦路抢劫的强盗,都绕道而行。直到大家了解了缘由,便把他们看作地标式的两座碑。

在那座山彻底崩塌之前,父亲已衰老。他只能躺在绊马索边上,斜眼看着儿子逐渐长大。有时,他自己都分不清自己和绊马索的区别。儿子大多数时间都不愿待在小径和绊马索附近,而是四处乱跑,不是去和村里人打架,便是和奇怪的异乡女子恋爱;要不跑到别的山林中去猎熊、砍柴或跟着一些个荒山野庙的酒肉和尚练习坐驰,用聱牙的语言交流或伤人;要不就是独自躲到一个无人知晓的地窖里去读书,用一面镜子控制自己的性欲。整个少年时期,他还曾暗中去研究过那个已故钦犯的历史,收集那个人的癖好和遗物。他甚至与一些不知行踪的山那边的人,在深夜聚会,商量秘密盗取钦犯的骸骨。他这些危险的事,父亲看在眼里,但什么也没说。只有父亲喊时,儿子才会勉强回来待几天,很快又离开。当然,寂寞、混乱与荒谬,令无头苍蝇般的儿子一事无成。他们脚下那横沟早已不用再画了。尘土在横沟里填塞、淤积起来,慢慢地变成一条凸起的土横垄。横垄开始只有一个馒头高。可随着降雨和泥泞增加,尘土附着得越多,土横垄也就越堆越高。又过了十多年后，横垄甚至变成横在路上的一面矮墙。墙头荒草萋萋。父子俩仍在那墙下等待。汗血宝马也仍未出现。

终于有一天，儿子忍不住问父亲道："若真有什么汗血宝马，也该老死了吧？万一它那时就没跑出来，被烧死了呢？这么多年了。即便当初没被烧死，哪天它跑出来，恐怕也会老得难以从这墙上一跃而过吧？"

"这可不好说。"父亲躺着，冲儿子呻吟道，"你是没见过那马，他有世人从未见过的速度、弹跳力、烈性和兽腥味。它敏捷的身体就像一柄凌空抛出去的流星锤。搞不好它都不是跳过这墙，而是直接把这墙撞倒。"

"这么厉害，那怎么才能抓得住它呢？"儿子绝望、讽刺且冷漠地问道。这是多年来他对父亲的积怨和不满。

"你真的希望抓住它吗？"

"当然希望。否则我们这些年在干吗呢？"

"若它永远不来怎么办？"

"不知道。"

"老实讲，我也不能确定它是否还活着。即便有一天，它终于从那消失的火光和已不存在的山中冲出来，我也不能确定是否还能抓住它，甚至不能确定它还是不是原来那匹马。"

"可这办法不是您多年来认定的吗？"

"是的。此外世间没有别的办法。"

"难道我们就一定要等那匹莫名其妙的马吗？这世上汗血宝马多得是，我们就不能另外去找一匹？或者另外找个地方去等？"

"不能。这些我年轻时都试过了。没用。"

"可那山都塌很久了。不瞒您说，我也上山去找过多次。

山被烧得光秃秃的，当年的一棵树都不剩，一眼就可以望到底。别说根本就没有您说的那匹马，就连一只兔子都没有。那就是一片寸草不生的烂石堆。"

"所以你就以为真的没有马了？"

"我不清楚。反正，我们为这事不知不觉就耗费了这么多年。以后如果哪天真要是抓住了那个畜生，我真恨不得宰了它，食肉寝皮。我告诉您吧，这山里根本就没有那匹马，这世界上也根本就没有那匹马。马只是您故步自封、好吃懒做的借口罢了。"儿子悻悻地说着，忽然站起来，用一把铁锹开始铲那矮墙上的土。但那墙太坚硬了，儿子铲得满脸满嘴都是土渣和灰尘。一阵风刮来，墙上的土又变成了老样子。

"你还是年轻，太不解这个世界了。"父亲不禁大笑道。

"哼，您少拿这些空话教训我。照我看，您也没有了解这个世界多少，而且您的时间也不多了。您能保证……"儿子没说完，又低头沉默，把铁锹放下来。

"保证什么？"

"您能保证死之前，马肯定会来吗？"

"不能。"

"那还等什么？我们该走了。"

"是的，但该走的是你。"

"我是您儿子，要走一起走，我不能把您一个人留在这里。"

"我留在这里，和你要走，并不是两条路。"

"可留在这里只能算白白等死。"

"一代人有一代人必须要等的东西。"

"我不明白。"

父亲则继续道："不明白无妨。老一代的问题，新一代也没必要都搞明白。重要的是你有没有想过，这么多年来，从我们眼皮子底下路过的马队客商、漫游的僧道、行者，进京赶考的读书人，前往战场的军队，还有各村那些婚丧嫁娶的队伍或流浪汉，很多人都骑着马，其中就没有那匹马吗？还有雨季，在动物迁徙时节，从这面矮墙附近经过的野马群也很多，也许汗血宝马早就夹在其中混过去了呢？这世上最伟大的那些马，并非三头六臂长翅膀，外形可能就是普通马的样子。搞不好还是浑身杂毛的丑马。你怎么确定它就不在过往的马群中？莫非你比我还相信，它至今仍在山上？"

"您是说……"儿子还想反驳。

"是的，"父亲点头说，"其实很多年前，我就看见它过去了，只是我没说。"

"那是为什么？"儿子很惊诧地问。

"因如果我说了，你就永远不会懂得这些年为何我不能自己去撞倒这面矮墙，彻底放弃我们这场无尽的等待了。你会对我一生的固执失望，对我们多年的沉思、徘徊与希望产生蔑视。你会不再相信自己的脚下就是这世界的中心，此外并无别的中心。那你也就等于失去了成为那匹举世罕见的汗血宝马的可能。儿子，你就是我心中的马：因你野性十足、充满怀疑、壮怀激烈又懂得墨守成规的重要性。本来我还希望再多等一些日子，在我临死再对你说这些话。但天赋因人而异，如世之良马，见鞭影而行。谁知道呢？也许真到了该你去撞倒这墙的时刻了。你走吧，过去的山早已崩塌，白驹早已过隙。愿你能在寂静的否定中摧枯拉朽，再也不要回来。"

　　父亲笑着，一边将地上那根腐烂发黑的绊马索抓起，递给浑身散发着青春火焰的儿子。而在儿子眼中，绊马索不过是一条完全不能约束自己速度、狂野与重量的缰绳罢了。

2019 年 7 月

# 新枕中记

在一柄民国的风水镜中，他的挚友曾将身份隐藏了多年。当他最终发现挚友的真实身份就是那个残暴的军阀时，也对这种灯下黑深感意外、惊恐乃至智力上的羞辱。他们曾长期朝夕相处，谈论不道德哲学体系，谈论怪癖、玄学、菜谱与拳术，互相炫耀收藏的绝版款钟表，或各自从山里采集来的植物标本。他们可以为彼此两肋插刀、倾家荡产、抛弃恋人甚至伤害家眷，可以杀掉自己喂养多年的一条老狗，只为了能坐在一起喝酒吃肉。他们并非有断袖之嗜，全部的克制与牺牲，都只图兄弟相聚的快乐。他们之间没有秘密。只是挚友从不知道，他还藏有一把可以每晚带到梦里去的手枪，正如他从不知道挚友的真实身份。除此以外，他们对彼此的伟大友谊都深信不疑。

当年，他们因同在一个公共汽车站等车而认识。他们一起上车，坐前后座，也就一起遭受了意外的车祸。整辆车上的人都被一股不知道什么力量撞烂了，只剩下他们俩。作为幸存者，他们又一起躺在医院的病床上。医生几乎也是在同一天内宣布，他们俩都丧失了大部分记忆，身体倒并无大碍。两个没有记忆的人，每天隔床握手、寒暄、呻吟和闲聊，最终彼此成了肝胆相照的兄弟。他们不可能知道对方的过去，像两个纯洁的孩子。脑震荡切断了往事。挚友唯一还能记得的事是自己曾有一支军队。而他还能记得的是他的床与藏在枕头下的一把手枪，以及每夜都要重复的一个梦境。手枪是干什么用的？一个普通人拿枪来做什么？他完全忘了。他们无所不谈，唯独对这两个残存的记忆碎片，彼此都绝口不提。在那场被巨大车祸毁掉了的人群中，这是他们仅剩的隐私。

挚友柔克，他们同时遗忘了真正制造那场车祸的第三个人。

痊愈之后，挚友回到军队，尽管忘记了一切，但在睡觉时尚有警卫、仆人与小妾陪伴。而他则独自一人，每晚都须枕枪而眠。因那梦境太危险了，必须带枪才能防身。梦的入口总是在他入睡后第三十七分四十二秒钟准时出现。他和世间无法入梦的男子一样，总喜欢靠暴力证明自己的强大，正如无人爱的女子都总爱把自己装扮成荡妇。有时，他站在梦境远处，迟迟不敢靠近。他要沿着枕头走很远的山路，才能到达那入口。入口漆黑深奥如一个古洞，里面可能盘踞着一头怪兽，一架巨型绞肉机，成窝的毒蛇、虫豸或群魔。他也说不清楚。有时，那入口还向外发出奇怪的声音，像行房事者在尖叫，也像囚徒们在棍棒下的啼哭，令他出一身虚汗。为了给自己壮胆，他多次想邀挚友随他入梦，陪他面对恐惧。但他又吝啬自己这份残存的历史，不想告诉对方这梦的存在。长期以来，这件事都像巨石压在他的胸口，让他窒息。

隔阂总会过去。犹豫再三后，他才通过一场大醉将梦境和盘托出。挚友在盛邀之下，很难推辞，答应如果有可能，便与他一同入梦，带着枪到入口里去看看到底是什么怪物在作祟。但前提是挚友自己也得在上床后第三十七分四十二秒时顺利入睡才行。因只有时间上的完全重叠，才能铸就两梦合一。他同意了。他们选择了一个没有月亮与探照灯的夜晚，各自躺在同一时间点上。枕头矗立在他们之间，宛如一座诡谲的雪山。塞满茶叶的枕芯散发出原始森林的落叶潮气。就当一切顺利进行时，他忽然从挚友脱下的内衣口袋中发现了一张掉出来的证件。这是一枚总统颁发的持枪证。证件照片上的脸却是被划掉的一团黑墨。但他仍能认出那人是谁。没有面目的脸让他恍然大悟，平时温和的挚友，原来就是那个残暴的军阀。这场隐藏了多年的欺骗，几乎是对他们共同记忆与价值观的公然背叛。

他从枕头下取出那把枪，对准了挚友宁静的额头。枪离开了枕头，就像一头危险的熊离开了雪山，不知何去何从。

失眠是开放的，但卧室是封闭的，房间只是一个实心的大铁球。睡觉的床与枕头都在窗外，只有睡着的人才能进入房间内。睡在窗外远方的挚友，异常惊讶地望着他最信任的人，此刻竟拿枪对着自己。他低头看枪，甚至那把枪也是挚友的。因枪是一个军阀随身携带的真正证件。从未有人对挚友说过枪的丢失，就像从未有人告诉过他枪的来历。自从有了那个可怕的梦，他就有了一把能带进梦里的枪。两件事是同时发生的。只是此时此刻，他不理解为何梦的入口尚未出现，危险却先期而至了。

他们都坐起身来，重新穿上衣服，面对面，无法冰释前嫌。信任可以持续一生，而怀疑又从来都是一瞬间的事。信任总是死气沉沉的，唯有怀疑能让人热血沸腾。挚友的身份、品质、爱、仗义疏财、额头的伤口、被遮蔽的血腥往事与无法解密的阴谋，乃至他们一起遭遇车祸的那个地点，是否真的存在过？这一切都被他的怀疑覆盖了。他是在开枪时，准确地讲，是子弹向挚友飞到一半时，忽然想起那场车祸来的。车祸也在梦的入口处。车上的人血肉模糊，与洞中看不清的黑暗或怪兽融为一体。那撞击他们的是另一个庞然大物。也许是一头巨

蟒、一阵暴风雨或是什么装甲车？看不清楚。他只看见，在猛
烈撞击后散发出的呛鼻烟雾与汽油爆发的火光中，向他们走来
了那个始终梦寐以求的第三个人。第三个人的脸像一张被划掉
的照片，向他们举起了枪。子弹的轨迹呈现出道教的曲线和速
度。一声枪响，挚友中弹倒在地毯上，他则恢复了记忆。可惜
人的记忆就是人的局限性。记起的东西越多，局限性反而就越
大。他想起了发生的一切，就等于忘记了其中最重要的事。他
只记得他扔掉手枪，把车祸完整地留在了卧室里。但当第三个
人又朝他举起枪时，他吓得魂飞魄散，扔掉枪，猛地撞开卧室
门，朝电梯口飞奔而去。他知道电梯入口就是梦境的出口。在
猛回头时，他看见窗外的挂钟已走过了第三十七分四十三秒。
一秒钟内怎么能判断这么多过去的事？历史发生的全程时间，
比一颗子弹射到一半的时间还要短，而且极有可能是断裂的。
仓皇之下，他都不知那把手枪掉在了哪里。这成为他一生最大
的遗憾。因多年后，包括他自己在内的任何人，在梦境、卧
室、枕下、电梯、窗外与现场，都没有发现那把手枪，民国已
成前尘梦影，证件、照片与交通史等文献可能都在那场车祸中
被烧掉，挚友也查无此人，故任何人都不能证实这件事是否真
的发生过，不能证实开枪的是谁、第三个人是否真的存在。连
他自己都不敢相信，当年他曾亲手缔造过一具旷古罕见的伟大
友谊的尸体。

2019 年 7 月

# 飞头蛮[①]之恋

　　夜聚晓散，已成为那几年她与一切躯壳幽会的定律。头来头去，任何没有面积的空间都是群鬼们追随她的坛场。

　　作为第三十七代飞头蛮中最优雅的恋人，她从未因没有身体而烦恼。她的头每夜都会翻过矮墙，冲天而去，高高地停在屋顶、树梢、山巅或水面上，陷入沉思。她每次都想飞得越远越好，最好能再也回不来。这是因她已确定对方不会爱自己，而自己也完全不会爱对方的缘故。她很早就意识到爱的无用，更何况这世界根本无人可爱。不用爱与不会爱，令她能完全安下心来修炼虚无，并成就了她惊世骇俗的定性。不爱的男子让她充满杀心。群鬼们都记得，她从少女时代就开始反对身体。这是因她母亲、祖母以及曾祖母都曾传授过她家族绝技：身首分离术。为了学会这可怕的本领，她也确曾下过一番苦功。最初，她的头只能离开脖子一纸之薄，但刹那间就会弹回去，就像被倭刀斩断后又迅速合拢的流水。时间太短了，以至于她觉得似乎并未分开过。过了几个月，她才练到身首能分开一指宽，随着岁月流逝，曾祖母、祖母与母亲相继去世后，她身首分开

---

[①]　飞头蛮，古籍中又称落头民、落头蛮、飞头獠、轳辘首等，即头能离开身体、夜出而晓归之精怪，其古代传奇详见如《搜神记》《岛夷志略》《聊斋》及日本《谭海》《怪谈》等志怪小说，或参阅《懒慢抄：飞头之国》等文。本文是对飞头蛮的现代演绎。

的距离才渐次递增，先达到了一寸宽，然后是一尺宽、一丈宽乃至飞出窗外，去到门前数丈之远，但每次都能顺利弹回颈口。

祖传的秘诀告诉她：分离术最重要的，便是无论分离多远，时间最长不得超过天亮，头就须回来与身体重逢。这是因头里聚集的气血会慢慢耗光的缘故。头与身体合拢后，气血接通复苏一日，到第二天夜里才有再次飞出去游荡的精力。如果天亮仍未重返颈项，头就会因干枯而死。为了传承这本能，她白发突增，从少女变成了中年妇女。额头的皱纹、憔悴的眼袋与下坠的嘴角，成就了她最颓丧的光辉。最后，她的头可以离开身体整整一夜，自由地游荡在山林间，飞出去数百里了。她终于成为老丑而荣耀的第三十七代飞头蛮。

所有在同一空间中运行的妖物都知道，她的头太骄傲了、太寂寞了，经常不想再重返自己的身体。她之所以完全瞧不起另外那些群鬼、幽灵、山魈、狐仙、木精或水怪，也只因他们都有一个身体。身体都是卑贱狭窄的，不可能理解天地之间的广阔。飞头蛮家族世代皆为女子。如果需要男子，也仅仅是为了汲取一些精液，用于繁殖后代。她从未发现世间存在任何一个异性飞头蛮。因男子们再具魔性，也都是些被身体霸占的家伙。男子都有先天的局限，不能做到头与身体的真正分离。历史上天赋极高的男子，也有过企图修炼分离术的。他们娶了女飞头蛮，剽窃绝技，夜里偷偷锻炼心境，但最高成就者也仅仅只做到过分离一尺左右，须臾便合拢。男子的头历来就没有长时间离开身体的潜力。为什么那些她从不去爱的男子及从不爱她的男子，会如此没有分离的力量？

她记得童年时，曾祖母把自己的头飞挂在一棵树上给她讲故事，对她说起过："很久以前，山林间也曾有一些男子，渴望成就分离，他们被称为'飞头獠'，但因飞头獠的精液都是脑髓的一滴，密集活跃的精虫通过脊髓之长河相连，归于脑海，其气血稍有中断，所有虫便会窒息，让人失去智力。有些飞头獠变成白痴后，甚至还曾去争食粪便。他们因此普遍对气血中断感到恐惧。他们都认为，没有智力无异于死。所以，男飞头獠们在数万年前就决定放弃这种将头与身体一分为二的伟大演变，并永远地接受了合而为一的封闭性。因此他们便永远都是些平庸的男子。"

最近这一万年来，山间再未出现过飞头獠。但并不是没有各种飞头。

很多时候，群鬼们还会把那些死于非命的断头者，譬如在法场上被斩首的烈士、强盗或作奸犯科者遗落在草间的人头，与飞头蛮相混淆。

有一次她飞在路上，便忽然出现一个断头，与她在山间并肩漫步飘移。断头的下颚留着几缕美髯髭须，长得眉清目秀，说起话来也让她另眼相看。两颗头依偎着谈笑风生，从林间穿过，也引来群鬼们的羡慕。她几乎觉得自己要爱上这断头了。连她也没认出来，那只是一颗冤死的头，而不是飞头獠。因过了没几个时辰，那头便开始怀念生前的遭遇，哀叹死后的孤独与畏惧。这已令她颇感失望。就当她以为那断头要在空中亲吻自己的一刹那，对方竟忽然坠落，从山坡滚落到一块巨石底下不动了。巨石不远处，躺着那男子污浊的身体。

自那以后，她对任何路边出现的陌生飞头都再不搭理了。

曾祖母传给她的修炼古籍上，各种飞头各有称谓。譬如有些流落他乡，因爱而忘记归路或找不到身体的男子头，一般在搜身文献中被称为"落头民"；有些长期搁浅在某处的头，也各有名称：如搁浅在机械傀儡中的头称为"辘轳首"，搁浅在深水中的称为"潜水颅"，搁浅在森林里的称为"万木号"，搁浅在宫殿里的称为"悬头臣"等，不一而足。但这些都只是零星的存在，随时间而湮灭无闻。唯有飞头蛮家族修成了万世传承的光荣幽魂。

有史以来，女飞头蛮半夜飞出去，无论是吃人、接吻、盗窃、采集精液、传播谣言或跟踪猎物，有时与人打成一片，但本质都是独身女鬼。作为第三十七代飞头蛮中的佼佼者，她更是独身思想的集大成者。她忧伤的脸与飞散的长发，会在浩瀚夜空中形成一道长长的壮丽的弧线，宛如一轮拖着乌云的明月。女飞头蛮总体而言是高贵的，即便是在她们最危险与无爱的时刻。这都是因为头的独立性。作为第三十七代飞头蛮中最优雅的恋人，她的头更是如此。的确有几次，她飞出去太久，差点再也找不回来身体。但她从不畏惧，也从未对自己是否会爱上另一个什么人的头而担心。因不爱才是最大的自由、灵性、聪慧与抱负。爱只是一件封闭的事。爱是身体，不爱才是飞头。每夜，她的头如闪电一样夺门而走，奔向半空，孤傲地向着漫天的星辰高昂抬起，努力嗅闻着远处传来的肉味。她从未因某个自己不爱或不爱自己的男子而愤怒，只觉得摆脱身体，便堪称叱咤风云。她那擦满胭脂的忧愁之头，时常穿越黑暗的大街，划过群鬼云集的丛林，照亮社会的二十八面形与复杂的人间晶体，直扑深奥的远方。她有时认为，自己未来的恋人必须也是没有身体的，这样才算般配；但有时她又认为，自己未来的恋人必须只有身体而无头，这样她的头才可与恋人的身体合二为一，成为不可分离的完整存在。矛盾与绝望就是她的祖传家法。她的头在咬啮、吞噬、观照与喊叫中有着海岛冰轮初转腾般的冷艳。她飞过之处，群鬼们都鸦雀无声，有些甚至低首向她行跪拜之礼。他们都对她羡慕不已。因在同一空间中运行，爱只是一场对"与天地精神相往来"的遮蔽，必须不爱才能真正懂得"千载以还不必有知己"的雄心。她相信自己最终会发现一个根本无法爱她，也不会被她所爱的绝对恋人。

2019 年 7 月

# 史前之鳃

惜春时节叹落花，史前史的敌意是浩然与溟滓同科的元气。从 A 城上一次主动发起偷袭制造血案，到后来 Q 城的反击，已过好几代人了。A 城无论是城头士卒、楼头文人还是街头草民，都曾遭受过来自地下的重创。只是所有人都不知道袭击他们的武器与火焰是如何抵达的。大家受伤的方式各有不同：被刀砍的、被箭射的、被飞石砸中的，还有被火烧伤或被牙咬伤的等。可仔细观察，却又都不是。史前史那么多年，从未有谁在 A 城的空中看见过横飞箭羽、石头或刀剑。况且，在这座人人都会旋转、跳跃与空翻，因脚不沾地的本领而举世闻名的城市中，人们都自信能随时躲开任何逆袭。何来危险？

但受伤的人的确太多了，可谓人人都有伤口。城中的人长期关心自己的伤势，甚至逐渐遗忘了伤害自己的方式与敌人是谁。

大约因历史尚未发生，那时海蝎尚未有鳃，肺鱼尚未上岸，气球藻与孢子类植物也尚未传播花粉，世间还不存在任何爬行动物与哺乳动物，故带伤的 A 城人便把全部注意力都集中到了如何修炼旋转上。

的确，在 A 城人人都会旋转——这是唯一一种能在史前有效躲避奇怪袭击与秘密伤害的运动绝技。此技自古无名，故暂以"旋转"称之。据说此技练到最高层次，便能在急速旋转时令身体消失，飞来的武器也就失去了目标。急速旋转时还会夹杂着跳跃、躲闪、连续转体与空翻，借机便能行杀戮之事——因真正的暴力都是不用着陆的。不过，即便旋转速度再快，跳跃再高，连续空翻次数再多，人最终都会落回到地面。所以 A 城人倒也相信万有引力。只是这种相信是很有限的。每个人从心里最崇敬的并非地心，也不是在旋转时能带起四周无数原子磁场而产生的强大螺旋力，而是一个人在急速旋转时能保持多长时间。那些在杀戮敌人（或躲避袭击）时一跃而起，旋转并悬空时间长的人，通常都是本城德高望重的前辈，或史上最了不起的导师。据说，过去有的本城长者可以连续凌空旋转十次以上，数个时辰脚都不点地，任何漫天密集飞来的武器也都不能伤其毫发。

只是此技的巅峰之境，在 A 城史前的当代一辈人中从未有谁真正做到过。

作为 A 城的敌人，Q 城的情况就完全不同了。在那边，虽亦人人身怀绝技，但因被 A 城攻击伤亡太大，一度人口锐减，故超然而深奥的行动都不得不在地下进行。

在万物不纪年之前，大屠杀后活下来的人也常处于危险中，懂得封闭的重要性。为躲避 A 城人的袭击，Q 城的城门始终关闭。历代大风呼啸，扬起漫天沙土，令城门前堆积的泥沙已与城墙的高度几乎持平。城门是永不打开的。从远处看，甚至根本不知道还有城门。每个看门人也都有王一般的脾气，极少现身。一场暴风雪之后，整座城便消失在地平线上，只剩下一道微微凸起的巨大弧线。Q 城之所以不使用城门，还因这是一座完全不需要地面的城。无论昼夜，大街上都是空荡荡的，房屋里也没有人间烟火。隐蔽于地下早已是 Q 城人祖传的宪法。为了有效抵抗来自 A 城人的偷袭，每个 Q 城人都只在地下十七米、三百二十一米到一千七百八十四米的不同深度中，进行封闭、埋藏与静坐的生活，发出他们反击 A 城的无形武器，并完成他们秘而不宣的伟大思想。只是每个人能承受的土壤压力不同，所选择的深度便不太一样罢了。

譬如，在十七米以下封闭的人，他们不需要光线。

其次是三百二十一米以下埋藏的人，他们不需要空气。

最深的则是在一千七百八十四米以下那些终生静坐的人，除了不需要光线与空气外，他们甚至不需要任何运动。很多人一生都没露出过地面。他们互相之间也都未见过。在 Q 城史前史所记载的符号中，可以看见有几个道行最玄妙、隐幽与深邃的长老，据说曾是 Q 城反抗者们的精神领袖。他们的名字只能画成一连串的图像符号，却没有读音。他们在大地最深之处的静坐，距离地面其实已远远超过了一千七百八十四米，也超过了一切我们熟悉的窝、洞、井、矿、地下火山、地下河流与熔岩的深度，几乎不可测，故而甚至他们自己也从未见到过自己。当然，也没有人真正地见到过他们。

但他们从地下发出的恶力与震动，他们给 A 城人造成的巨大创伤，却无时不在，这颇令 A 城人忌惮。

在一切都不可能发生的时期，迫于气压的转变，那旋转时间最长的导师，与静坐地底最深邃的长老，也曾各自代表 A 城人与 Q 城人，被派出来举行过一场谈判。

两个人用平常难以见到的形象来到地面，握手坐下。

空翻的导师如一朵光辉的花般在高空急速旋转，他一边脚不沾地地释放力量，一边傲慢地向下质问："既然死了这么多人，为何我们不能停止对抗呢？既然我们的生活空间本来就不同，大气层的浮力与土壤岩层之间也不应该有矛盾才是。"

而那个从未见过自己面目的长老，则隐身在烈日下的阴影里，慢慢答道："既然死了这么多人，能否停止对抗也不是我们能决定的。"

"不如我们各自退一步如何？"凌空旋转的导师落到地面上说，"我可以立刻下令，让 A 城的人停止所有旋转，在地面静止下来。前提是你们 Q 城的人也必须全都从地下回到地面上。不许再隐蔽和静坐。不能总是让我们在明处，你们在暗处。"

"这话说反了吧。"阴影里的长老冷笑道，"在 Q 城谁人不知，太阳是不能直视的。虽然知道你们在空中旋转，但只要一抬头，便会被强烈的阳光晃眯双眼。你们才在暗处。"

"好吧，就算我们都在暗处，能不能不再为敌呢？"

"不能。"

"那为何呢？"

"因大气层与土壤不是一种元素，我们的空间从不能兼容。"

"有这么严重吗？你们也可以把静坐与封闭在地底下的那些容身之洞，重新变成亭台楼阁，甚至修造到半空中来呀。"

"荒唐。请问你们的身体可以在土壤中，在一千八百米深的地底下旋转吗？"

"我说的是大家都回到地面上。"

"绝无可能。地面是平庸的。除非……"

"除非什么？"

"除非把两座城变成一座城。"

"实在不行，这倒也可以考虑。"

"可如果那样，你们将失去凌空旋转的意义，而我们也会失去历代在封闭的地下静坐所获得的全部思想。绝技与本领全都会浪费掉。人生只会变成一场齐平的迷惘。"

"两座城的人会两败俱伤吗？"

"不，是两种模式都会前功尽弃。"

"可城与人的生命能保住。"

"但我们都会失去各自用祖传的死亡换来的存在之尊严。"

"那你说该怎么办？"

"没有办法，放弃吧。放弃是时间的奥秘。"

凌空旋转的导师在急速旋转中还想争辩，而看不见面目的静坐长老，则已在阴影中忽然转身，向地心深处拂袖而去。

于是，史前最重要的一场谈判就此搁浅。结束前，他们已各自交换了一枚鳃。因史前时代，世上还不存在任何陆生动物的肉，只有原始水生物尚未蜕变为鱼肺鳔、喉咙囊、气管与呼吸器官的原始的鳃。凌空旋转的导师从发髻里拿出一只海蝎的鳃，与地下静坐的长老从帽子里拿出的一枚水蛛的鳃进行交换。因鳃是那时陆生动物与水栖动物之间即将发生演化的象征，于是便成了那时唯一通行的信物，是王冠、呼吸、自由、城徽乃至兵符的象征。

但鳃的交换，未能阻止两座城世代绵延的怨恨与占有空间的激情。

史前之城春色狂乱，残霞泼血。在全封闭的人间世，无论袭击的力从旋转的空中来，还是从深邃的地底下来，每次都能造成各种家破人亡的惨剧，并留下一些旷世的美感。对此，A城人与Q城人都从不后悔，也僵持不下。这一切直到T城作为第三种模式出现，才勉强瓦解了他们对立多年的绝望，打破了这场古老的僵局。

因T城的人都是在地面活动的人，也就是一切身体运行轨迹都有局限的人。

当然，T城并非自古就有。它不过是那些在A城半空旋转、跳跃或空翻时，因坚持不住而摔下来的失败者，以及在Q城地下隔绝多年，后因窒息与压抑实在忍不住，不得不爬出地面来呼吸的恐惧者，这两种人聚集到一起，从互相谩骂到惺惺相惜，从继续鏖战到秘密通婚，最后，他们竟重新建立了一座城，便是T城。这座旷古失败之城，位于两座世代恶斗的城之间，彼此相距并不远。但因T城人总是充满暮气、颓丧与弃绝感，故被认为是不吉的。为了不再受到另外两座城的欺辱，T城的防御系统，便是壕沟。纵横的无数条壕沟布满了城内城外，而所有T城人的生活方式，不过是从一条沟移动到另一条沟里。壕沟太多，所以T城的最高处就是平地。壕沟内长年因下雨积水，导致它和所有史前大地上最渺小的城一样，充满了污泥、渣滓、瘟疫、理智、数学、色情、炊烟、饭菜与窝棚。可壕沟每个角落里又都是些因性欲而陷入精神错乱的恋人，到处都充满了猥琐的渴望、发霉的诅咒与市侩的抱怨。最关键的是，T城人因往事被荒废，既不能再凌空旋转，也不愿再在地下静坐，于是便只能靠不断说话聊天来排遣他们的痛楚与嫉妒，麻痹窝囊的记忆。因那时尚无文字，他们便成了第一代靠语言实现存在的人。

T城人始终都喜欢解释自己过去在另外那两座蛮荒之城中的遭遇。他们也常爱袒露身体，给人看自己凌空旋转时留下的伤疤，或屏住呼吸，表现在地下秘密封闭与静坐时代练出的止息之功。虽然这些绝活的残迹并不完美，却足以让他们一生享用，互相自诩为世间无人能及的荣耀。史前那两座城之间的互相戕害，需要靠这第三座城的人来诠释，这样的状态也持续了数不清的岁月，直到海蝎长出鳃化为陆蝎，肺鱼上了岸变为兽类，气球藻与孢子类植物已转化为能传播花粉的根茎、雄蕊与叶蔓，各类密集蠕动的胎生、卵生、湿生与化生之物并起于丛林，而以囚鸟、鸭嘴兽、恐龙与蜥蜴为原型的图像符号也已开始陆续出现在山石、骨骸与墙上为止。但危险始终存在。祖传的残忍和对不同空间的争夺，让再多的诠释也不能化解城与城间的误解，抵消导师、长老与年轻人之间的敌意。即便历史始终不爆发，大家仍不是空中的偷袭地下的，便是地下的反击空中的。那诠释偷袭与反击的亲历者，尽管偶尔言论深刻，却也不过是一群更加无用的话痨与博学的俗人。年深月久，他们之间的哲学已随着史前之鳃，逐渐演化为一团绕不开的死结、仇恨与传世的否定。为何大家总以最野蛮的方式才能捍卫文明，以最舒适的麻木才能维护尊严，又以最无用的言说来缓解举世罕见的恶？在史前史结束之前，从未有人意识到这是个悖论，也始终没人能够解答。

2019 年 9 月

# 缩写本绣像花关索炼微传

## 绣　像

　　帝国之夜如一块绚丽的黑铁，可锻造一切没有边缘的武器。只是谁都没想到这亡国时节，正好也是莺花时节。久闻那个著名的昏君已被抓走，且在敌营乐不思蜀。山下遍野是阵亡者的尸体、敌人从祖坟里刨出的残骸与嫔妃们的人头。此刻，巴蜀沦陷在牡丹、紫菊与杜鹃的芬芳中，祖国糜烂。听说，当魏人披着毛毡从山上滚下来时，后主的皇宫则吐出了这个政权最后一道黑烟，如蛙吐涎。这是集体沉沦的星夜。一只浑身发抖的乌鸦仰起头，正在痛饮星相，伪善的天穹则向麻木的世间泼下恶的光辉。

　　蜀道另一边，一匹浑身火炭般猩红的马在丛林中疾驰。马上坐着的少年花关索，小得像个拳头。他感染瘴气有些日子了，但仍怒睁二目，足蹬多耳云锦靴，头裹碧霄雷纹巾，身上仍交叉插着两个法宝：一是花斑竹筒，内藏镶铁黄龙吐火枪，他曾用此枪剿灭过群雄与恋人；另一个则不知何物，只是裹着黑布囊。花关索面色一团猩红。透着星光，隐约可见有细汗渗出他的两鬓。他用手中的鞭子不停地抽打马臀，如在卧榻上鞭笞恋人的肉体般疯癫。山路颠簸，夜色阴森，惨烈的哀痛与绝望驱赶着这不世出的一代恶童。他年轻的前额露出一片死的明净，如闪入无人之境中的一轮皓月，越过了漫山的花海。

偏安一隅的奢华生活迟早会被消灭，这也在他意料之中。

很久以来，他都不愿为巴蜀杀人的哲学陪葬，但为此他又只能不断杀人。与他交战过的每个人，都知道他父亲威震华夏的盛名。但借父之名终归是令人压抑的。他年纪虽轻，却从不想掩饰自己独立的狂气。父亲死后，他也曾企图重新点燃内心的反抗，兴灭国、继绝嗣，带着自己过去荡迹山林时掠夺来的四位夫人、旺盛的性欲、不可小觑的法术秘籍、家传的傲慢、关西猛士忠义与叛逆并存的血统与古怪的脾气，去另外打造一种崭新的霸业。他渴望去过能在白昼间不眨眼地厮杀、长夜里则能与妻妾们轮番交媾的烈火生涯。

但残忍的古今之变，并没有给他留下异化的机会。

他知道国破之前，禁军早已叛变投敌。禁军统领和士卒也知道他已孤身逃亡，正四处围剿、阻截、搜查他。因他的身体实在太小了，极难找到。其实这大可不必。他早已失踪多年了，自幼便无踪影。当初每个人都认为他是被仇家劫走的。实际他只是被父亲的结拜兄弟放走的。他来自失踪，现在又走向失踪。他修炼失踪，甚至就是失踪本身。那年，父亲与父亲的兄弟们，约定同去山上造反。为博取对方死忠，竟相约杀掉对方家眷。一根丈八蛇矛在他母亲隆起的肚子前虚晃了几下，却又像蛇一样溜走了。母亲意外逃过一劫。当时他正藏在母亲的子宫里，小而尖，如一枚惊人的枣核。

后来，他便在漆黑的杀人时代游荡：先被索员外拾得，后又拜花岳为师。花岳真是个可怕的长老，除了交给他六韬、三略、奇门遁甲、点枪法、火葫芦、九股红绵套擒将术等绝技外，还曾传授他一门奇怪的异能：炼微术。此术起源于先秦。

为此他必须整夜在一根尖刺上站桩,然后用黑火药点燃自己的影子。那些年,对父亲的仇恨与对月光的崇拜,同时成了他站桩时的两种相反的意志力。

此刻,他看见父辈与上一代人铸造的世界、宝座、花园、复国与互相屠戮之梦,正土崩瓦解,满心是遗憾与恐惧,却也算痛快淋漓。为何所有人都会以杀人为王?无耻的魏人竟在无意间去做了他内心中从来不愿说,却很想做的事:毁掉巴蜀的过去。

逃亡数日,那马的速度也越来越慢了。在跨越一座小山丘时,马鼻子不断喷热气,浑身脏汗,已疲劳到极限。这一路上极端荒凉,没有一个客栈,没有井,没有救赎的人。连那猩红的马似乎也是在模仿父亲的赤兔,想起来这真是可悲。他暴怒地鞭打着马。马也麻木了。在越过了几个壕沟之后,马忽然惊恐地失了前蹄,跪倒在山坳边的泥坑里。马身倾斜,将花关索掀了起来。若换常人,必定摔得个头下脚上。可花关索似乎早有防备。借着倾斜的一点力,他忽地腾空而起,一脚迅速踩住马头,一脚往前顺势一带,仅用半个侧空翻,便如蜻蜓般向一棵树飞去,再借着树的反弹力又一纵身,身体又再次旋转弹出,最后竟远远地落在了路边的斜坡上。斜坡离那马,已在二十余步开外。他回望那马,已完全瘫倒在泥泞里奄奄一息,只有鼻子在剧烈起伏呼吸。

斜坡下是一条小溪。溪水中有很多鱼在游。花关索的力量本来自水,遇水则全身筋肉能无限膨胀。且仓皇逃亡中,他已整夜没有喝一口水。他渴坏了。他在小溪边趴下来,把整个头伸进水中痛饮。他每吞一口水,身体便会往回长大一寸。

他在水里睁眼,看见一条鳜鱼游过,其鳞片发出的反光可以照见他的脸。他最恨自己这张脸。不是因这脸之尊严太像父亲，而是因这脸之俊美已超过了父亲。从鱼鳞中倒映出的脸是反相的。花关索从这反相中判断出，此时蜀汉亡国的面积已超过了三分之二；他那四个最色情的夫人、四具可以令万人放弃一切道德的恋人肉体、四种罪恶、四团火焰，此刻也都被乱军所杀；他桃色与残暴并驾齐驱的一生抱负也已化为虚无。

他想把那脸撕得粉碎。可正当他伸手想抓住鳜鱼，剥开鳞片充饥时，那支沿途追击他的禁军从溪水的倒影中出现了。

无耻的禁军本该一拥而上，将这个举世闻名的恶童砍为肉泥。可见他背后所插的那两支武器，又有些犹豫。他们围在花关索的脸、溪水和倒影四周马打盘旋，发出虚张声势的喊杀声。大历史的黑暗与秘密，总是会形成一个圈子，圈子的中心就是世代传承的失败者。魏人交给投降禁军的任务，便是要将巴蜀往昔的遗民全都抹掉。更何况这个遗民身上带有太多过去的符号。

花关索从溪水边站起身，想看清禁军到底有多少人。他取出随身火石，凌空三击，擦出几个火星。火星东飘西照，沿树林半空闪耀飞逝而去，忽明忽暗，划过枝叶，照亮了方圆几十丈密集的禁军人马。看来插翅难飞。只有炼微术或能帮他逃离这旷古的凶险和来自上一代人恩怨的追杀。他迅速从身后摘下黑布囊，从中抓出一把黑火药，当空抛撒。可待他刚要点燃影子，行那惊世骇俗的缩身绝技时，禁军那边射来的箭雨却先到了。他浑身被射成了柴垛模样，恶从血窟窿的中心放射，远看宛如一朵巨大的蒲公英。

## 诗

异端绝应、艳妇色应、圣人敌应
一个美少年最应则是大失败
我要把全世界都变成烈马、反脸与影子
再拿出黑火药，否定伟大的父亲


龟形鹤背的史学家总想对我的性欲
置喙。皇帝已在成都降魏
从来就没有过什么桃园、杀猪匠与人的尊严
花关索已在车轴中化为最小的妖怪


巴蛇食象，三岁而出其骨
我被伦理的巨蟒所吞，超过了三十岁
杀子的荣耀赋予他们夺目的卑鄙
我在群众的手心里用唾沫洗澡


继续偏安吧、性交吧！杀人推动科学
抢劫少女的快感超过东汉的毁灭
我最大的意义就在于能被文学一点点地遗忘
只剩下花朵、鬼门关、绳索与良心


## 炼微术注

　　世事难言，在另一些古籍中，毒瘴、气病与溪水边的肉身
之死，都不是花关索的唯一结局。这自然牵涉到他被遮蔽的反
偶像崇拜、他对仇杀的否定，以及他从花岳先生那里学到的一

些异端功法，譬如"炼微术"。只因明以后，关公崇拜在民间如火如荼，花关索的神武若超过了父亲，自然会影响到关汉寿的形象。传抄者为避嫌，便将其很多幻事从笔记中删掉了。但"炼微术"却有痕迹留存下来。

如在俄国圣彼得堡图书馆所藏敦煌手抄卷子里，便有唐人葛叶所写南朝僧事之《蜀龛感应记》残片①，其中所引汉淮南王刘安《万毕术》之句，便有炼微之法。炼微主要即炼无限缩小之异能。淮南刘安著述甚多，分内、中、外三种，所谓鸿宝、枕中、苑秘。三书尽言各类神仙、恶鬼、移物、谶纬、炼金、变形、热球、豆腐、布阵、镜像、制冷、巫术、叛乱、琴占、房中及先秦邹衍延命之秘方等，但世上从未有谁同时见到过三书。内书即著名的《淮南子》，或言《淮南鸿烈》；中书为《枕中记》，讲道家心法；外书即阐述各类物理、化学以及如何练就异端之法的《万毕术》。足本《万毕术》全书，凡三章，十万余言，记载了一万二千余种古代物理与变化之术，后人所称"化学"一词，即来源于此书。当初刘安曾招数千博古之食客、怪杰与方士，写作三书，想以此献给汉武帝，求得晋升之阶。公元前122年，刘安因谋反事败，自杀谢罪，其一生著作也随之流散了。《隋书·经籍志》内载，梁代时尚有《淮南万毕经》和《淮南变化术》，唐以后全部散失，只在如《太平御览》等别的书中还有引用，算是一点残迹。明末方以智在《通雅》卷三中言："万毕，言万法毕于此也。"清王仁俊《玉函山房辑佚书续编》中言："毕、变音近，犹言万变术耳。"即汉以

---

① 此片为1914年8月俄国考古学家奥登堡（Sergei Oldenburg）院士在敦煌考察时所获，参阅《俄国科学院东方研究所圣彼得堡分所藏敦煌文献》，上海古籍出版社，1998年。

前所有变化之术，基本都被刘安秘密收到了书中。目前还能见到的《淮南万毕术》残编，薄薄一卷，乃后人勉强搜罗零星资料汇成。不过其中也多言各种炼法实验，诸如：

> 蜘蛛涂足，不用桥梁
>
> 鹊脑令人相思
>
> 磁石悬入井，亡人自归
>
> 埋石四隅家无鬼
>
> 拔剑倚户，儿不夜惊
>
> 赤布在户，妇人流连
>
> 蟹漆相合成为神仙
>
> 腾蛇听而有孕，白鹭视而有胎
>
> 白青得铁，即化为铜
>
> 削冰令圆，举以向日，以艾承其影，则火生
>
> 取头中垢，塞针孔，置水中，则浮。以肥腻故也
>
> 取鸡血与作针磨铁捣之，以和磁石，用涂棋头，曝干之，置局上，即相拒不休
>
> 取沸汤置瓮中，密以新缣沉中，三日成冰等

花岳先生原为汉末宫中人，后来归隐班石洞修炼。其炼微术即得自汉末宫中所藏淮南刘安之足本，然后传给花关索。查在圣彼得堡图书馆藏敦煌手抄卷子《蜀鬼感应记》残本中所引《万毕术》文，内容虽不多，好在确有一则曰"烧影炼微"，现誊如下：

> 童子以黑火药洒地，子时至丑时，于月下灼烧

己影，可炼减身形。影逾黑，身逾明；影逾大，身逾
小。终三年烧之，可减半身；终七年烧之，可减一
拳；终十年日不间断，可得阐幽炼微之术，声若洪
钟，身若枣核。其人声闻大者，亦随炼趋于乌有。

可见，花关索是在童子时期（当时只有九岁），随花岳
先生炼就此法。只是最后生死关头，因时间太仓促未能用上
而已。

另如日本庆应大学考古部所藏明刊本《滇鉴纪略》（佚
名）所载，蜀汉灭亡时，庞德之子庞会为报关羽杀父之仇，领
军杀入成都关府，将关家满门老小全部屠戮。关羽一族几乎灭
门。唯有远镇云南的花关索得以幸免于难。但魏军剿灭巴蜀残
余后，便继续挥师南下，深入不毛，将云贵一带的城池也纷纷
攻陷。花关索兵败，被一路追杀，逃至山林中，又被乱箭穿身
而死。但他在最后倒下的一瞬间，便采用了花岳传给他的炼微
术。他抓鳜鱼的同时，解开布囊撒出黑火药，将自己骨肉迅速
折叠、变矮、缩小。如文中言：

火药月下烧影，索身先化为一尺小儿，状若旱
魃；再缩一拳，后缩仅一指，急入鳜鱼口中。鱼则跃
溪中游走。此后索事尽为讹传。

禁军士卒见溪边有人被箭雨射得倒下，却又看不见尸首。
他们甚诧异，便慌忙赶过来四处查看。溪边只剩下花关索的死
马、黑火药、影子、铠甲与兵器。

这便是志怪中的花关索最后留下的形象，与一般话本里的

病故或阵亡皆不同。

按《蜀龟感应记》所引炼微术之言，关索之名也的确与关羽的演化方向相反。关羽关索父子虽都是蜀汉的"失败者"，但宋元以后，关羽形象因小说与戏曲由将而侯而帝而圣，甚至成为佛教护法神、草莽帮会的守护神与民间财神，各处关帝庙随时间之流变与忠义偶像崇拜越来越伟大；而关索崇拜在各地虽然也有很多关索祠、岭或庙，其传奇形象却是由将而神怪而美少年而物妖而通灵之童子或强盗色鬼，变化为今日电子游戏中的卡通人物，随朝代之更迭、帝制文化之解构与古籍阅读的式微而越来越渺小，几乎湮没无闻了。

# 索　引

**话本**：花关索，即关索，是元以后进入民间传说中的虚构的关羽第三子，本无名，七岁时因观灯走失（关羽张飞曾靠互杀家眷约定起义，但张飞放走了身怀六甲的关妻胡金定），后为索员外拾得，又拜班石洞花岳先生为师习武，于是取三家姓为名。花关索曾收服太行山十二兄弟，力战群雄，寻父于西蜀（一说在荆州认父），因少年俊美又神武，娶过四位夫人（花鬘、王悦王桃姐妹、鲍三娘，皆美貌而善战）。关羽死后，为报父仇，花关索杀陆逊、吕蒙等，成为勇猛无比又懂法术的神将，曾攻克西川，随诸葛亮南征孟获，并镇守云南。后因刘备死、蜀汉灭亡、诸葛亮失败归隐，花关索与刘封又发生矛盾，染瘴气致病，郁郁而终。至今西南地区仍有如关索岭、关索洞、关索祠、关索庙、关索戏及关索夫人之一鲍三娘墓等遗迹存在，如明人杨慎《关索庙》诗："关索危岭在何处，猿梯鸟道凌青霞。千年庙貌犹生气，三国英雄此世家。月捷西来武露布，天威南向阵云赊。行客下马一酹酒，候旗风偃寒吹笳。"关索传说多见于元代《三国志平话》等书，但最完整的演义，则为 1967 年在上海嘉定县城东公社明代宣姓墓中出土的成化年间说唱词话本《花关索传》，该书共四册，分别为《新编全相说唱足本花关索出身传》（前集）、《新编全相说唱足本花关索认父传》（后集）、《新编足本花关索下西川传》（续集）、《新编全相说唱足本花关索贬云南传》（别集）。

**父义**：索字有几层意思：如求索、搜索、绳子或绞铁为索等；栾保群《中国神怪大辞典》有"关索"条，引清人许缵曾《滇行纪程》之"关索岭考"云：关索即关兴，而且"诸苗谓父为'索'，犹言'关父'"。即花关索也就是对关羽、关兴与关平等父子形象的综合演绎。

**绳索**：明人李文凤《月山丛谈》言："云南平夷过曲靖，晋宁过江川，皆有关索岭，上各有庙。盖前代凡遇高埠置关，关吏备索，以挽舁者，故以名耳。传讹之久，遂谓有是人，而实妄也。"这里基本上否定了关索是人，而只是一种用来攀缘的绳索。但绳索也象征束缚，是花关索叛逆的隐喻。

**分身**：关索在双峰堂本、周日本《三国志通俗演义》以及《三国志传评林》等早期三国版本中，只是个平凡的武将，并不具有传奇性。《关氏家谱》《广义祀典》《圣帝世系考证》《滇事纪略》等书也记载有花关索之名。后来话本中的不少人物，应是根据花关索演变的。如关羽女儿关银屏（关嫣，关三小姐），在《三国演义》中只是提到过关羽有个女儿，并拒绝了东吴的提亲，但未说名字；另如《说岳全传》里嫁接《水浒》中大刀关胜之子（《大宋宣和遗事》中作"大刀关必胜"）的小将关铃，与岳飞之子岳云结拜。其性质乃至父子形象塑造也都和关羽关索父子差不多，可算是花关索传奇的分身。

**绰号：**《水浒》里的小李广花荣与病关索杨雄，也应是借鉴花关索的形象。杨雄在《大宋宣和遗事》中作"赛关索王雄"。宋元时期很多武将都以"关索"为绰号，如小关索、赛关索或脱脱《金史》里的将军张关索等。

**兵器与坐骑：**《花关索传》中花关索的秘密神力来自石间流出的灵水，使的兵器是"九股红绵套索"和花斑竹，因竹筒内藏有一条黄龙枪，还曾用过一柄宣花斧。他的坐骑为金精兽或赤兔胭脂马。

**怪童：**关索在词话本《花关索传》中常被演绎为一种具有巨大力量的童子，且非常小，即"坐在马上拳来大，走在喉中不喳人"或"口内奶牙犹未落，头上胎毛更未生"，乃至小到"吐唾手心能洗澡"。此与《狯园》中之枣核之喻相同。身虽微小，但花关索却可以战胜很多猛将或庞然大物，就像《说唐》中的瘦鬼李元霸或《封神榜》中的小哪吒。

**炼微阐幽：**《易·系辞》云："彰往而察来，而微显阐幽。"《封神榜》称道教为"阐教"。

**轮妖**：花关索之事不仅限于一般历史传奇，明以后还日渐演绎为物化乃至妖异崇拜，如明人钱希言在其笔记志怪小说集《狯园》卷十二之"淫祀"类中，也有一则"花关索"，他的形象则是轮妖。其全文曰："云贵间有关索祠几处。相传一巨𫐐（𫐐一音丙，车轮轴凸起处；一音更，指绳索），常夜作声，时人以为灵响，于此建屋立祠，名曰花关索。衣冠钟鼓，千年不断，往来行旅，莫不祷祈，至今尚在。传奇小说中常有花关索，不知何人。东瀛耿驾部橘，少时常听市上弹唱词话者，两句有云：'枣核样小花关索，车轮般大九条筋。'后以语余，共相击节。"这是我所见到的对花关索传奇最奇妙的隐喻。

**箭**：清代王渔洋《池北偶谈》卷二十四也有一篇"关索"，全文曰："云贵间，有关索岭，有祠庙极灵。云明初师征云南至此，见一古庙，庙中石炉插铁箭一，钑其上曰：'汉将军关索至此。'云南平，遂建关索庙。今香火甚盛。"

**色鬼**：清人唐靖《前溪逸志》也有一则花关索云："七里峤，度其围以表山也。南有崂岭，过岭而东康城，又北为乌龙山，南为寨山，中有畈曰寨山畈，有祠焉。兜鍪被甲，执戈而坐，其神曰严康。相传康屯兵处，年代莫详。野老之言曰康邑人也，奇丑而力，爪牙为兵革，肤为铁刀，镞莫之刺也，唯喉三寸肉耳。妻曰鲍三娘，美而勇，夫妇各治兵为幕府。今姚坞关内鲍家庄有三娘遗垒。至今村庄杂剧演其遗事，而康城庙像岁祀夫妇二人，别祀索于何村，独无匹。里人号曰孤土地庙，云康怙力强死，世祀里社，鲍淫奔杀夫，鬼复配享。花窃妻暴行，祠宇相望，是崇奸教乱也。何以风世。且康不能厉庙，不为灾意者，传闻乖实乎，姑志之以广风土之异闻。"在其他传奇中鲍三娘本花关索之妻，这里却是将花关索演义为夺人妻子的色鬼一流人物，也是奇特。

2009 年 9 月

# 大 瓢
——晚唐隐逸诗人唐求的无人之境

## 传

江山已晚，文学尚无起色，后辈们亦不争气，吾辈则正在怆然老去。这些年，斑斓如腐肉的盛唐走到了荒谬的尽头，我身边同时代的很多僧侣、炼士与隐者都已死去。自在的日子还剩下几天？细思确有些骇人。"老向二毛见，秋从一叶知"，唐诗在我手中要终结了。我听见喜鹊们在一座招提兰若碑前发出湛蓝的惊叫，我看见镜中的空间被镜外之人砸碎了。这怎么不令人白发、恐惧与绝望并生？

诗并非诗人，诗人也非"写诗之人"，只是这一真相从无人知晓。人为何要写诗？可以不写。因一旦写了，诗就独立了，而人就不存在了。诗消灭了人。诗是我抒情的敌人，我咏物的凶手。好在除了诗，我从不想在这世间留下任何生活、事件与真面目。恋山人事少，恋人也渐渐将我忘了，恍若从来无事。

我的诗不是我。我也不是我的踪迹、纪年时间差或别人所写的唐山人。

这三者以互亡构成的虚无呈现悖论的圆满。

石窟坐无事，溪水入乱虫。江山已晚，他们又开始杀人了。几代人累积的巨大意象，在这十世纪初的夏日即将被暴君、遗忘与冷月销毁。我在巴蜀痛苦的午睡中醒来，思忖如何赞襄这空老的一生。暮气强大，颓废永垂不朽。但我就是那些无须言说的字吗？不，我最大的成就便是触到了足以自暴自弃的奥秘：在一首诗中张口即错，拟向即乖。我要将所写之物秘而不宣。我寄希望（同时是绝望）于后来人的怀念与惊异。

看，唐代山林遍野开花，蜀葵与杜鹃诡谲，但"一枝红是一枝空"。山下到处都是他们密集的兵器、王法、阴谋、屠戮、各种仓促草率的理由与统治植物的哲学。他们太喜欢做各种破天荒的伟大之事了。伟大得无远弗届。而我最爱渺小。我渺小得还不够吗？请允许我再小一点。请允许我过小日子、喝小酒、住小山、写小诗。何以成全我的虚无和自由？到处乱走吗？我一生行动从未想超过方圆二百里，但整个唐代只有我在世外写作。我的宇宙就在我的牛背上。我每天骑着它在味江山中徘徊，出于无间，入于无有。这是最原始的小。因唯有局限中才能找到无限。为了进入这一盏青灯般的无限，我从未断绝过对封闭的渴求。好在我还有一只伟大的瓢。

神天壶隐，在抱病之前，我尚不能断定自己的全部手稿，是否全能塞进那大瓢中。此瓢乃我去年于山上种得。本想用来装酒，但年纪大了，酒自然也无用了。最初，葫芦在藤条上小若一枚豌豆；谁知长成后，竟硬如巨瘿、大如南瓜，足以装下我的全部幻象、愤怒、冷漠与怀疑，足以装下我自渎肉体的败象，装下我对晚唐一切古寺、石头、虎溪、上人、庭竹、贝叶、马嘶、藤杖、旅魂、疾病、皇权、隐者与雪山之描绘。我的诗有数百上千首了吧。进入大瓢中的，则不仅是我搓成圆丸的手稿，也包括我那令我自己也惊恐的名字——我的名字很可能正是我能存在与否的谶语。但我不是我的名字。

　　世间从来就无什么真知己。灯下额头冒油、绞尽心思写的诗，最终也是可以不给任何人看的。诗是内在体验。诗是幻灭的证据与激情之恶。诗是否定。因中国人最容易幻灭。他们抱负时狂妄唐突，蠢蠢欲动；激切惨痛时又随便即可否定一切，毫无留恋。我未将诗稿付诸一炬，并非舍不得，只因残存了一点赌博之想。是啊，我就是个时间的赌徒，是境界中的恶棍。我的诗全烧了也无甚关系。再奇之诗，于人间而言也并非必需品。万有都是空的，何况对万有之写照？

　　此瓢大如樊笼，让我对存在之反相留下了一线之情。

　　江山已晚，文学从来就没有过起色。我投瓢于江，见瓢在江水中心旋转，如一切意象的司南之勺，它使我多年来的批判与宁静都有了具体的指向和意义。无论谁主浮沉，卑鄙与泥沙裹挟，恶浪并鱼鳖澎湃，都不能动摇我叩击这场"不确定性意象"的雄心。文学全靠偶然天成，文学史亦如此。任何时代，诗都在最封闭的黑暗里。我看着全部手稿都在大瓢中，随波逐流而去。我对我自己也一字不留。大瓢藏句，听天由命，顺流而下去袭击第一个遭遇它的读者，这真是一场前无古人的文学计划呀。我古典的痛苦与失望，也从此被这大瓢庇护起来了，且万古不易。诗就是黑暗、漂泊与磨灭的总和。谁能得到那些诗呢？真正的赌徒本质上并不关心赌博的结局，只在乎赌博的激情。即便未来读诗的人，略微了然我的苦心孤诣，但于我的存在而言，也不过是镜子中惘然。唐代诗人太多了。唐诗密集如群鲸振海，山崩乱石，令人望而生畏。好在人人都是写的必然之诗，唯有我的大瓢达到了偶然之诗。天不管，地不收，我的诗已入无人之境。我就是我的偶然性。

　　此刻，唐朝正在皇帝们手中灭亡，而唐诗则在我一个人手中结束。

大瓢若被救起，诗中便会有我；大瓢若沉沦，我就是诗。

# 注

唐求（约880—?），晚唐巴蜀诗人，号"诗瓢"，一作唐球或唐俅，无字，约唐哀帝天佑年间人。据元人辛文房《唐才子传》卷十载：

> 求，隐君也，成都人。值三灵改卜，绝念钟鼎，放旷疏逸，出处悠然，人多不识。方外物表，是所游心也。酷耽吟调，气韵清新，每动奇趣，工而不僻，皆达者之词。所行览不出二百里间，无秋毫世虑之想。有所得，即将捻稿为丸，投大瓢中；或成联片语，不拘长短，数日后足成之。后卧病，投瓢于锦江，望而祝曰："兹瓢傥不沦没，得之者始知吾苦心尔。"瓢泛至新渠，有识者见曰："此唐山人诗瓢也。"扁舟接之，得诗数十篇。求初未尝示人，至是方竞传，今行于世。

唐求卒年不可考，一说活到八十以后，隐居于四川青城县味江镇，人称唐山人、唐隐（或唐隐居）、一瓢诗人等。唐灭亡后至五代十国初期，前蜀高祖王建曾欲让唐求出山为参谋，但被唐拒绝了。"三灵改卜"，三灵即天、地、人之社会，改卜即改朝换代。唐求写作不图虚名，始终拒绝走仕途，也并不担心写作是否对当世有影响，完全否定世俗的意义。他像康德一样终生未走出过他生活的村镇（所谓"不出二百里间"），也像卡夫卡一样基本上从不把自己的作品给别人看，坚持了最起码二十多年。一枚密封的大葫芦（瓢），就是他活着时唯一的"读者"，直到去世。他并未如果戈理或周亮工那样，将自己的心血手稿烧掉，但也没将手稿托付给友人去出版传世，而是奇妙地寄希望于未来的偶然性，即让大瓢自生自灭，把文本的命运完全还给了诗本身。这不得不说是一种极端孤傲的浪漫性，也是对一切"知己"或读者的彻底批判。大概在唐求看来，诗是永远不会被真正理解的。

宋人黄休复《茅亭客话》卷三有"味江山人"一则，也有相关类似记载，并引用了几首唐求的杰作，全文如下：

> 唐末蜀州青城县味江山人唐求，至性纯悫，笃好雅道，放旷疏逸，几乎方外之士也。每入市骑一青牛，至暮醺酣而归。非其类不与之交，或吟或咏有所得，则将稿捻为丸，内于大瓢中。二十余年莫知其数，亦不复吟咏。其赠送寄别之诗布于人口。暮年因卧病，索瓢致于江中曰："斯文苟不沉没于水，后之人得者，方知我苦心耳。"漂至新渠江口，有识者云："唐山人诗瓢也。"探得之，已遭漂润损坏，十得其二三。凡三十余篇行于世。

### 题郑处士隐居

> 不信最清旷，及来愁已空。
> 数点石泉雨，一溪霜叶风。
> 业在有山处，道成无事中。

酌尽一樽酒，病夫颜亦红。

## 赠行如上人

不知名利苦，念佛老岷峨。
衲补云千片，香烧印一窠。
恋山人事少，怜客道心多。
日日斋钟后，高悬滤水罗。

## 题青城山范贤观

数里缘山不厌难，为寻真诀问黄冠。
苔铺翠点仙桥滑，松织香梢古道寒。
昼傍绿畦锄嫩玉，夜开红灶捻新丹。
钟声已断泉声在，风动瑶花月满坛。

## 赠　僧

曾开半偈雪山中，贝叶翻时理尽通。
般若常添持戒力，药叉谁算念经功。
云开晓月应难染，海上孤舟自任风。
长说满庭花色好，一枝红是一枝空。

　　夫草泽间有隐逸得志者，以经籍自娱，诗酒怡
情，不耀文彩，不扬姓名，其趋附苟且得无愧报唐山
人乎！

　　唐求所交之人不多，在唐武宗"会昌灭佛"后期，他的
赠诗涉及的也都是些僧家、道士、隐者、炼士等在野之人。他

一生的诗肯定不止几十首，起码应有数百首。其投入锦江的诗瓢，类似一只古代愤世嫉俗的"漂流瓶"，堪破万有的语言能否得救，完全听任沉浮与造化。这是一种不得了的困境、幻灭与洒脱，也是一种惊世骇俗的绝望和"对文本与现世名誉的否定"。他的诗在唐代众多诗人中，自然谈不上超越，但他的特殊选择和境界，以及对晚唐时期诗人对历史、宗教、朝代与战乱的看法，对自唐亡至五代，乃至前蜀初期的风物与吟咏，则有很大弥补。一千多年来，他是在被遗忘的同时又被记忆的，被观照又被忽略的，在不解与惊叹的夹缝中始终存在的一位晚唐隐逸诗人。历代少有人提及他，但又总会有人想起他，譬如明人杨慎或晚清吴之英等。尤其唐求终老茅屋、投诗入瓢的孤绝行动，直逼魏晋风度的第一流之士人精神，非一般诗人可比。从现代人的诗性与当前浮躁的文化景观而言，他的思想意义也具有镜像或隐喻的作用，故我今写成此篇。

唐求的隐逸观是很明显的，如我较喜欢的《夜上隐居寺》一首云：

> 寻师拟学空，空住虎溪东。
> 千里照山月，一枝惊鹤风。
> 年如流去水，山似转来蓬。
> 尽日都无事，安禅石窟中。

但隐逸本身并不是他的最高成就。他的成就在于他第一个敢于主观地、执着地去追求一种文学价值的偶然性。作为晚唐潦倒的诗人，唐求最终的结局与年纪，史上都无记载。其零星事迹亦言他狷介之骨气，多载于如《全唐诗》、黄休复《茅亭客话》、计有功《唐诗纪事》、孙光宪《北梦琐言》、李颀《古今诗话》、陈振孙《直斋书录解题》等书，官史新旧唐书则皆无传。他的诗虽只留下了三十五首半（另有两行是残句），很少，其余的手稿都在大瓢内因长期漂浮，被水浸湿损坏了，故"仅十得其二三"。但毕竟也算是留下来了。故清人编《全唐诗》中有唐求单独一卷。

唐求生活在晚唐，唐代其他大诗人的作品，他肯定也看过很多。他也有可能自知不如很多人。以他的淡泊性格，也无心去与其他人较高低。故他的写作纯粹就是为自己。其实他的诗留不留，即便只留下一首，或一个字也没留下，其"大瓢计划"本身，已足以令他成为极有悖论个性的诗人。他从文本以外的行动旁逸斜出，达到诗性的不朽。

南宋精椠刻本《唐山人集》（唐求诗集）及附《茅亭客话·味江山人》一则，原刻本曾为明末藏书家季振宜所藏；清代藏书家顾千里说，此刻本也曾为嘉庆年间举人、桐乡金锷严家之物，后散入他人之手，最终为清代著名藏书家黄丕烈所得；黄丕烈（荛翁）酷爱宋本，自号"佞宋主人"，所藏百余种宋刻本古籍，则专辟一室名曰"百宋一廛"藏之。他在《唐求诗集》补跋中记载，他的海盐友人藏书家张芑塘说，此宋本还曾见过本藏于杨振武家，后被长塘藏书家鲍绿饮买去，不知下落云云。《唐求诗集》全文只有薄薄八页，但历代藏家皆视若珍稀，辗转易手多人，可见一斑。其刻本页面宽大，字体幽美，至今传世。我亦藏有2014年黄山书社版之锦函红印本一册。

2019年10月

# 鼻　祖

　　空山无一物，凶残月色也可令石、水、风、木险象环生。

　　就在本门走向灭亡、兔死狐悲的那年，据说那个欺师灭祖背叛本门历史观的孽徒，便擅自在山外另创了一门新的学派。此事对本门而言真乃奇耻大辱。

　　花落时节万事哀：有好几个同窗师兄弟皆扬言，要下山去寻那孽徒，狠狠教训他，刺瞎他那一对曾闪烁着叛逆火焰的招子，彻底封杀他的尊严。尤为关键者，是要夺回当初被他盗走的《古札》。那举世闻名、令无数读书人闻风丧胆的《古札》是本门鼻祖的唯一遗书。那是一卷厚达千余页的传世手稿。稿本宣纸早已枯黄褶皱，不少墨迹也已被衣鱼虫蛀。但手稿每页空白处，都用蝇头小楷或朱墨灿然的字符，密密麻麻地写满了历代师尊、研究者或传承者们对正文的注疏、眉批、记号、图解、公式，其中包括或对某件史实的假设与怀疑，或对一些具体事件进行严密分析后得出的参考数据。本门先贤灵光一闪的领悟尽在其中。鼻祖原文在其中只是一棵大树，历代积累的笔记则是浩瀚混杂的树叶。可以说，这本罕见的巨著是本门之历史观、传承渊源、哲学批判与一种奇异行动秘诀的无上文献，是我等身为历史学家的精神祖本和思想反应釜。世间仅此一册。

　　遗憾的是，它竟被那个无耻的孽徒盗走了。

几年来，那些宣称要去找回《古札》、整日伪装咬牙切齿的师兄弟们，却不是根本没有下过山，便是自称下山后一无所获。有几个找到孽徒后，竟反被他的一场惊世骇俗的诡辩批驳得体无完肤，最后满面羞惭地惨败而归。甚至还有几个年长的第一代师兄，先满怀激愤地下山去，然而从此他们便杳无音信，若泥牛入海，不知所踪了。

当年鼻祖曾以《古札》之观念纵横学界，力敌无数思想家。即便在整个世间都无人读书的昏聩时代，鼻祖也能永立于不败之地。如今手稿丢失，不仅成了一桩悬案，也成了最令我等晚生末学耻辱与无能的证明，为此我等时常遭人诟病。到了最后，甚至连真的有没有这么一本《古札》，都引起学界的质疑。本门成了幌子。鼻祖思想的一世荣耀几乎要沦为一场绚丽的骗局。

无人不知，本门鼻祖乃前朝最举足轻重的史学家，曾在荒山、州府与乡村皆开办过多家书院，虽然除手稿以外"述而不作"，但拥有数不清的膜拜之徒与饱学之士。桃李不言，下自成蹊，从其学者不是有着惊人怪癖与旷世见解的天才，便是不惧穷苦、恐怖、悲痛与一切人间荒谬的书生、异人、僧侣、强盗甚至街头恶棍。其中有些门徒甚至还深藏绝技，或拥有各种秘不示人的残酷阅历，涉世极深。入过本门或熟悉史学之人都知道，本门的一种核心参悟方式，便是如何能通过对文献的研究直接进入第一历史，而非仅仅进入历史学（因历史往往只是历史学的替身和假象。这个国度乃至整个世界，都往往是先有历史学，然后才发生历史）。如何能让史实与研究合二为一，最终让历史研究者自己也变成历史人物？这是本门鼻祖在《古札》中留给每一个追随者的伟大遗命。

他认为："世间一切学问，唯有'代入之学'是终极之学，也是史学、数学、哲学与文学的交会点。人若能真正在学术中代入真实性，便万事皆能迎刃而解，化为行动。"

很多年了，历代门徒就靠对这道反逻辑遗命的景仰在学界所向披靡。

据说，鼻祖在临终还有言："谁若不按此方向治史，企图以客观之方法论诡辩，他便不再是我的传人，本门中任何一人都可将其逐出学派，甚至视其为历史之敌。"

但现在记载鼻祖具体研究之法的《古札》丢失了。这相当于我们赖以谋生与批判的传统发生了一场不可抗的大地震。墙倒众人推，哪怕是一种文明，失传也就等于零。尽管如此，那些资格老的师兄弟，那些妄图用思想模仿冥想、用文化模式替换思维方式的师兄弟，那些从未下山的师兄弟及其家眷，仍对各自掌握的一部分《古札》内容深信不疑，并做着过度诠释；如那些曾见过鼻祖本人的第一代师兄，虽已年迈不堪，但靠着他们自称的往事、见闻与记忆，便宣称要独霸历史研究；那些虽从未见过鼻祖本人，但曾看到过《古札》文本的第二代或第三代门徒，则称一切当以文本记载为主，在文本找回来之前，历史都是不存在的；另外，这两种人中还有一部分，企图另立宗风，他们怀疑鼻祖是否真是《古札》的作者，因据说遗著中的很多言论、注释、笔记与定理等有漏洞，与鼻祖生前的个人行为相违背，故极不可信。到底谁是鼻祖？鼻祖自己真的就"代入"历史了吗？鼻祖就是历史人物吗？那他为何连自己真实姓名都未留下？于是，这些人宣称要重新解构鼻祖的历史观；至于那些既未见过鼻祖本人，也未见过《古札》手稿的人，自然期望早日下山，去追杀那个耽误大家进入历史的卑鄙家伙，所谓解铃还须系铃人，只要找到罪魁祸首，本门的一切学问自然能复兴；而那些曾被孽徒的诡辩驳回的人，后来也化为激进一路：他们固执地认为"代入"就是要走向消灭文献，因语言都是无用功；至于那些既不想下山去寻找孽徒下落，又总对进入历史抱希望的后起之辈，则是本门的大多数。我便是其中之一。我们自负地认为，完全可以发明一些新的研究方式来振兴历史学，甚至重新创造历史。

空山本无一物，可本门人多得真是乱透了，乱到人心里只有人，忘记了这里还有山。综上所述，本门的逻辑学从此分裂成了几派，如：

一、鼻祖派——传统逻辑；

二、文本学派——文献逻辑；

三、追杀派——实证逻辑；

四、怀疑派——互证多元逻辑；

五、消灭派——无逻辑；

六、旧代入派——常识逻辑；

七、新代入派——反常识逻辑兼个人逻辑等。

各派之间还有很多灰色的小派，充满分歧，如秋日山林中木与木、叶与叶之间的渐进色差，忽左忽右，各执一词。我们有时争论，有时通信，有时见面喝酒，有时又大打出手。我们为了捍卫（或改良、异化与推翻）鼻祖的史学逻辑，都觉得自己走到了冥想与代入的最深刻之处。我们就是历史。然而遗憾的是，我们谁也没有真正进入历史。

谁说读书便善良，参与文明便是幽人贞吉？文字是悖论之诱惑，叙事乃思维之邪魔。一个历史研究者一旦发现自己能成为历史行动者，有进入历史的可能，他们对恶的运用则往往会比武夫更不择手段，比群氓更肆无忌惮。书生好杀，时势、个性与造化同功使然也。为了争夺对鼻祖的继承权，及对《古札》的最终解释权，在山林与书院中大家早已互相倾轧，再也没时间关心历史。那些深不可测的历代笔记、图像、符号与前人的探索，似乎渐渐成了同门学子思考出路的负担。为了论证一个字、一个公式或鼻祖那死去的荣耀，我们甚至放弃了友谊、美学与爱情，且时间一眨眼便是这么多年。

就在本门学说灭绝的那年，盗走《古札》的孽徒也在远方死去了。听闻死之前，为了让他抄袭的学说与独立性变得死无对证，他竟带着最大的偏见与私心，将我们几代学人渴盼多年的鼻祖《古札》手稿也付诸一炬。呀，这真是罪大恶极。可有什么办法，一切记载已化为灰烬。人本是复杂的，文字的记载也并不可靠。但他们会用文字先制造一个复杂的环境，然后又用这个环境把所有人都搞得很幼稚。最后，人的文字奴役了人。但人的文字就像人的遗体，肉身过去再复杂，到了最终，火也可以解决所有问题。

孽徒另起炉灶的那座山，其实也是一座空山。他死后，他的门徒也就星散了。为了求证他的死及《古札》的烧毁，我们曾组织起来，前往调研。不过我们对外把"调研"说成是"吊唁"，这只是为了避嫌。我们跋山涉水，从空山来到另一座空山，竟是为了去见一个已经不存在的人，这看起来实在是一件可怜的事。我们打听到孽徒死于一场车祸。他真的什么证据也没留下。屋子里连一本书都没有。料理他火化后事的房东告诉我说，孽徒曾有言："如果还有学者在我死后来找我，请永远不要告诉他们我的名字。"以及如果问他是否有遗言，就说他还留下一段话。那段话写在一本最恶俗、廉价甚至还配有几张色情广告图片的美国时尚杂志《NYLON》扉页上。那段话也是从什么文献上抄的。抄完后，他便把杂志带进了市图书馆杂志区，趁管理员不注意，他将杂志插入到无数尘封的杂志里去。然后，他回山烧毁了整部《古札》。

于是，我们又从山上下来，到了市图书馆。周旋半日，费尽唇舌，在杂志区翻了一整个下午，我们才在图书馆一个阴暗的角落里见到了这本残破的《NYLON》。打开一看，扉页上的话如下：

> 此语引自鼻祖《古札》第二卷第三段之近代某师尊眉批：
>
> 历史即埋没。所谓"古札"者并无正文。我记得鼻祖有言，此稿全称为《一切古今历史之代入研究法及先验者行动札记》。但这只是一部历史学派集体的备忘录手稿，且通篇都是该派历代学人杜撰的谎言、荒唐的史学观与思想欺骗。一切文献皆从秘密冥想中来，而非从事实中来。世界只是所有事先设定的总和，包括设定本身。唯有能将此手稿完全据为己有并永不泄露者，或能懂得其中隐藏的真意，脱此窠臼。
>
> 【市图书馆－西方杂志类（编号5—13；D1）】

这段话对本门毫无意义。因既是引用《古札》眉批，显然也非孽徒自己所说。当然，他也未注明是过去的哪一位前辈师尊所言。

在回山的路上，有个同门忽然对我说："会不会这一切都是那孽徒设的局呢？会不会他自己已经靠《古札》进入了历史，获得了无数追随者，所以才编造这么一段话？他是想隐身于不计其数的追随者与研究者的文献之中，这样才很难被发现，所谓'历史即埋没'？最可怕的是，孽徒那家伙自己会不会就是这些个做了无数笔记、符号、图像、公式与注释的师尊之一……？不，我认为我们全都误读了。孽徒自己会不会就是'鼻祖'本人？"

这个假设最初在本门中出现时，迅速引起了轩然大波。

当然有这个可能。可是，空山与各地书院里还活着的具有各种逻辑方向的师兄们，显然并不认同。因若如此，那鼻祖也可以是任何一个人。

未过几年，同代的几个人老的老，死的死，大家便又都将此事忘了。只是当我再将所有这一切推论化为这篇追溯文章，放到后入本门的学人面前时，他们又集体开始了对我的轮番怀疑、批判与否定。他们发现，在本门活着的历史学家中，只有我还在怀念历史。我不过也是想代入历史，成就自己。他们最后干脆下结论道：那些古札、逻辑学、孽徒、美国杂志等都是我运用本门的先验秘术杜撰出来的。因来说鬼者即是鬼，如花在镜，我便是那个历史上从未存在过，却又在不朽时间中影响了后人的"鼻祖"。

2019 年 11 月

# 鸿胪馆夜话

<br>

## 上

  正午两点，烈日当空，吾师则在一座破败的塔前点灯、怒吼与熬夜。

  光天化日下，一个人却伸手不见五指，常常摸着黑，在塔门前进进出出，像一只无头苍蝇般围着塔绕来绕去。偶尔不小心，吾师还会在塔前摔一跤，要不就撞倒石头上，跌得鼻青脸肿。熬夜早已成了山头之间的一桩名案，无人得解。吾师说过："乍入丛林，必须坚持伟大的怪癖。"这句没头没尾的话对秃驴们而言，自然难以理解。每个人都在暗中嘲笑他，只是不敢明言。吾师倒不以为然。既然敢自诩为怪癖，那就必须被误解、怀疑或反对才行。需要说明的是：吾师绝不是一个盲人。相反，他视力好得很，比我们看得还远。有时站在塔的顶端上，他可以看见七八里以外的高空，一头鹞鹰是如何闪击野兔。他甚至能看见数百步开外，一个远道而来的人手里拿着的书，书上写的是什么字。但正午两点，烈日当空时，吾师对近在咫尺的饭菜却视若无睹。火头军做好了饭端到塔前，他先闻到气味，鼻翼猛烈扇动，然后便趴到地上到处乱摸。其实碗碟就摆在他常坐的石头上，可吾师根本看不见。待摸到时，也不管是什么食物，他就趴在地上狼吞虎咽，唾沫飞溅，像一条凄惶而卑贱的老狗。

　　吾师嘴硬。如平时，我们能看到的东西，再远也必须有参照物。而吾师则说，他能看见的是虚无。恬不知耻。"无"怎么看得见？能看见就不是"无"了，而是"有"。不过，大多数同道、挚友、门徒或香客，为了在鸿胪馆里混一口饭吃，都对吾师无中生有的欺骗置若罔闻。反正他说能看见就能看见吧。老而不死是为贼，何必跟一个贼一般见识？唯有我，还保留着一点对吾师的敬畏。

　　这是因我总在揣测：万一我们都看错了呢？

　　众山巍峨，丛林鲁莽，但说起白昼熬夜睁眼瞎的事，我敢打赌，那绝非故弄玄虚。因鸿胪馆里每个门徒都能证明。几十年来，每日从清晨到午后，吾师就是一个可以让我们随意欺辱、嘲笑和耍弄的老瞎子。只在每日黄昏时分，他才有那么半个时辰左右的清晰视力。到那时，他常会对准箭靶一样的落日核心潸然泪下，并用鹰一般的目光凝视着我们，满怀恶意地对众人吼叫道："别以为尔等在黑暗里做的那点事我不知道。我迟早要与尔等清算干净。"

　　"一个瞎子，如何清算？"人堆里总有一两个声音，会冒出来顶撞他。

　　"江山与心，一刀挥尽。"吾师狠狠地冲着声音发出来的方向说，尽管他根本不知道人群里是谁在跟他故意抬杠。

　　"说得轻巧，吼得凶。老废物点心。"嘲笑、起哄的声音依旧不绝如缕。

　　"鸿胪馆前不打诳语。"吾师则平静地说。

　　当然，从来就不会有谁把他的话当真。大家懒得跟他说昏话，都在等他死。因唯有他死了，大家才能平分塔下埋藏的东西。然后各自为营，自立门户去。

　　吾师常挂在口边的所谓"鸿胪馆"，并非一座房舍，也非我们的庙宇，而是指的他平时熬夜、终日都不离开半步的那座石塔。据说，此塔乃吾师之师，即吾等祖师之衣冠冢。丛林都知道，吾等这一派的祖师，从前消失时并没留下任何尸骸，也无舍利子，只是留下了一件满是补丁、破洞与皱褶，散发着淡淡汗臭的粪扫衣。县志记载，当年这个祖师临终也并非什么圆寂坐化，而是烧掉了寺院与僧房，毁掉了所有雕像，然后才失踪的。没人知道祖师当年为何要这么干。祖师生前善头陀行，又反对头陀行。常在坟墓边打坐，又反对一切坟墓。他最后只留下一本《古札》、一件粪扫衣，然后赤身露体地离开了所有追随他的人。他是失踪、叛变、还俗还是已死？没人搞得清。吾师那一代门徒，只能将《古札》与粪扫衣埋在塔下，作为祖师存在过的见证。然后，他们在塔的周围住下来，风餐露宿。可年深月久，大多数人都经不住这凄苦而没有导师的日子，便相继离开了。唯有吾师一个人留了下来，靠自创的"熬夜"之功成了守塔人。

　　可吾师后来为何要将塔定名为"鸿胪馆"，没人知道。我查古籍，仅知秦汉便有所谓"大鸿胪"，是官署名，也叫"典客"或"大行令"，起源于《周礼》之"大行人"。隋唐的"鸿胪馆"也是国与国之间迎接宾客下榻之处。后历代朝廷都设有鸿胪卿。东瀛奈良时代也曾仿制此馆，招待宾客。鸿雁传书，胪则为陈述。如颜师古所谓"郊庙行礼赞九宾，鸿声胪传之也"故名。但作为祖师衣冠冢的这座破石塔，高不过十几尺，宽不过二三尺，塔内空空如也，根本放不下一张床，就是一团石头堆起来的窟窿，岂能与史上那些华灯香宴、宾客如云的鸿胪馆相提并论？而且，我也从未见过吾师在此接待过任何檀越或宾客。

"为何非要叫鸿胪馆呢？"有一次我实在憋不住了，直接问吾师。

"老朽只为有一块石头能淫时作床、杀人藏身、灯前撞头、月下枯坐而已。怎么，小秃驴，你有什么愚见吗？以后莫要再问此类蠢话。"吾师不耐烦地答道，将紧闭着的双眼扭向一边。那眼睛有时凸起有鸡蛋那么大，有时又凹陷如茶杯那么深。那是两团漆黑的漩涡，两朵凶猛的磷火，充满蔑视，让我分不清他到底是看不见我，还是根本不愿看我；更多危险的时刻，吾师的眼窝如两张咆哮的嘴，让我吓得不敢再问他第二句。

尽管如此，我还是会不时地与吾师碰头、对话，并发出一些令他反感的质问。存在总要提问，否则存在的答案从哪里来？而且，唯有提问能对那个老瞎子的霸道与无聊进行有效的反抗。大白天，他就在鸿胪馆点着一星油灯，微暗的火苗在寒风中摇摇欲坠。为了与他进行语言的搏杀与思维的伏击，我有时也会黜出去，在正午烈日下提着一盏灯笼去找他，并在进入鸿胪馆之前先踩灭他的油灯。

"艳阳高照，你怎么还提着个灯笼？"吾师从远处便冲我嘲笑道。

"你不也在白昼点灯吗？"我当仁不让地说，并一伸腿，假装不小心地将他那盏长期放在地上的油灯踢翻了。

"那是你的短见。我一个老瞎子，没看见有什么灯。"吾师狡辩道。

"老瞎子为何能知道艳阳高照？"

"艳阳从未熄灭。"

"那如何又能见到我提个灯笼？"

"若不提灯笼，你对老朽哪有话说？"

"我确有话说。"

"夜雨秋灯短，儿女私情长。快讲。"

"问师如何熬夜？"

"晒太阳。"

"问师晒太阳做什么？"

"看人。"

"烈日之下并无人，看个什么？"

"无人？你能看见什么？"

"能见山、水、塔、云……"

"饶舌汉，词不达意。滚远点。"

"那……师为何终日住在鸿胪馆前？"我沉默片刻，硬着头皮又问。

"大地在我脚下。"师说此句时精神一振，坐起身来。

"为何只坐不卧？"

"睡不着。"

"众生都会睡觉，怎么就师一个睡不着？"

"分明骷髅我一个，何来尸冢梦三槐。"

一般说到这里时，吾师就再也懒得理我了。我也只好又提着灯笼，扫兴地从鸿胪馆里退出来。尤论如何，我总是说不过他。退出之前，我得先帮他把油灯重新点燃。


但最终真正改变我的，还是吾师能从熬夜中见到"虚无"

这件事。因有一次我下山去打酒时，在肉肆上遇到一个外山头的恶棍对我说："尔等的导师通过熬夜，不仅能见到虚无，还极有可能融入过虚无，甚至成为虚无。这是鸿胪馆或本派思想的最高之境。因在熬夜者看来，晨昏的光明是一体的黑暗。光线与阴影，只有交错出现时，物体才能看见，人也才有视觉。所谓视觉，不过就是光线、阴影与物体这三者之间一个偶然插入的主观漏洞而已。视觉是假象。如果能取消了这三者中的任何一个，那世间人根本就不存在视觉这个东西。"

我仔细想了想，似乎暂时还找不到批判那恶棍之言的理由。

那恶棍手里提着刚买的八两猪肉，一边走一边还对我说："尔等的导师执着于熬夜的奇异，从熬夜法中进入了祖师定，那肯定是找到了取消三者之一的方法。至于是什么方法，怎么找到的，我就不知道了。"说完，他便扬长而去。

在外山头恶棍的教唆诱惑下，我的心怦然而动。这么多年了，我在鸿胪馆一事无成。如果我真的能去追随吾师熬夜，岂不是也能有所得？

"我要学熬夜。"于是有一天，我提着灯笼，在吾师跟前忽然发誓说。

"熬夜有甚意思？不如睡觉。"吾师紧闭双眼，只拿鼻孔对着我冷笑了一声。

"睡觉太多，不见天日。"

"又在胡说。天日昭昭，何处不是梦中？"

"好吧，说不过您。不如单刀直入：且问如何才能熬夜？"

"当真要学？"

"当真。"

"为何要学？"

"了有无。"

"有倒是可以了。无怎么能了？"

"要害在师手上。"

"老朽手上有什么？"

"众生性命。"

说着，我突然猱身而上，把一条刚从市场上宰杀的三斤大鲤鱼，放到了吾师手上。那鱼头尚在滴血，鱼鳃通红。满腹的鱼子、气泡与肝胆等都被我扯了出来，血肉模糊地摆满在他面前。吾师大约是闻到了腥臭味，一时间痛苦地摇了摇头，

"若不传我熬夜，我便每日杀一条鱼，与师下酒。"

见我如此疯狂，吾师只好低声叹息道："既如此，那你进去吧。"他闭着眼用手指了一下鸿胪馆那扇小小的塔门。

"进鸿胪馆里去？"我问。

"当然。"吾师答道。

"里面有什么？与熬夜有何关系？"

"进去便知。"

于是，我将信将疑，在烈日之下，第一次猫着身钻进了鸿胪馆中。馆内一片漆黑。这座石塔体积也太小，只能容一人之身。两手完全伸不开。两脚顶多能跨到与肩同宽。我甚至不能顺利地转身，每转一下身，皮肤就被塔内壁的石头磨得火辣辣地疼。更糟糕的是，见我全身终于都进去了，吾师忽然反手将塔的铁门反锁扣上了。

"这是做甚？快放我出去。"我顿觉不妙，惊恐地喊道。

"就算是你杀鱼的报应罢。"吾师在塔外恶狠狠地说了一声。

他话音未落，我立刻感到整座鸿胪馆的砖头、泥土与灰烬瞬间开始围拢过来，像一把突然收起的雨伞。我的肋骨就像伞

骨，几乎要将我自己挤成一坨肉饼。这些石头从外面看起来很残破，可从里面推起来，却像一座牢固的铁笼子，一件裹住我浑身上下的石头铠甲，令我纹丝不能动。从内部看，塔顶上没有任何光线。每一层的塔孔算是出气孔。塔的底部陷入地里，深入岩层，根本不可能有一丝缝隙。我这才发现我好像上当了。我刚想大喊一声，质问吾师，可还没张口，便通过第五层塔孔，看见他竟然还从外面拿着一根粗糙的木棍，从塔孔外朝我恶毒地捅了进来。我躲闪不及，第一下就被捅到了鼻梁上。我疼得几乎要窒息，一句话也说不出来。而危险、凶狠、暴躁的导师则一边不停地沿着塔孔上下乱捅，一边还在塔门外发出刺耳的号叫，似乎恨不得置我于死地。刹那之间，我已被他捅得浑身是血。整座山上无人来救，因无人知晓。我孤独地在鸿胪馆中发出阵阵凄惨的叫声。那紧闭盲目的导师似乎对我毫无恻隐之心，就像是为了报复平时的嘲笑，他已完全把我看作是最卑贱的门徒。鸿胪馆每一粒原子都在听他指挥，要将我消灭在它冰冷的腹中。我没想到，吾师也许根本就不想教我什么熬夜之法。他是在捉弄我。怎么办？如果他数日不给我吃喝，我岂不是要困死在这该死的石窟窿里？现在想起来悔恨不已：当初我为何要追随这个恶魔般的老瞎子，围在这破塔边上，餐风饮露，去研究一个我完全不知道，也无法证实是否存在过的思想？这恐怖的封闭来得如此迅猛，根本没有给我留下回旋余地。现在再要想推倒鬼窟般的鸿胪馆，反出恶师之门去，不是已为时太晚了吗？

# 下

沙漏无限，肉身局促，人是在禁闭中才能深刻理解自由的怪物。

自我入了鸿胪馆，便知师徒一场也不过是泡影。吾师终日像个街头恶童般，拿着棍子从外捅我的面目与身躯，或拿石头泥块，从塔孔外砸进来。无论是否袭击得中，他都有枣没枣打一竿子，乐此不疲。有时深夜里，看我累得睡着了，他还会用点着的油灯烧我的脚心。清晨，他则直接用冷水将我泼醒，只是为了让我聆听他的咒骂与诋毁：诸如什么"卑鄙的小野驴、外山头恶棍的帮凶、兔崽子、毒蛇、狗娘养的龟孙子、卜贱的贼秃、思想寄生虫、一团烂肉、脓疮、色鬼的生殖器、白痴、草包、墙头草、一钱不值的蛆、鸿胪馆里那团臭烘烘的泥巴、时间垃圾堆、本门最下流的渣滓、举世无双的王八羔子、社会傀儡、宗教豆腐渣、一条超凡脱俗的癞皮狗"等，各种腌臜的词语他用了不计其数，只为抹杀我的本来面目。后来我麻木了，便充耳不闻。再说，我若稍有言语冲撞，他便会从外朝里吐唾沫。他甚至会爬到塔顶上去，脱了裤子朝下撒尿，不断地通过各种肮脏的言行羞辱我的尊严。我失踪的时间一长，同门很多师兄弟也发现了我被囚禁在鸿胪馆内。有人前来求情，但吾师不许任何人染指此事。谁来劝阻，都会被他用一阵乱石撵走，或索性逐出本门。吾帅达对外宣称说，是我在深夜里想潜入鸿胪馆，企图盗窃祖师粪扫衣和《古札》，故罪有应得。反正耻辱、责备与惩罚都是为了让一个窃贼赎罪，大家最好少管闲事，免得溅一身血。无论下雨刮风，吾师都将我抛弃在石塔内，任凭我挨冷受冻，毫无体恤。我遍体鳞伤，被他折磨得昏厥数次，连大小便都只能在鸿胪馆里解决，然后就地掩埋了事。塔内终日恶臭无比。连我的鼻子也快失去了嗅觉。每日，唯有午前火头军送饭时，他倒是会分给我一碗水，或半个馒头。我发现自己就像一具正在腐烂，但尚有余温的尸体，而鸿胪馆就是我的棺椁。

"我不学熬夜了，快放我出去吧。"有时我实在受不了了，便会绝望地求饶。

"可笑，谁说要教你熬夜了？"吾师冷笑道，"自作多情的蠢货。"

"既然不教，为何还关着我？"

"老朽未曾关你。"

"不是你锁的门吗，师为何翻脸不认账？"

"我也未曾见你入鸿胪馆去。"

"什么，那我在哪里？"

"你就在你自己的那套话语里，莫要找我。老朽可不是你穷途末路的出口。"老瞎子继续讥笑道。

"我就是在这破石头塔里呀。"我怒不可遏，从未想到吾师竟然是如此无耻之人。

"这塔里有人吗？我怎么只看见一个小畜生？"

"好，好，就算我是个小畜生吧。放了我行不行？"

"是畜生就必须关起来，不好乱放。"

"到底如何才能放了我？！"我歇斯底里地冲老瞎子喊道，几乎用了浑身气力。但我知道声音其实微乎其微，因我已疲惫不堪。

"我没有不放你。反正你出来，外面也不过是一座更大的塔罢了。何必出来?"他仍然用此类鬼话跟我绕弯子。

"那我也要出去。"我猛烈地用手拍打着鸿胪馆的内壁,尽管它纹丝不动。

"死猪猡,你可以试试不使劲挣扎,那里面或许能宽松点。"吾师笑道,并顺便突然俯身捡起一块小石头朝我飞快扔过来。那石头穿过塔孔,正砸在我的眼睛上,让我疼得天旋地转,泪水直流,半个多时辰都睁不开眼睛。当我揉着眼球哀号时,却听见吾师在塔外咧开嘴爆发出一阵阵残酷的狂笑。他露出那常年露宿荒山、咀嚼野菜根的满嘴黑牙,仿佛要将我的存在意义咬成碎片。

从此,每日烈日当空时,我都缩在鸿胪馆中与吾师彻夜对峙——我说的彻夜,即包括全部白昼与全部夜晚。因时间、数字、明暗、大小、度量衡等都是人为设定的。昼与夜之间本来没有清晰的界线。我不得不在石塔中坐下来。吾师坐在外面,我则坐在里面。他闭着眼睛不看我,我也干脆闭着眼睛不看他。他醒,我也醒。他打瞌睡,我也打瞌睡。两个人不是互相仇视,便是视若无睹。奇怪的是,天长日久,我倒是觉得鸿胪馆内的空间渐渐比刚进来时开阔一点了。起码我不再被那些石头和泥沙挤压得转不开身。也许是我因这些日子过度饥饿变得瘦下来的缘故吧。又过数月之后,我不仅可以在鸿胪馆内自由地转身,还能向前后左右略微移动一两步了。这让我内心重新燃起一阵秘密的狂喜。

这时,我想到祖师爷的粪扫衣和《古札》的事。既然关在塔内,无事可做,不如挖出来看看。于是我趁吾师打坐时,便从塔底部往下挖泥土。挖出的土从塔孔扔出去。可我连续挖了好几天，挖得双手指甲脱落，满手血污，掘地三尺，也没发现有什么粪扫衣，更无半片残纸。看来根本就没有那些破玩意。我们全都上了老瞎子的当。他把大家骗到这里来围观这座塔，还制造了祖师衣冠冢的可耻传说，不过就是想让门徒们用膜拜来养活他一个人。他才是真正的寄生虫。不过，地面因我的长久挖掘而形成了一片蒲团大小的土坑，塔内的空间就更大了些。我甚至想，是否应该再往侧面一方继续挖，这样就可以穿过鸿胪馆的底部，然后从塔外的地下再向上挖，这样就可以破土而出，得以脱身了。可我的打算很快便被那个老瞎子识破。只要我一开始挖土，他便也不断地从塔孔外向里扔石头与更多的泥土进来。扔石头是为了砸我（我也捡起来还击，可因外面空间自由，他很容易便躲闪开了。我在塔中只能饱受攻击），而泥土则变成了对我挖出之土的补充。

无尽岁月，都蹉跎在这场"挖肉补疮"式的对抗里。无论我从泥坑里挖多少土出去，过一会，地面又会迅速恢复成原来的样子。我绝望了。

全封闭之下，唯一可以泄愤的，便剩下用石头还击他这一件事了。

本派群居于这座光辉而惊险的荒山野岭，不仅丛林植物密集，且漫山都是石头。吾师在烈日或雨中常常去附近收集一堆石头回来，坐在鸿胪馆前，不时地朝我发起挑衅。石头是他取之不竭的弹药。这个昏天黑地的熬夜人，世界都是他的盲区，可他却能准确地命中鸿胪馆上每个塔孔的位置。鸿胪馆作为一座破败潮湿、长满青苔的六棱石塔，共七层。除了最下面一层是塔门，其余六层的每一层、每一棱面都有一个孔，故总共有六六三十六个孔。记得我初进塔时，吾师是用木棍从塔孔里不断地捅我、打我、刺我的面目与全身。后来见我躲木棍时逐渐变得灵活了，他气急败坏，恼羞成怒，便用长袍衣襟下摆兜着一大堆小石头，在外面围绕着塔转悠，忽左忽右地急速奔跑，开始一边跑，一边疯狂地从各个塔孔里朝我狠狠地砸石头。他先是从同一个塔孔里冲我砸石头。第一枚石头便砸掉了我的几颗门牙，让我满口鲜血。为了保护自己，我则从挨砸到渐渐防备与躲开。然后他便换一个孔再砸。接下来是两个孔同时砸，三个孔、四个孔、五个孔同时砸……层数也从固定的第五层，逐渐时上时下，变幻莫测，最后每一层都有石头飞来。石头数量也由少而多，从两三粒零星砸来，一直到从三十六个塔孔外，不断密集地，如雨点蝗灾般地飞进来。那些防不胜防的日子，令我无数次头破血流，痛不欲生，充满了不共戴天的仇恨。可出于无奈，我也只好从最初的鼻青脸肿与满身创伤，到一点点地学会在最有限的空间里左躲右闪，尽量避开石头的攻击，包括吾师深夜的偷袭。甚至有时候，我捡起一些石头还击时，也能偶尔砸到他身上。但因我在塔内无法伸缩胳膊，故气力很弱而已。好在他对我进行的这场旷日持久的束缚与践踏，倒是令我能打发无聊的时间和毫无希望的孤愤。

我记得过了一两年后，我在鸿胪馆里就是坐着不动，只需微微一欠身、一低头、一甩手、一个原地旋转，或刹那间的一抖腿，便能轻易躲开他砸进来的任何石头了。又过了些年，当残暴的吾师把石头再换成铁丸、弓箭、刀子甚至是带火焰的袖珍弩时，我就是坐在坑里原地不动，也能有效避开他的袭击了。而且熟能生巧，当我浑身骨骼变得坚硬如铁，皮糙肉厚，对所有袭击都麻木不仁时，就是闭上双眼，也能躲开那些从不确定时间里飞来的全部凶器。因我完全熟悉了它们的数量、规律、力度和偶然性。

对，闭上双眼——这成为我真正理解"熬夜"的开始。

相对而言，吾师投掷而来那些凶器的力量，却越来越弱了。大概他也老了。

当然，在这漫长的屈辱中，我也渐渐理解了吾师的用意。因在无数次对袭击的对抗与等待中，我越发感到自己无事可做。暴力如雨，封闭若铁，尖锐的戾气横扫空间与呼吸，仿佛万千敌人在昼夜前进，前来消灭我。但我闭上双眼，即可以抵御这一切。空闲时，我甚至开始"内视"：这是早年我曾在一本外山头的古籍中见过的一种肉体图像止观术。据说古代闭目打坐之人，可先令眼球左右互旋，然后一点点地向内转，甚至让瞳孔能朝向颅骨，最终看见自己肉体内部的经络、穴位、血管、气息、脏腑、神经系统与全身结构。若发现异样，可预防疾病，延年益寿。但在本门中，修内视术是被作为外道禁止的。吾师曾言："真正的熬夜法就是不看一切，也包括不看自己。"于是，当凶器的袭击再无意义，我便在闭上眼睛后，开始用耳朵去认知那些身边看不见的事物：如黑暗、空气、原子运行轨迹与声音，如语言、爱、星相、政治、灾难、瘟疫与幻象。最后耳朵被我故意用泥堵上，我用手在空中抚摸万物的气息，也仍能认识到所有事物的流变，以及正在发生的悲剧。我甚至能听见数里之外的溪水中，一条鱼吐出的泡影。总之，无论遇到什么情况，我都不再睁开双眼。我在黑暗里。我看见我的眼皮内壁上燃烧着血的荣耀、遮蔽的光辉和一团"无"的灼热。最后，我干脆以我的眼皮内壁为鸿胪馆的内壁。我在对无的注视中闪跳腾挪，如入无我之境。当然我知道，这还并不是真的无我。只是在完全理解了这全息的黑暗后，我再试着渐渐把眼睛一点点睁开时，一切便全都变了。

最初，在紧闭了数月之后，我的眼睛只能睁开一条细缝，能感到懵懂的光。然后上下眼皮从四分之一、半睁、五分之三……一直到完全睁开。我看见过去存在的世界，本质都存在于黑暗中。我看见了全部的虚无。这期间真是一个漫长的过程，消耗了我的半生时间，以及吾师的风烛残年。鸿胪馆将我与他分成内与外两个世界。他在外面老骥伏枥，而我则在内部龙腾虎跃。他是无限空间的强弩之末，而我是有限空间的逍遥少年。

有一次，吾师见他的袭击再也不能伤到我分毫，便忽然怒道："你这个杂种，有本事你就出来，换老朽进塔里去试试看。我就不信我射不中你。"说着。他竟然伸手便拿石头砸开了塔门上那把生锈多年的锁，毫不犹豫。仿佛我只是昨天才被他关进去的。

惊喜之下，我自以为如释重负地走出塔来，吾师则弯身钻了进去。于是，他与我再互相开始用石头与火焰袭击。我没想到我的手力变得那么大。过去被塔壁挤压，我只能用手腕发力勉强投掷石头，力量是被限制的。出来后，因能用手臂、腰与腿部同时发力，甚至还可以助跑，跳跃起来投掷，我只需随便一甩手，一粒很小的石头疾如闪电，瞬间就能把一棵树击为两截，或把一块墓碑砸得粉碎。只是我出来后，却感到世界从未有过的狭窄。这是我完全没想到的。看见老瞎子在塔中，我几乎失去了复仇的愿望，反倒觉得失去了依托。况且，我也不是那么容易就能砸到吾师。因他自进入石塔内，便敏捷地在塔孔与飞石箭雨之间自由上下穿梭，飘忽似鬼魅，状如游鱼戏水。而且，他在躲避我的袭击时，还常常满含老泪，充满追忆地去抚摸着每一个石塔上被砸出的裂口，就像一个远行回家的游子在充满怀念地擦拭屋中的尘埃。尽管万千飞矢随时都在伤害他的肉体，时不时会皮开肉绽，可他丝毫也没把我的袭击放在眼里。内与外只是一个角度，正如束缚与自在，白昼与黑夜。若无鸿胪馆，无限的自在是没有价值的。而那长期局限我的空间，卧牛之地，如果真正掌握了，往往倒能成为不败之地。

望着吾师垂暮苍老的雄姿，我不知不觉地放下了手里的石头、火焰和弓箭。

见我无端地停下来，他也停了下来。随即，我们俩在黑暗中相对凝视片刻，如见如不见，并同时发出了一阵坦然的大笑。从此，鸿胪馆变成了一座废墟。

记得在烟花如醉的春日，在隆冬积雪的茅舍，在悬崖，在渡口，在洞穴，在人迹罕至而虎豹出没的山林，我与吾师还曾有过无数次对话，可惜不能一一记录。在此，我记下我们最后那场别离时的对话，权且作对吾师无上之敬畏吧。因当那之后，吾师也像他杜撰的那位祖师一样失踪了。他走之前，索性还一把火烧掉了被我守护多年，同时也守护过我多年的那座石塔：鸿胪馆。

石塔下留下一片烧黑的石头残渣。

那天，我们师徒二人都在正午烈日下，坐在这厚如地毯的残渣上熬夜与对话。我们紧闭双眼，仅靠触摸空气而感知对方的存在和位置。

"见与师齐，减师半德。鸿胪馆熬夜之法与塔的意义，都只是从我得来的一个阶段。塔是我的造化，却终非你的究竟，更远非你能抵达的最终之法。今你已出得鸿胪馆，切勿再留念这片残渣。"吾师说。

"那如何才是最终之法？"我在黑暗中仍对吾师穷追猛打。

"另起炉灶。"

"山里众师兄弟也都想另起炉灶，有何稀奇？"

"从我家入者不是真炉正灶，不从我家入者更是旁门左道。"

"家在何处？"

"鸿胪馆。"

"从哪里得入？"

"家门。"

"门在何处？"

"睁眼闭眼塔孔中。"

"门里是什么？"

"客厅。"

"客厅有什么？"

"万有。"

"万有是个什么人？"

"客人。"

"如何才能做客人？"

"回头。"

"如何才能做回头客？"

"天地者万物之逆旅，光阴者百代之过客。"

"熬夜者黑咕隆咚，哪里来的光阴？"

"鸿胪馆前灯盏。"

"哪里来的天地？"

"鸿胪馆中独坐。"

"独坐何为？"

"反客为主。"

"主人又是个什么东西？"

"代代是过客。"

"既是过客，来此做甚？"

"愿做鸿胪馆前一抔土。"

"未曾见甚土。鸿胪馆已烧，只见一片残渣而已。"

"不见一切时便是土。"

"做土有什么好？"

"祖师即土。"

"祖师有什么好？"

"一拳打翻，永远不倒。"

"可有打师绝招？"

"有，全在《古札》里。"

"《古札》在何处？"

"既已会熬夜，万箭不能伤，又是个瞎子，还要文字有何用？"

"那粪扫衣呢？"

"盲猪，你穿着的不就是吗？"

听吾师这样说，我低头一看，可不是吗？这些年，我身上的长袍自进了鸿胪馆后就没有脱下来过。在袭击岁月中，它因棍棒、石头与各种凶器那暴风雨般的血腥洗礼，早已成了一件满是破洞、血渍与污泥，褴褛地挂在我身上的破布片，真是世间最贴切的粪扫衣了。

"此衣是彼衣吗？"我又问。

"真天人必和衣而睡，管什么彼此？"吾师道。

"衣冠冢原来是座空坟？"

"从无衣冠冢，如从无粪扫衣。所谓得到，即是做到。既已做到，余皆不足为外人道。"

"我能熬夜，算做到吗？"

"还不算。"

"如何才算？"

"了有无。"

"如何是有？如何是无？"

"有即有我，无即无我。"

"说来说去就是为了一个'我'字而已，也实在无趣。"

"你这恶少，如今也学得字字珠玑。"

"如何了有？"

"烧塔。"

"如何了无？"

"且随色走。"

"我满眼黑暗，色从哪里来？"

"从无里来，回无里去。"

"无究竟在哪里？"

吾师张开嘴，冲我露出一团掉光的牙和漆黑的喉舌，却一言不发。

"不说，那便又是在找打——"我怒道，也露出缺齿，并冲他发出一声狂吼。

"年方九八，树老丫杈。昼夜颠倒，半聋半瞎。花箭凋零，落日如牙。群魔追随，只欠回家。宇宙被窝里，坐驰你我他。

鸿胪无限恨，江山一把抓。"

吾师最后并未被我激怒，只平静地说了这一段偈语，便不辞而别，于次日午夜间消失在众山丛林中了。从此，我再也没有见过他。外山头的恶棍们曾有一些传言，说："尔等的导师可能是跳崖了、叛变了或是还俗了。以后只能靠尔等自己了。"但我不再去深究。吾师与祖师就算合二为一了，在我眼中也已毫无意义。因我已成为熬夜法的唯一传人，但却并不完全认同熬夜。师有家风，我有宗风。再后来，我终于决定在山下建造一座亭子，传我平生之所学于举世昏聩之中。想起老瞎子曾告诫过"暗无天日，法无雷同"的伟大荒谬性，于是我便将此亭取名为"夜半亭"。夜半亭来自鸿胪馆，却根本不是鸿胪馆。我的黑夜也再不是他的黑夜。我的黑夜将横行霸道，抢劫全部白昼的心灵。更有甚者：我将取消本门历代封闭式的教诲与鸿胪馆的仇恨之法，将亭前大门敞开给每一个路人、植物与飞禽走兽。塔是封锁的，而夜半亭则将是完全开放的一座草亭，无孔、无锁，更无石头。人间道荒草凄迷，唯有一片不朽的黑暗照耀此亭，作为万古长夜中群氓偶尔的下榻之处。我知道本门里一些师兄弟正在追杀我，认为是我逼走了吾师，盗取了粪扫衣。但迫于我的绝技与残忍，他们从无人敢真正靠近我。我的草亭就矗立于山脚、河流与街头边界，一条蜿蜒的小径从亭边直通虚无。此草亭让痛苦之人挣扎徘徊也可，供闲暇过客们乘凉歇脚亦可。进亭者皆不是外人，出亭者也从未记得。根本没有任何人会知道此亭的思想前身，悖论往事，我也从不坐在亭中流露我的孤寂，或威严显灵。但从此以后，我会将一生都在此亭前点灯、怒吼与熬夜，头戴斗笠，端坐如碑，对路人杜撰一座亭下的衣冠冢，安心等候着下一代门徒中那个最可畏的后生前来挑衅，并接受我对他的奇异的鞭笞、流血的否定与横贯古今的羞辱。

2020 年 3 月

# 私人恶趣

苍然恐骤冷，浑圆若冰轮：大约从一年前开始的吧，在他居住的那条街上，出现了那个柔软的、摇晃的、散发着凶恶气味的多足庞然大物。那家伙状如海绵体，如泡影，四周没有棱角。路过者若伸出手，倒是能摸到它有光滑的皮肤、汗毛与一团团下坠的肥肉。大物无名。大物傲慢。大物的躯体会堵满在每个十字路口，可完全看不见头在哪里，尾又在何处。也许它根本没有头尾吧。它只是不断移动，让所有人都曾感到无法转身。唯有我那位致命的友人，敢于对此无所谓。他说那"大物"便是他的一生怪癖、他的私人恶趣、他的灵性闪光及他的存在形式。但他决不愿为此解释一个字。

当然，这些都是他自己说的，我可从没见过那庞然大物。

我们所有认识他的人，只知道他的确有个什么难以启齿的秘密，狡诈的隐私，似乎是什么见不得人的下流习惯。因经常在见到他时，其脸上都会带着一些看不清形状的擦伤。但谁也不想对他刨根问底。觊觎别人的难言之隐是不祥的。而且，并无一人真发现过他对什么东西上了很深的瘾。可他总是不厌其烦地标榜自己有一种特殊嗜好，且恶习难改。是对镜以火自残吗？是殴打妻室或妇人吗？还是收藏过期色情图片，少女们的腋毛、体液、私人书简、内衣，禁书，枪，偷窥狂写的日记、地下影像资料、画符，或宗教自渎方面的强迫症？或是他有异装癖、洁癖、嗜痂之癖、阿芙蓉癖或恋物癖？都没有证据。除了脸上有擦伤，以及擦伤下隐隐露出的亢奋表情，生活中完全看不见他流露出任何一点与那恶趣相关的破绽。即便那擦伤，也是时隐时现，宛如一颗萎靡的晨星。会不会就是与整日充斥于街且仍在不断移动的庞然大物接触时，那家伙特意给他的尊容留下的痕迹？不好说。因据说其他触摸过那庞然大物的人，谁的脸上也没有痕迹。

他把大多数精力与时间都花在了遮蔽自己的私人恶趣上。

"你到底有什么大不了的怪癖，真不能说吗？"我问他道。

他冷笑了一下，回答道："恶趣必须严格保密的，决不与第二个人分享，才会具有深度和高度。难道你不知道吗，为了内心那一团不可告人的黑色荣耀，这一年多来，大家都在期待或已经接受了举世闻名的'斩首的邀请'？至少是从今日凌晨开始接受的。"我知道那个词组不过是他盗用了 Владимир Владимирович Набоков 的一本书名。这也没关系。抄袭修辞早已成了中国人修炼无限性的思维方式，但他矜持的语言与掉书袋式的逃避则略令我作呕。而当我真的具体问到谁给谁斩首时，他便又会陷入令人遗憾的沉默。

"斩首的结果都是死。至于谁是死的一方，礼仪、寒暄与华宴与有多奢侈，这还重要吗？"他通常会以此类诡辩作为一场玩笑的结束。唉，这些年我们开的尽是些令人怆然泪下的玩笑，卑贱的玩笑。玩笑最能杀人，不说也罢。

浑天无盖，庞然大物在我们恋爱、打架与生活过的大街上横空出世，像与生俱来，又充满了伟大的陌生，以超越视觉捕捉角度的频率到处移动，它基本上无声无息，而惊世骇俗的气味则早已将街两边的墙熏成了腊肉色。

　　这情况是自一年前便开始的（当然，也许是从今日凌晨才第一次开始）。为了更好地理解大物的出现，并控制自己的焦虑，很多人还争先恐后地为大物命名。仅我一人听到的就有如古绵、混沌煞、宽鬼、大象摄心机器、赤鲸、肉云、猪巨轮、生化无穷运动仪等乱七八糟的词。事实上，命名都是对事实没有意义的解读。雨并不一定非要命名为雨，才具有下雨的光辉。闪电完全不能形容闪电。如我致命的友人，那携带保守主义怪癖的人，便从不为他的私人恶趣命名，正如他从不为自己与那庞然大物之间的秘密关系命名。这样即便有谁发现了那恶趣，也不能传播和阐释，更无法制止。

　　我们都揣测过他的遭遇，跟踪窥视他的行动。最终一无所获。

　　譬如有一种可能，即他实际上是在孤身一人，在与那庞然大物对峙、交流、抗衡、兼容。大部分时候他是个一文不值的失败者。但有时，他也会被那大物忽然带走，乘风裹挟绑架而去。他们会离开城市，进入一座荒芜的山林中。甚至这种危险的情况从今日凌晨开始就发生过，只是当我们追忆时，却都觉得是一年以前的事。历史是先验的。他会被带到某座奇怪的山洞前（也可能是一座破败的寺庙前，庙内神龛内空无一物）。他被那大物紧紧地笼罩。他被一团自己永远不能为之命名的大力量所封存。他是虚无的人质。他是他恶趣的标本。庞然大物用无数汗毛摩擦他的脸，而一团团漫无边际的肥肉，则会像大气压一般令他血脉偾张，瞳孔冒火。在裹他、勒他，几乎到了要他窒息之时，大物则会突然放松蟒身对他的拥抱，让他浑身一场通透，如高空下坠，让他在刹那间领略从激情到幻灭的全部宣泄。自一年多以前开始，或从今日凌晨开始，他便为这比与少女们性交更紧张的挤压感而如痴如醉。这颤抖的恶趣，是一切绝望于哲学者难以言说的狂狷之谜。大多数人只会在梦中遭遇。这也是奇怪的天赋，唯他能与之缱绻、缠绵、纠葛、挣扎，成为庞然大物如胶似漆的敌人，被扼住咽喉的知己。他们时常并肩遁世山野，又把臂重返尘嚣。庞然大物也许还与之约定，会给予他旁人所无的庇护或一代人最封闭的尊严。

当然，这些也只是我的揣测，因私人恶趣绝不是"故事"，历代也从无任何证据可以证明那是怎样一种深邃的瘾。只是每次，从我致命的友人脸上，从那些悲惨、幽微而亢奋的擦伤上，我都能预感到发生过什么。我都能预感到一个人会为了自己的绝望思想，而怎样地去纵欲（也即禁欲）。甚至"庞然大物"本身，也都极有可能是友人对我的虚构，根本就没有这个东西。但他与那大物之间发生的残忍关系，他用可怕的私人恶趣导致的我对他的那种恐惧，则是真实的。那不一定是一年前就开始发生的，也不一定是今日凌晨才发生的，而是此时此刻，正在发生。

2019 年 10 月

# 救驾汤

　　鼎炉药香满宫苑，斜雨入帘，惹得英烈们也徒增愁肠。为了煮好一锅"救驾汤"，曾任叶凋国（Yavadvipa 古国名，即今印尼爪哇、苏门答腊二岛）一代帝师的那位秃顶制汤者克图特（Ketut）常常数日不能离开灶房。为此，他的皮肤已被烤得黑若赤霞。在上一次宫变中，秃顶克图特因得罪了人，便陷在尴尬的境地里。皇帝为了安抚这位少年时代对自己多有裨益的古籍尊者、阴谋导师，便将他安排在了御膳房内避祸，做一位御汤者。秃顶克图特因读书太多，皓首穷经，故从来不会烧火，也不会剥兔或杀鱼。大多数时候，他甚至连煤炭与柴火都分不清。他只能去学熬"救驾汤"：那是一种据说由冬至子时收集的苏门答腊海啸之水、十七味以上的中国草药、朱砂、野猪骨、石髓、胎盘、孔雀的指甲与皇帝本人幼年时脱落的牙齿等，合成烹煮的秘方药汤。等他一学会，皇帝便派人秘密杀掉了教他熬汤的前任御汤者。御膳房的人都知道，此汤须小火慢炖一月余，昼夜不能间断，且要专人守候在炉边加火、注水、去沫、调汁。一锅药汤煮下来，所用柴薪与炭渣已可累成一座小丘，乃名副其实的富贵药。其间所费人员、运输、采办与物力已颇惊人，更别说此汤必须常熬常新，炉灶之火四时不灭。一年四季时蔬酒肉，御膳房任何奇特贡品与珍馐皆可断货，唯此汤必须每日仔细备好，随时伺候，否则即可论杀头之罪。

因皇帝每次发病都是极意外的：如狩猎常被虎豹咬伤、落马崴了脚、不定期地在睡眠时遭逢蒙面刺客的袭击之类；有时收到前线战报时受到严重惊吓，他也偶然会休克。平素间，那些来自邻国的情报威胁、军舰、数学、火器、土匪、万国地图、不能理解的色情怪癖、过度直白的新闻、地方政变的焦虑、批阅奏折的辛苦、自身性欲的衰退、太子与藩王们的互相倾轧、皇后与嫔妃们为了争夺他的爱情在后宫掀起的无数脂粉艳战等，也都会让他身体略感不适，常常汗如雨下。连上书房中有野猫闯入，他都会心悸半日，昏厥数日。南海诸岛，都将皇帝称为"世间最敏感的君主"。每到此时，秃顶克图特便会接到急召，速携"救驾汤"进宫。如果赶上御驾亲征，克图特则也要携带制作药汤的全部御膳房人员、砂锅、药材、柴火与钟表等，跟随御林军前行。据说一剂汤下去，便可药到病除，保龙体平安无恙。而皇帝一旦醒来，他奇特的理性就会重新点燃睿智，恢复祖传的亢奋与龙性，并会获得远远超过昏厥之前的罕见体力，去战胜一切计谋、物哀与爱的艰难。宫中曾传言，说此药汤秘方是一个叫郑三宝的中国太监船队经过叶凋国那年传入的，并无正式汤名。但物以稀为贵，从大内到南海诸岛小国，觊觎"救驾汤"奥秘的敌人也不在少数。事关帝国兴亡与皇帝尊严，故数十年来，制汤秘方曾先入军机处暗箱、太庙与祖龙在夺江山时修建的密道中，后又经由太后保管，缝在云锦枕头里。不过上一次宫变时，刀兵混乱，太后因奔跑不慎摔伤，遂一病不起。临终，为防有人对秘方做手脚，她便留下遗命："烧毁秘方，其中奥妙与药物由御汤者（每代仅限一人）默记于心，不得透露。若御膳房要换新的御汤者，便须在其学会熬汤后，杀掉上一个知道秘方内容、配量、比例与火候奥妙的人，保持一脉单传的封闭性。"故前任被杀掉后，秃顶克图特虽是被贬到御膳房内的原太子帝师，却因此成了世间唯一一位掌握皇帝生死之人。只因皇帝太易受惊，终其后半生，秃顶克图特都处在灶房与随时救驾的极度紧张之中。他知道皇帝是在暗中保护他，却也在暗中怀疑他。因他每次进药时，皇帝还是要让他自己亲自先喝上一口，才肯放心饮用的。莫非皇帝心里，他也是上一次宫变的参与者吗？这无法明言。而且，他也常听闻，皇帝以后可能还会新派一位御汤者来代替他。恐惧的地点与理由转变了，但恐惧依然如故。

就在入夏前，又发生了一件大事：宁静了数十年的叶凋国宫苑上空，竟奇怪地出现了一只大家从未见过的三角形多孔机械铁风筝。此风筝大如一头印度金雕，腹部装有可密集发射的弩箭、短刀、火药与一面多角度窥视镜，并由一根很长的细铁丝牵引着。机械铁风筝是黄昏时随南海的落日一起出现的。它从宫墙外忽然飞进来，深夜环绕大内飞了半个时辰，又忽然飞了出去。几个巡夜的叶凋太监想去追赶，竟被当场射死在宫墙之下。皇帝若见此物，肯定又会吓得陷入昏厥。好在他当时正在大内茅房内出恭，且一直没有出来。为避免不测，朝野与后宫上下都尽量不去谈论这件糟心事。秃顶克图特也看见铁风筝了。纸包不住火，一种久违的君臣兼师徒情怀，让他放下药罐子，疾步赶到茅房跪下，并将此事禀奏了皇帝，恳请今上注意安全。

叶凋国大内御用茅房，史上通称为"净寺"。其屋顶全由南海棕榈叶铺成。其地板、圆柱与一尊雕花云纹黄花梨镶边的马桶坐便器，则是清一色的南海沉香木制作。整个净寺占地面积约有一平方公里，正中心只安有这一只华贵的马桶式坐便器。长期以来，只要饮过"救驾汤"，皇帝便随时带有一点轻微腹泻。净寺也是按行宫的规模修建的。大家都知道，皇帝喜欢在昏暗中方便，净寺内异常漆黑。黑暗使人放松。枯黄的蜡烛光分散在遥远的四角。不过沿着墙根也摆满了图书、奏折、龙涎香、佛像、点心与内衣等。围绕坐便器边上，还侧立着四位光头少女，一般称为"净妃"或"净尼"。她们手中各拿着紫檀盘香、爪哇竹琴、雉尾团扇、鹅黄丝绸等伺候，前三种用于皇帝出恭时驱散异味或消遣所用，最后一种乃是皇帝擦拭臀部或偶尔在此行房时所用。马桶坐便器所在之处，最是黑暗的中心，以至于有时根本看不见皇帝是否在坐便器上。此外，净寺走廊外通常还隐藏着近一个营的大内侍卫、十几个博学的军师与几千名御林刀斧手。因皇帝出恭的时间，这些年往往多于在朝廷、御书房与后宫的时间，务必保证他的安全。

秃顶克图特赶到时，拿丝绸的净妃正双颊绯红，摸着黑在为皇帝擦拭臀部。但皇帝似乎意犹未尽，待擦完后，并未穿上龙袍，而是重新坐了回去。捧檀香的净妃令烟雾在寺内屋檐上下缭绕，遮蔽着皇帝的下身。

"铁风筝横飞行凶，可谓怪异，圣上万不可对此物直视。"克图特虽然看不见皇帝，却对着净寺黑暗的中心郑重地说。

"不必担心，有你的药汤在，便可保寡人无虞。"作为南海至高无上的排泄者，一个声音从沉香木累成的马桶坐便器上发出来。

"药汤只是救心病而已。若圣上一时疏忽，真的遇到恶人或不明之物的攻击，恐怕药汤也无济于事呀。"秃顶满怀忧虑地跪在地上说。

"那你让寡人如何是好？"

"微臣恳请圣上近期就在净寺调养龙体，不要出去。"

"什么，你是让我终日就在这污秽之所待着吗？大胆。"

"污秽也总比惊厥要好呀。"

"眼下马六甲海峡内忧外患，蒙古人、汉人、柬埔寨人与倭人等，都随时会南下入侵叶凋。苏门答腊的天空早已遮蔽在世界的黑暗中。寡人压力太大，食不甘味。若寡人一直藏匿在净寺内，未来何以服众？"

"圣上只是养病，岂能说是藏匿？"

"这是你的主意吗？"

"启禀圣上，这应该也是大家的想法。"秃顶克图特说着，胡乱地向着四周的寺墙指了指。其实黑暗中，他根本看不见任何人。而那些常年云集在净寺与坐便器周围的数不清的侍卫、军师与刀斧手们，始终鸦雀无声。他们似乎并不认同克图特的苦谏，但也没人站出来反驳他。

一时间，整个净寺一平方公里内都陷入了沉默。只听见有一只苍蝇发出的嗡嗡声，但谁也看不见它在哪里盘旋。为了掩盖这沉默，那位捧着爪哇竹琴的净妃，这时在皇帝身后开始弹奏起了一段伤心的乐曲，而苍蝇声则是她的节奏。

"克图特，你看看那是谁。"过了片刻，蹲在黑暗中的皇帝忽然指着一边说。

克图特扭头，意外看见在皇帝沉香木坐便器的右边，隐约朝向拿如意的净妃的方向，在一个开始他完全没注意到的幽深角落里，竟还蹲着一个女人。那女人也坐在沉香木累成的马桶坐便器上。只是那马桶小了许多，状如一只茶杯，马桶盖上还镶嵌着很多的粉色蔷薇。她白发苍苍，形容憔悴，有些像是那位早已逝去的老太后，又像是与皇帝朝夕相伴的皇后，更像

是一位失踪的公主。克图特很惊讶,又无法判断,不知该如何
对应。

"这位是……?"

"来人,杀了这个老东西。"克图特话音未落,角落里的女
人忽然从小茶杯般的马桶上站了起来,并对着走廊上大喊道。

净寺门口的一个侍卫闻声,立刻冲了进来,将老迈的克图
特按倒在地。一把奇特冰冷的锯形刀架在了克图特的秃顶上。

"圣上,这是为何呀?"克图特惊恐地叫道。

"虽然大家并不认同你的建议,但寡人倒是认同。"皇帝冷
静地说。

"那为何还要杀我?"

"只有你知道'救驾汤'的秘方与制作法。现在,我们需
要换一个人了。"那茶杯马桶上的女人恶狠狠地说道。

"秘方尚未传给新的接任者。今日若杀了我,以后圣上遇
到急症,受惊昏厥,便无药可救了。圣上龙体若有闪失,苏门
答腊的天空岂不将永陷黑暗,如何是好?"

闻听克图特的话,皇帝和女人差点一起笑出声来。但皇帝
忍住了笑,说:"克图特,有件小事,在你死之前,还是可以
让你知道的。"

"请圣上明示。"克图特道。

"寡人喝什么药汤,喝还是不喝,其实都一样。"

"什么?"

"寡人从来就没真正昏厥过,更没什么病。"

"那过去遇险时的休克呢?"

"都是为了掩人耳目,是太后想出的权宜之计,为了让寡
人躲进净寺图个清静罢了。这么多年来,我就是靠这敏感与昏

厥，躲过了所有的宫变、侵略、谋杀、刺客与哗变。当然，还有你那总让我腹泻的药汤。宫里的人，只有你对寡人的病深信不疑。"

"尽管如此，最近那铁风筝也依然是心腹大患哪。微臣敢说，苏门答腊有史以来从未见过此等利器。那恐怕是我叶凋的亡国之兆啊。"

"也许吧。不过会不会还有一种可能？"

"什么可能？"

"铁风筝也是我派人放的。"

"怎么？"克图特想再问，随即又明白了似的，说："既然如此，圣上何必还要戏弄老臣？"然后他浑身发软，沮丧至极地低下了头。

"若没有你，恐怕我还会在各种势力的夹击下烦恼很久啊。只是你熬的那种药汤，实在太苦了，寡人忍受折磨已多年，真的再也不想喝了。你真的不会理解，一个皇帝总是蹲在马桶上，这是件多么孤独的事。我会换一个御汤者，替你改改方子，希望味道再甜一点，尤其不要再像现在这方子一样导致长期腹泻。所以，只有换掉你，寡人才能重新得到肠胃的宁静，也就是朝野的宁静、叶凋国的宁静。祖宗们用一个古老秘方控制寡人的时代结束了。从今以后，是寡人的时代。你今天才算是真正为寡人做了一碗救驾汤啊。"说着，皇帝在黑暗中朝更黑暗的那女人方向抬了抬下巴，那女人又朝侍卫抬了抬下巴，原一代帝师兼御汤者秃顶克图特的人头，便如蹴鞠一般滚到了皇帝的坐便器边上。

"他这颗头怎么办呢？"那位正在弹拨爪哇竹琴的净妃，此时放下手里的乐器，弯腰把秃顶之头捡起来问。

"装个中国锦盒，给海那边送去吧。告诉他们，叶凋国内乱已经荡平，长期秘密制造慢性汤药毒害寡人，导致寡人昏聩、麻木、残暴并不能理政的前任御汤者克图特，现已被寡人斩首。请他们以后不要再放那铁风筝来了。"皇帝冷冷地吩咐侍卫道。

那侍卫便从净妃手里接过人头，转身朝外走去。

"路过御膳房时，顺便告诉那里的其他人，以后你就是新御汤者，"坐在阴影与茶杯般小马桶上的那个身份不明的女人又对那侍卫叮嘱道，"就说克图特'救驾汤'的秘方只有你一个人知道，他留下的全部药材与煤炭，已煮好或正在煮的药汤，包括制作人员，也都归你调遣。以后，你就是叶凋唯一一个掌握着皇帝疾病与生死的人了。"侍卫闻言有些诧异，似乎完全不能相信。他发愣似的站在原地不敢动，又不敢回头。

"你怎么还不走？"女人又问道，"莫非你怕什么吗？怕也没用。无论何时，总得有人来救驾不是？否则，叶凋国如何能永延帝祚呢？"

这时，见那侍卫始终不情愿离开净寺与皇帝，那拿雉尾团扇的净妃，便忽然举起一支长柄团扇，猛地朝侍卫身上扇了几下。史书记载，其他一个营的侍卫、十几个博学的军师与数千刀斧手当时都看见了：那提着秃顶克图特之头的侍卫，尽管本是一位笨重的莽夫，却竟被扇得离开了地面，并轻得像一星灰尘般地朝门外飘了出去。在他身后，在黑暗净寺的最深处，从未生病的皇帝则与满屋飘浮的檀香烟雾、腹泻的氨气、苍蝇、坐便器及那阴影中身份不明的女子融为一体。

2020 年 1 月

# 皮鞭的华宴

此事是许多年前——或许多年后——我在一个下雨的境外丛林里采集植物标本时，因拍照不慎滑落悬崖，偶然遇到的：当地某位闻名的野蛮思想家，在山中组织了一个被称为"皮鞭雅集"的怪癖爱好者学会。慕组织者之名望，连该国很多学者、圆梦师、僧人、罪犯、文盲或女子也对他的倡导趋之若鹜，不远千里赶来赴会。有些人因此长年驻扎在林中，结伴成家，还生儿育女了。丛林里蚁附蝇聚，人云集得多了，结果竟也发生过失踪，甚至死于非命的事。不过，对此悲惨结局之缘由，始终众说纷纭。一说是丛林多雨，暴发了奇怪的瘟疫，人们互相传染所导致；一说是其中很多人对雅集带有恶癖与私人目的，在会上互相攻击，乃至背后谋杀所致。还有一些颇不可思议的说法与猜测，称他们都死于雅集本身的那些风俗，包括如用皮鞭吊打、绑缚、捆扎或勒紧物品等仪式。

就我个人记忆而言，在那个潮湿、黑暗、草木密集而不可告人的丛林中，只要提及"皮鞭雅集"这件异闻，便人人都心生激动，又不太愿意言说。

按丛林地方志之记载，过去很多掌握皮鞭的人，常在树下向他人挥舞，或向陌生人展示皮鞭的长度，高谈阔论，炫耀皮鞭的学问。会中长者告诉年轻人——长者们也是从思想家那里听来的——那些陈旧古老的皮鞭，并非用于放羊，也非用来执行任何对人的惩罚与鞭刑，而仅是拿来绑缚、测量、抽打和吊挂一些外来物品的工具。那些物品包括诸如钟表、画像、服饰、枪、望远镜、鞋、钥匙或图书之类，据说都是历史上偶然进入此丛林之人带来的。物品被视为不祥与灾难的罪魁祸首。即只要丛林里有人死去，无论是被虎食、被毒蛇咬、被火烧，乃至沾染瘴气、疟疾或奸杀，甚至年迈者自然死亡，两个地盘的人因抢夺水源而发生集体斗殴等，他们都会归咎到这些物品上。

皮鞭雅集就是要化解这种不祥。思想家曾为此研究呕心沥血。

雅集通常会在灾难或死亡发生之后的第二天举办。丛林里的人，会围在那个思想家的周围，把临时邀请到的一个什么零碎物品——不知为何，他们始终将此人与物的聚会行为称作一场"邀请"——用一根较长的皮鞭系起来，吊在一棵大树上，然后用另一根更粗的皮鞭进行抽打。然后，他们又集体轮番朝那物品吐唾沫，或怒睁双目，龇牙咧嘴，对那无辜的物品发出狂喜的叫声，形同一场喧嚣的华宴。最终，他们会把那物品用石头砸碎，然后便认为暴发灾难或死亡的不祥都解脱了。我知道这叫声也是一种赴会者的语言，只是我尚未弄懂它的拼写方式。

最令人惊讶的是，皮鞭本身也是外来物品。只是这一点，思想家从不提及，聚会的人群也不便多问。仿佛大家早已忘记。反正有足够的物品可用于这仪式。

也是凑巧，那年我带着登山工具、绳子、相机、剪刀和一些采集植物标本用的书籍，挂在悬崖上为忽然发现的一株罕见的木本植物拍照，结果不慎滑落。我滚下来，遍体鳞伤地摔倒在丛林中时，聚会的人群便迅速围了过来。我并没看见那个野蛮思想家。但我能深刻感受到他的存在，比那株植物更罕见。丛林里的人要求我把身上的东西都交出来，看看哪些物品能符合他们的"邀请"。盖因当时丛林中暴发了数年不遇的严重水涝，许多人帐篷被淹，有些儿童还因溺水而亡。我想，他们或是搞错了人与自然的因果关系吧。遗憾的是，语言虽通，我的逻辑与另一种文明之思维却不能兼容。他们搜身后，最终判定我那台照相机便是近期水涝不断的原因。他们"邀请"将我的相机用于皮鞭雅集。我拒绝了。

于是他们便威胁我道："不能邀请相机，那只好邀请你这外来人赴会了。"

此时大雨如注。惊恐之下迫不得已，我便猛地转身朝另一座更危险的悬崖跑去，并顺着那悬崖继续摔落到更远、更深、更危险的某个说不出名字的山中。雅集的人群只好暂时放弃了对我的追踪和抓捕。后来很多人认为，我算是捡了一条命，逃出来了。但据我所知，该学会的邀请是不会因暂时未获物品便结束其意义的。焦急的皮鞭永远会在他们手中弯曲跳动，如一窝盘根错节的蛟龙。我侥幸回到城中后，不久便听说那丛林里有人被吊起来鞭打，又有很多收集到的外来物品被砸，且因此还意外地死了几个远道而来的新赴会者。他们是不幸地被当作了照相机或我的替代品了吗？不得而知。我为我的幸免而惭愧。水涝每年都有，一次比一次严重，并未停止。最初来的与会者，有人渴望离开，但常被水涝困在林中。后来赴会的，则处于对皮鞭的崭新亢奋之中，对前辈的犹疑与退缩表示不屑。野蛮思想家只闻其名，始终不现身。野蛮思想家可能已经死了，但无法证实，也无法证伪。我的遭遇虽原始，可我并不认为那是一个部落，丛林的雨不是法术，野蛮思想家也不是酋长。除了人与物的逻辑关系，我也不认为我与一切赴会者有什么真正的不同。观这个境外丛林，虽地处偏僻，山野草莽，怪石凶顽，但雅集与会者却都是些有身份之人。他们受过教化，很多人还举止典雅、语言细腻、生活中有独特的美感与诡谲的魅力。他们身处蛮荒是想抵御激情的招安和某种哲学异化吗？他们为何会认同一种泛自然的互渗思维，一种假途灭虢式的存在意识？我始终难以理解。许多年过去之后，大概在我和那位从未谋面的野蛮思想家之间，仍并存着旷古的敌意与研究：我始终在秘密地寻找他，而他与他的丛林、华宴、雅集与皮鞭，也始终在秘密地邀请我。

2019 年 11 月

# 甲板上倾斜的人

上船之人就是那个被通缉多年的逃犯。

这事在他跳上甲板的瞬间，我就发现了。因他跳跃时，两条裤腿有撕裂感，交叉速度极快，像一把发疯的剪刀把他的存在和岸边的人剪开。身下漩涡如拓扑空间，在我的瞳孔中倒映出了他的犯罪镜像：那是一段不堪回首的悲惨往事。我记得从我儿时开始，就听到过对他的通缉令。他手里提着一只带自动密码锁的黑皮箱，里面不知装的什么。我只是远远就能闻到从皮箱的开裂缝隙、锁孔或拉链里，散发出的一股凶恶刺鼻的气味。我很确定，他绝非想通过轮渡逃到无人认识他的地方，去成为另一个人。犯罪是狭窄的，比他手里的黑皮箱更狭窄。他就是想从此在这船上待下来，或伪装成水手，或摇身为舵手，就倾斜地靠着甲板、右舷、眩晕感与每日浪涛的起伏不定，来转移自己背负多年的恐惧，了此一生。船是有限的。轮渡与彼岸之间的关系是倾斜的。江水与机器的方向更是相反的。因船只是轮渡工具，故世间无人能设想他竟会栖居在一个过程里。

他也看见了我。我们互相保持着惊人的距离，同时倾斜，又装作都没看见。

从一只闪电般横飞过我们之间的鸥鸟啼声中，我还发现了他是喜悦的。因他并未去关注那鸥鸟。他更不可能认为我是一个正在追踪他的警察。我们之间带着最大的怀疑、陌生与敬意，站在同一块甲板上飞驰，并成就了我们这场伟大、短暂、摇晃、擦肩而过，又"并行而不悖"的旅行。当然，在他眼中，可能我也正逃离过去的生活。我的仓皇撤退比他更接近"逃犯"这个词语的意义，也更危险，更容易在过程中暴露存在的狼狈与败象。

到底是谁、什么样的物质运行，走到哪里的日子，遇到怎样的折叠空间，才算得上是一个过程？这些真不好说。我们一起度过了（也可能是漏掉了）半个多小时。

也许是太过紧张了，轮渡快靠岸时，我发现甲板开始出现裂痕。我们在预感分别前，不得不互相点个头表示遗憾，却又意外地通过江中倒影，看见了对方尖锐的牙齿。他看出了我的怯懦——大概这是逃犯之间才有的默契。我的怯懦就是我对他与世界的敏感判断。我的怯懦还为他造就了能永驻轮渡的安全。就在我从甲板上向岸边倾斜，最后缩身一跃时，还听到了他充满蔑视的一声冷笑，从他手里的黑皮箱中发出，响彻于山水之间。

2019 年 11 月

# 悖谬仪

在以诡辩著称的犯罪学史上，除了过去那位被遮蔽、埋没乃至最终被暗杀掉的教授卢狄·拉维特（Lloyd Ravet），谁也没再见过悖谬仪（Paradox instrument）。盖因这台古怪的仪器最初问世时，便遭到了舆论攻击。在地缘解体前的东欧诸国、在拉丁美洲、在远东以及在琉球群岛等地，此物曾参与多起与残酷连环杀人案有关的审讯试验。悖谬仪，以其伟大而缜密的电学感应设计，一度曾试图完全取代流行的测谎仪，成为打开凶手心灵和任何复杂刑事案思想的新的钥匙。据说，悖谬仪能让当事人完全吐露自己最荒唐的观念，哪怕是完全相反的矛盾动机：譬如无意间将从未去过的地方，说成是自己去过的；把没伤害过甚至根本不认识的人，也说成是被自己伤害过的，还与对方有交情。在与前额、后脑以及脖子连接的四十六根电线与触点的激发下，悖谬仪可以让人描述出很多真实的，有时甚至是犯罪者自己都遗忘了的细节。迫害者与被害者可以是对称的。在此仪器控制下的人，会重新否定自己的全部言行，并合理阐释自己的行为是"毫无意义"的和可笑的。它能让很多高智商的犯罪者坦白不为人知的心境，但也能让很多低劣、无知甚至文盲违法者，大脑忽然上升到能理解悖论的思想高度，并将自己过去做的事，看作是精神与行为互为障碍所致，获得一种"最终解释权"。实际上，在电话发明之前，所有的无线联系方式都是悖谬的。在表达之前，所有思维也都是悖谬的。只是卢狄不想明说。他认同笛卡尔所言：人类意愿性（Willfulness）中的一切可能都是错误的，因"身体受自然支配，而心灵绝对自由"。他还经常在课堂上反复对学生说："持有此观点的古人很多，从芝诺、奥康、皮浪、傅科、休谟、卡尔·马克思、布里丹、托马斯·里德、公孙龙到奎因等哲人皆如此。人类的意愿性及其犯罪真相，就像倒背圆周率，根本没有起点，却总有一个完整的幻觉。要想证实犯罪与无辜的对称，首先要通过仪器实现（或再现）这幻觉。"

教授的话自然有些冒犯，让富有正义感与常识的人不舒服。

悖谬仪的发明看起来似乎很好。但无疑，此物不仅会给很多犯有严重罪行之人提供躲过惩罚的可能性，还可能让他们心存侥幸，避过劫难和内心愧疚。这怎么行？

在那个今人早已淡忘的2083年春天，轰动人间的悖谬仪，本是卢狄教授为全球不断上升的各类刑侦案件而设计。第二年，仪器被广泛应用于日常教学，尤其是哲学思辨、理论研究和精神病临床治疗中。很多人都发现，悖谬仪已成为围墙国家那些继摄心机器之后，对人类的过激行为、怪癖、暴力欲、性幻想、潜意识与隐秘心理影响最大的工具。测谎仪与摄心机器，都只是在人撒谎时，或无主见时起到提示作用。实际上这并不可靠，因有些人心理素质极其强大，在测谎仪或摄心机器面前，也可以做到心平气和。但悖谬仪则完全不同，它探测与提示的仅仅是人的观念，并且激发人的观念。

观念没有善恶、真假与正邪。仪器本身也不考验人的道德压力，只是一种全息的物理催化方式。但这仪器导致了普遍的反对之声。教授不得不屈服于舆论的批评。

据卢狄回忆，悖谬仪当年的精密性已远超电脑芯片、生化机器与智能等合成的思维探测器。只是其体积尚大，形状与一台老式落地自鸣座钟差不多。他还来不及为之做缩影升级。要想把这家伙搬来搬去，也不是容易的事。悖谬仪在犯罪学中引起太多不满，被害者们纷纷谴责这一只顾观念、不顾法理，几令无数罪犯逍遥于思想奥义之外的技术行为。为了最大限度取消它的威胁和危险，卢狄教授被迫同意了从各地回收、破坏乃至就地销毁那些已售出的悖谬仪。他自己则在官方科技刊物发表了一篇长达十七万字的半回忆、半学术论文，即《悖谬仪时代之兴起及其非法之研究》，阐述自己制造悖谬仪的往事、灵感、艰难的制图与研究试验过程、社会应用的错误性与破坏性等，并彻底否定了自己发明制造这种仪器的卑鄙动机。

因悖谬仪带来了巨大的伤害性和犯罪学误差，整个学院与知识界，过去并无一人愿意站出来为卢狄教授叫屈。除了技术上的野心，尚无资料证明，卢狄究竟为何要造这仪器。他被当作一个"无辜者中的罪犯与犯罪中的无辜者"，同时受到怀疑。

本来，自 2083 年夏天开始，悖谬仪就已在世界各国乃至一些土著部落的拘留所、审讯室、医院、精神病院与监狱中被使用，成了一项革命性技术。这仪器之奇妙，还成了从侦探、调查员、警察、犯罪嫌疑人，甚至包括法庭观众们都在内的，大家共同喜欢的东西，一种产生刺激的新思维产品。因据说每到使用时，就是那些最可怕的刑事犯、黑帮头领、连环杀人狂或江洋大盗等，也会像过节一般快乐。他们会将仪器上那些章鱼群般密集的电线、插头、触角、光纤、仪表盘等，全都主动拿起来戴在自己头上，然后开怀大笑着（有些人还禁不住喜极

128

而泣）向在场的人讲述自己的行为经过（或无意义的历史），仿佛是在谈论一场令人痛心又怀念的致命爱情。悖谬仪给他们的快感，超过一切犯罪、忏悔或痛苦本身。有个别地区，甚至还出现过这样的事：为了有机会接触到悖谬仪，一些无辜或善良的人，竟然联合组织起来，故意去犯罪。到了审讯时，他们则争先恐后去躺在悖谬仪边的电床之上，其激动、快慰、紧张与脸上溢出的幸福表情，宛如处男第一次与心仪的姑娘约会，或第一次同床时的模样。悖谬仪通电时的身体痉挛，如一套严密的悖论逻辑体系，使恶德的语言产生了惊世骇俗的升华。由此，每个平庸的人，都能通过悖谬仪的帮助，一窥自己狂野的底线与残酷的潜能。这自然影响极其恶劣。因此好景不长。仅用了一年零几个月，到了2085年夏天，在一场大雨之后，悖谬仪就被陷入绝望的卢狄教授以绝对专利权与反常识为由，宣布正式取缔了。当然，最终连卢狄也分不清自己是不是迫于外界的压力，才决定毁了自己的一生成就。听说那金属家伙，在使用最多的如波黑与塞尔维亚、也门、立陶宛、危地马拉与柬埔寨山区等处，就有数千台之多。回收的旧悖谬仪与未出厂的半成品，最后全被拖到空地上，烧成堆积如山的漆黑焦炭。一个能为无数犯罪者与无辜者同时提供幻觉、缔造语言辩证的"悖谬仪时代"，在将燃即灭中结束了。这真是未来一件最遗憾的、划时代的，却至今无法验证真伪的技术史大事。卢狄教授不久后也死于非命。传闻他是为保留最后一台悖谬仪而死的。他半夜自己开车，拖着仅存的仪器零件企图离开学院。刚到大门口，便被忽然出现的另一个完全反对他的教授一枪击中头部而亡。可一直都没有找到凶手。学院里有很多的人，都认为卢狄是在自己车中自杀的。只是后来那位杀害卢狄·拉维特的教授回忆时，已无法借助悖谬仪来表达作为凶手的"毫无意义"与动机了。失去了悖论与幻觉，他更无法对自己与卢狄教授究竟是不是同一个人，而获得最终的解释权。

2019 年 11 月

# 面　壁

　　面壁之人是一位羞愧之人。

　　面壁之人始终在琢磨如何能跻身进入石墙的基本粒子中，以逃避过去的全部耻辱。伴随着月光、元素、蚊虫、潮湿与灰尘，面壁之人恶臭的躯壳与干枯的脸，每日都向着墙进行猛烈的扑打。肉身之影撞击石墙，留下了深奥的形象，如一片漆黑的坑。他的腿已麻木了，手指痉挛，屁股、肛毛与睾丸皆冷若黑铁。他的脊椎弯曲，像一座被往事之战炸毁的吊桥，将头颅无力地垂挂在脖子上，仿佛一只表示投降的灯笼。他没有脸。面壁之人愿意如此长久地沦陷在枯坐中，不断进出于石头，就是为了取消自己的脸。他一语不发。那长满苔藓的洞中巨岩苍古、高耸、光滑如镜，映照着他无言的盲目与无字的怒吼。尽管每夜，他都会向着眼前这一团实心的、坚硬的物体冲锋陷阵，经常把自己撞得遍体鳞伤，但却始终未能完全将脸彻底消灭。他总发现自己尚有一丝难堪的表情。洞中无生命，万物封闭，唯有一条曾于冬眠之前因吞噬群鼠，遂霸占了墙角鼠窝的老蛇，还能知道一点他的沮丧。

　　一个人长久地面对无、零与坚硬原子造就的窟窿，便会不再恨什么晨光之熹微，亦无所谓是否真能觉今是而昨非了。面壁如漫长的懒悟，懒到一定程度就成了脾气。尽管在洞外山林间，一朵再小的花，也可能成为他对环宇磁场的辐射机器，成为他英武、俊美与狡黠的纯男性雄姿之镜像。但他早已不关心此类尊严了。所谓脸，不就是由脾气、雄姿与尊严等此类表象构成的吗？这正是他急于想抹掉的。

世界太渺小，比他藏在袍袖中的那两个攥紧的拳头还要渺小。

面壁之人以头撞墙，血流满脸，额角上疤痕叠疤痕。但从未有一次，这凶猛的磕头让他看到一点点能离开岩石的希望。

在那个要杀他的仇人出现之前，面壁之人是被原子封锁在脸中之人。

其实，入冬前不久，仅凭着山野寂静、鸟啼花香与内心敏感，他便已发觉了洞外有一个陌生人出现。那人绕着山洞来回徘徊，几次想进来，却不知为何，又自己退了回去。他几乎能听见那人剧烈的呼吸。他确定，那正是他过去曾遭遇的一位闻名遐迩的仇人，一位他内心秘密的公敌。当初，为了一场糟心的爱、食物与哲学，他曾让很多人死于非命。他们之间存在着解不开的恨与背叛。这之前，有好几个人都曾打听到他的消息，便寻上门来，伺机报复。但最后都被他的威严和凶猛的暴力赶走了。可这次不同。他听见那仇人在山涧里拣拾了很多干树枝，堆满洞口，还拿出火药和汽油，看来是想将他烧死在洞中。奇怪的是，火始终未被仇人点燃。面壁之人在恐惧中，揣测着身后这位新的仇人：他是否还是如过去那样，怒目圆睁，咬牙切齿？可因岩石已完全吸住了自己的脸，令他无法转回头去看的。

令他更诧异的是，仇人似乎并不急于报仇。他或深知对方太厉害，不敢轻易靠近，抑或认为从身后袭击乃乘人之危，有所不齿。他迟迟未对自己这个已瘫痪在原子、姿势与幻影中的人动手。仇人就在原地不动，如一尊奇怪的塔。甚至冬日山中持续多日的雨雪、烈日、野兽、饥饿、寒冷与暴风也没能赶走他。不久，他听见仇人竟还在洞外砍伐树枝、搬运土块，然后修起了一座茅舍。仇人不进洞来袭击，也不离开，而是就在那茅舍里住下来。茅舍紧靠洞口岩壁，深秋屋顶会挂满枯藤，春夏间门前将开遍鲜花。夜里，他甚至能隐约听到仇人在茅舍中发出的鼾声和梦魇。这既像在等待，又像是监视，还有点类似守卫，尤其如一种沉默之对垒。就是那些曾从朝廷派来的暗探，长期蹲点，也没有他这般执着的。

仇人的谋略是理性与批判兼顾的：因面壁之人曾经太强大，为保证自己能顺利袭击对方，又不会被对方敏感的反击伤到，他便每天一点点地向面壁之人靠近。每靠近一指，便确定这一指的安全。然后，在面壁之人尚未察觉之时，他记下移动的位置，地下画线，便回到茅舍去休息。待次日起身，便再从这安全的一指距离开始，继续往前缓慢地挪移。这期间他可能会遇到对方的警觉与愤怒，遇到隐藏在四隅的机关、陷阱与暗箭，或遇到洞中蝙蝠、蚂蟥或寒气的阻击，但皆不在话下。只要持之以恒并保持警觉与寂静，最终，他定能悄然抵达面壁之人身后，一击致命。

面壁之人也知道自己的困境。但他不能转身。因不转身，可能蕴藏巨大的凶险，而转身便意味着又回到了过去。唉，过去真令人厌恶，就如自己的脸。

他知道对方肯定就是那位闻名遐迩的仇人无疑，且近在眼前。但重新面对过去的人，这比被袭击更可怕。那将让他"完全消灭自己的脸"这一伟大计划与多年来几乎已做到了十之八九之成就，在瞬间功亏一篑，回到令人绝望的历史起点。

"不，我决不回头，哪怕被杀掉。"他反复在心中自言自语。

从此，他们就开始了一场旷日持久的对峙。面壁之人在洞中继续专注地凝视一切飘浮的基本粒子、空气、岩石、眼皮内的血管、风速、定力、时间史、梦、甲虫壁上繁殖、岩石上藓类植物蔓延的面积、对色情的眷恋、对图书的记忆、死亡的步伐与疾病的笼罩、对每日划过山洞的一丝阳光之敬意，以及自己那即将消失的脸；而仇人则从茅舍中，透过深奥的黑暗去凝视面壁之人的背影。万有在此无限寂寞，并达到了一个空前巧合的平衡点。维系他们的，只有对仇恨与危险的默契。岁月山河移形换影，即便残忍的鸥鸦在深夜的沙漏中呼啸，也从未能影响他们这默契。即便互相都知道灭亡渐进，也始终保持怀疑的活力。他们之间隔着黑暗的洞内通道。前者始终不确定自己的脸还剩多少，后者则从未见过前者的脸。

大约是窝在鼠洞中的那条老蛇，已蜕皮过数次之后，面壁之人才渐渐感到，那仇人已越过了无数个一指的间距，在无限分割中抵达了自己身后。

一位陌生的、著名公敌的复仇烈焰，已在峭壁、内心与满地苔藓中挺进，要摧毁他光辉的修炼。他知道那致命的疯狂一击已从天而降，其疾若火箭，美若烟霞，诱人的暴力伴随着恨的激情，令他不得不回头去看。他知道他从未真正敢面对昔日韶光中的怨气，但也从未忘记去面对那肃杀的往事。即便真要面对，也决不能带任何表情，决不能留情。猛回头吧，功不唐捐，为了反观崇高的残酷，为了追忆纯洁的恶行。过去如在，则在如前夕。过去都是从明日、未然或下一次事件才真正开始的，故名过去。为此，面壁之人刚柔而混沌，他从岩石墙上凹陷的黑色影子中，终于向自己的存在转过头来。于是，处心积虑多年的仇人便终于见到了那张已完全消失的脸。脸是充盈而圆满的无。脸是骨肉狂狷的空间。仇人相见，分外眼红，墙角老蛇在他们激烈的交手之前便惊慌地吐着芯子。一滴忽然从洞顶滴下的露水，落在他们两者之间，成为遮蔽他们互相凝视的屏障。最令仇人与面壁之人都没想到的是，这致命一击与反击，因没有了脸，便不能确定对方究竟还是不是仇人，从而也互相失去了奥义与动力。消失的脸看到自己羞愧地倒在了仇人面前。它要以其零的巨大规模，去宽容这一的绝对速度。同时，仇人则看到那被自己致命一击之物，竟然只是凹陷在岩石上的影子构成的坑。仇人曾是一指一指靠近的，却为何早已分不清通向人、影与石的途径、目标与角度？他是从何时开始错的？他为何失去了最终的判断？皆无从知晓。大惊讶处，转头皆空。仇人返身再观，但见内疚的面壁之人始终坐在原处，他从未回头，其轮廓依然残暴、凶猛、无情而庄严。

2019 年 12 月

# 心 猿

## ——狮驼岭巡山喽啰小钻风①心经

巡山路上朱雀盘旋，杀人世界幽兰寂寞。

清夜萧疏，群魔及他们在洞中豢养的那些死士、妖女、恶霸与猪猡，仍在阴间山坡上畅饮血酒，追忆自己的人身前世。遍野荒冢间，青黄的磷火尖叫着燃烧并跳跃，似乎是为了庆祝虚无的胜利。观自在从未到过这里，遑论宽容与般若？近日，只听闻有一个残暴的心猿要来。他会带着神经质的脾气、毛发、棍棒、行李以及几个愚蠢的僧人与荒谬的经书路过此山。据说，心猿早年也曾吃过人，并沿途杀掉过很多妖魔。但妖魔本是已死之人所化，怎么还会再次被杀死？这本身就不符合逻辑。尽管大家对心猿闻风丧胆，但这并不能影响狮驼岭旷世的黑暗、卑贱的寂静，以及我们这一代恶鬼的叛逆之心。存在为何能不灭？乃因风林火山、恒星、物质、雨、万有引力定律、火焰、花、太阳黑子、足够的精液，还有能多年来不断屠戮无辜者、诓骗行旅与伤害他人后才能获得的奇异快乐，还有淫荡的恋人，以及兄弟们那千锤百炼的骨肉皮相、青面獠牙和武器。暴力与色情乃千古之眷侣，它们从来就不把会任何过路的心猿意马放在眼里。

---

① 《西游记》第七十四回中狮驼岭的一位巡山小妖，孙悟空曾先变成一只苍蝇跟踪他，后又变成与他一模一样的小妖，自称"总钻风"，并让其说出三位魔头的本领。小钻风后被孙悟空所杀，但这正是一种心猿与心魔相灭的镜像隐喻。

恶与非恶、次恶、准恶、更恶或最恶之间，几乎从无差别，更非降级或升级。众恶此起彼伏，只是根本恶的花开满树红，花落万枝空。

每夜，只要我头插令旗、摇着铃巡山时，你便看到明月照见五蕴皆空，山河就是一堆破石头与臭水沟的恶之总和。在不远处的狮驼国，皇帝仍迷恋袭击肥肉。到处都是对人身的透视仪、法宝、长翅膀的警察、枪、胭脂与法律。堆积如丘的骸骨腐烂在大街上，散发出伟大的腥臭。刺鼻的气味令我心狂野，也能让此山中每一个妖魔如泣如诉。一切苦厄，若真的来自眼耳鼻舌身意，又何须让他人来度？挂在腰间"威震诸魔"的腰牌，也不过是道文字障罢了。就像这山麓间的云雾、瘴气与黑夜，心无挂碍时，自然便能与一切恶习并行，何须什么威震？听，王仍在峭壁深处咆哮，只因找不到肉吃。是啊，谁不爱吃活物呢？性命这东西，恐怕也并不仅仅是肉身吧。否则，这满山游荡的幽魂又是从哪里来的？他们早已失去了生前的肉身，只是一场充盈天地之间的秘密存在罢了。四万七八千小鬼喽啰都知道，其实从来就没有什么魔头，唯有对食欲、性欲与存在能不断延续之欲的凶猛追求。那个能超凡脱俗地徇私、滥交与犯忌者，便是众妖之王。

丛林不讲道理，数亿年来没有变过。如果大与小、正与反、东与西并无区别，焉知那个山下的行者就不是在原地踏步的宗教喽啰，而我就不是一位遵循内心的思想行者？心猿不过就是千万个行者中的一个，有甚稀奇？我每日巡山，我就是行者。何况多年前，我也曾想去过一种宁静的生活，并不想落草为妖，陪着黑压压的群魔们去吞噬婴孩、少女与动物。奈何存在本质上就是悖谬的、迅速的、遗憾的与不可重复的。在收到这腰牌之前，我的整个早年都在市井中度过。想起那年夏日，我上街买菜，忽然遇到了一个全副武装、手拿拂尘的长老。他递给我一只锦囊，囊中有银子数十两，还有就是这个莫名其妙的腰牌。腰牌反面写着"小钻风"，我也并不知是何意。长老对我说："你已经被录入狮驼岭的群妖谱了。现正式告知你，银子可贴补家用。明日黄昏前速到岭上点卯，否则必遭灭门之祸。"

我也曾见过不少恶事，便笑道："真是岂有此理，我一个常人，家中还有妻儿老小，怎么会跟你去那妖孽横生的鬼域为非作歹呢？"

但那长老也没有继续反驳我，而是冷笑一声，转身离去。我看见他屁股后面拖着一根类似古猿的长尾巴。

在回家路上，因酷暑炎热，我浑身大汗淋漓，便在路边一条小溪边蹲下来掬水而饮。奇怪的是，在溪水的倒影中，我忽然见自己脸色铁青，眉毛与胡须都变红了，嘴角长出獠牙，脖子变长，状若剑齿虎，手足枯槁如鹰爪，头顶还冒出了两个蓝色的犄角。我究竟变成了什么？我惊慌地扔下菜篮子，跳起来，沿着山麓疯跑，想要追上那古猿长老痛打。但他早已没了踪影。我用刀剁手，不见血痕。我对着墙壁猛撞头颅，也毫无疼痛感。最奇异的是：我发现自己竟然能看见风的流动与行踪。以往街上刮风时，顶多只会看见浮云飘飞、房屋倾斜或树叶摇动。现在却不一样了。我确确实实看见了风的头及其不规则的躯干。风在空中或山坡上缓慢爬动，如一团又一团液态的白象，穿过所有孔窍与窟窿，向着四野里漫流。我甚至还能钻进风中，捕风捉影，进入到它从四面八方而来的大气缝隙中，抽打着、驾驭着这白象群般透明的巨大肉团奔跑。不知不觉我跑了一日一夜，饥渴难耐。这时，我看见草丛间有一具被野猪

吃剩下的麋鹿尸首。我第一次觉得那腐肉的血腥、爬满蚂蚁的
脏腑是如此诱人。我慌忙扑上去撕咬、吞咽，满嘴流红地大快
朵颐起来。然后我又顺手抓到了麻雀、老鼠、毒蛇或邻居家的
猪与鸡鸭来生吞活剥，茹毛饮血。从狮子到甲虫，从斑马、狐
狸到鳟鱼……总之自成为小钻风以来，我吃过数不清的生灵，
其中也包括人。一切活物之肉醉人的热气终日令我垂涎欲滴。
我知道，自己变成这样一个怪物，若回去必定吓坏家人。于是
我便干脆来到狮驼岭落草，成了群妖中一个远道而来的腼腆的
心魔。

　　或许因风（气）已成为我的坐骑，狮驼岭之王便令我做
了个巡山的领袖。万象森罗齐揖手，我也以一切山岚为心魔的
金钟罩。当然，在苍古山林中，令我感到无比尊严的倒并非饕
餮活物，而是一种背弃了人间烟火气的残酷性，是作为一个幽
灵，能自由进行反世俗与反道德的思绪，乃至义正词严地走向
屠杀、奸污或争夺各个山头的行动。野蛮，这是唯一的真正科
学。我把我的全身汗毛武装起来，赞美危险，反对光荣，歧视
忠贞，驱逐善意。我要让这幽魂之身在山中不增不减、不垢不
净、不生不灭。什么是存在？否定现实就是存在。如何能否定
现实？猿啸青萝时，我倒是曾听一位偶尔进山砍柴的樵夫唱过：

　　　　古山妖灯冷，虚径叶卷风。凌云三千塔，养性
　　二三松。满地落花游魂扫，鬼殿蛛网任攀笼。空架
　　琴，锈悬钟，斧钺削平此苍穹。野狐僧语忽不见，禅
　　榻森然鸟相逢。凄凉堪叹息，寂寞苦无穷。骑气难明
　　心猿意，坐雪且待斩春风。

　　不过，就连那吟唱孤绝的樵夫我也没放过。我乘风俯冲，一把将他抓来吃掉了。只是我咬下樵夫的头，扒开年轻的胸腔，掏出他血淋淋的心脏来啃食时，发现他也不过是一只正在褪毛、蜕变为半人形的猿而已。

　　多年来，狮驼岭已化为我的须弥芥子园。山中的每一棵树下，都遗留过我不可一世的神圣尿迹。我在此打更、摇铃、跨色空、了生死。我若无山便非我，山若无我则非山。我与此山不分彼此。山如心猿，即非心猿，故名心猿。这一切又岂是那个虽曾霸占过花果山，也龇牙咧嘴吃过人，却甘心去做一代僧奴的卑鄙泼猴能懂的？

　　好在八百里狮驼岭怪石嶙峋，猛川横流，任我泥沙翻滚频哮吼。此处有崇山峻岭，茂林修竹，堆积着数不尽的等待咀嚼的尸体、首级、粮草与人肉，还有恐怖的瀑布、贪婪的唾液与荒淫的流水映带左右。每日子夜，恨晨光之熹微，我都期待着在巡山时遇到草莽间野花绽放，在青苔上与一头嗜血的母豹性交。我会用尖指甲抚摸她狰狞的耳朵，和凶残、狡黠而高高翘起的臀部。我会疯狂地咬住她斑斓的咽喉，嗅闻她绚丽的獠牙、带倒刺的舌头、多毛的下体与散发出剧烈尿臊的阴户，在令旗的激烈震荡下，倾听她在狂喜中挣扎咆哮，用对恶的冲动来反抗人身往事的压迫，用传世的淫欲去完成一个小妖最低限度的记忆革命。当然，与我交媾过的各类飞禽走兽、女鬼、尸骸、磐石与植物花蕊不计其数。我那雄浑、呈三角形并且长满倒刺的妖怪阴茎筋肉虬结，可在她们身上忽大忽小，滚来滚去，磨炼得烫若烈火，无坚不摧，远超过泼猴的那根什么如意棍棒。因我若刺入谁，谁就会因我灼烧的快感而化为幸福的灰烬，哪怕她只是一座妖艳的坟墓。

　　我对恶的痴情，可直逼万世魔头之祖——他的名字难以启齿。因我是不被任何鬼神放在心上的小钻风，故而便是战无不胜的奇特事、佛鬼军、无门关前一小卒吧。

　　可惜在巡山时代，搜尽奇峰，我一个人的太平广记永难为他者一语道破：我看见过雨雪霜雾露如何横扫牛鬼蛇神，闪电驾驭着基本粒子而来，震开春秋，撕裂气候。细菌们在空气间起伏飘荡，浮游生物在沼泽中呐喊彷徨。我看见过一种罕见的力，在青林黑塞间驰骋，为群魔们带来过光谱、波、磁场、子午流注、气的共振、赤道、蒸汽、反应釜、圆周率数字中的无无明，亦无无明尽，还有火药、针灸、罗盘与铁的飞行。仰观太虚时，我也知道苍穹空间是马鞍形的。从来就没有什么天，天只是更高阶段、无限升级或被分散放射的地。外太空环境、身体运行的奥秘与心的边界，也都是不断向外或向内处于慢膨胀着的，就像我脚下这座山，山与山在地理上都是互相连接的，故世间所有的山，也都属于狮驼岭这一座山。我的认识是否能追赶上这不断的慢膨胀，也从无定论。有一个宇宙大造物主呈圆形，它并不来自中国，却能包含中国。我也知道白狗黑、火不热、丁子无尾、二生三、月光与色情从不以人的意志为转移。御风行于山间，林木在耳畔飞逝，我终于理解了那溪水中的倒影为何不再是过去的我。我必须成为妖魔，为往昔人身的平庸复仇。可惜妖无老死，亦无老死尽。再多的发现，也不能拯救我对大自在的奢望。反正前世为人与今生为妖，都要过一种被欺辱与被蔑视的生活。没有人会将吾等心中苦涩的抱负放在眼里。我若有那心猿的机会，做个矫情的石头泼猴，可能也会陪着蠢货们冒险去西方走一遭吧。且我始终认为，那泼猴不过就是我——以及我们每一个在黑暗中试图反噬道德的四万七八千个群魔兄弟姐妹——被放大的分身而已。我们以此山为图腾，就因它那么偏僻、凶险、冷酷且专制，反对分别美与丑的差异，独尊色情、恶趣与怪癖的绝对自由。若按飞矢不动之理，其实心猿也从未真正来过这山里：过去不曾来，现在不敢来，未来也不会来。他只能在来与不来之间无限接近我，但总是不能抵达我。天地间，只有我会终日徘徊在岩石之间，提灯巡行哲学与气的黑暗，独占风流。为了伴随这场思想境遇，我也不再想回家了。尽管我有挂碍，我有恐怖，我从来不能远离颠倒梦想。可咒语便能真实不虚吗？不，一切语言都只是在叙述事实，从而违背了事实。真事实必是无言的，只有一系列行为。心猿来不来有何重要？我就是心猿。听闻那泼猴在押僧肉之镖时，常会变成了一只苍蝇，混入洞穴，欺骗山林。那又有何妨？苍蝇不过是粪便与蛆虫的一部未来简史罢了，他不嫌恶心，我倒嫌他渺小。因在恶的仙境下，从无胜负与佛魔之分，也没有任何变化。变化都是小把戏，不变才是大道理。一直往西去，最终也不过是回到东方。无论我们之中谁消灭了谁，恶的结果都是一样的。君不见，这些年王把山上城里的三世男女老少早已吃了个干净。全部存在，迟早都是一团被物质打杀的肉坨。

瞧，山麓那边正走来一个似乎与我长得一模一样的家伙。难道他便是那个背叛了五百年前鬼蜮金兰兄弟们当初的友谊、卖艺求荣、杀我族类，还想跟随一团人肉去投靠西方的无耻心猿吗？那我又是谁？揭谛揭谛，莫非我就是他？波罗僧揭谛，其实他就是我。

2020 年 3 月

# 形而上学

我也是在导师宣布停止运动很多年之后，才知道有个地下运动会的。这个秘密集会（或称学会或研究机构更合适）存在了那么多年，并将我这样住在地上的、近在咫尺却对此事一无所知之人，都一概叫作"形而上学者"。说起来，这真是一件愧对哲学研究之事。据说，唯有加入地下运动会之人，才能规避世界因静止不动带来的死的困扰。这也是如我这样之末学晚辈一生最大的苦闷。运动是最单纯的。静止则太复杂、太矜持，又太寂寞。数十年前这个世界就停在了一个我失去运动机会的地方，至今不动。不过，这是一种你需要透支大量自负、速度与元气才能实现的单纯。

"你为何还不去加入地下运动会？快来不及了。"静止的导师总是催我。

"晚生惭愧，始终不知如何才能进入地下。"我答道。

"你就低下头，向着地面突然俯冲就可以进入了。"

"俯冲？不会摔得头破血流吗？"

"那仅是你对物的理解。"

"地面可是实的呀。"

"虚与实，也是你的理解。"

"能否请您为我再演示一遍这样的俯冲呢？"我不解地问。

"当然可以。不过，这是最后一次。"

　　导师说完，猛地一低头，疾若鹰隼扑蛇一般，眨眼便钻进了地下。

　　我则无耻地站在地面，冷漠地向下观看：地下运动会中的运动都十分缓慢。虽然大腿仍紧张，胸也会颤抖，还有飞扬的头发、弓形的躯体、扩张的鼻孔等，也都在万众人浪中持续不断地汹涌。不计其数的运动者，都埋在深奥的土中此起彼伏。那些奔袭于元素中的人，在对暴力的比喻中将自己无限弯曲：如滑翔、长跑、跨栏、跳远、投掷标枪、铅球与铁饼，乃至翻筋斗、打倒立或群殴技击者，都是在与原子混一的密度中进行的。我看见导师在几何形的地下举起手臂疯狂摇晃，朝上空中的我高喊着："快呀，俯冲下来呀，你这个混蛋到底还等什么呢？"可我却始终都在犹豫。我默默低着头，看着柏油路上被砖块、盲道、井盖、落叶、下水道与无数岩层遮蔽的这场地下运动会，始终不敢相信这俯冲真的存在。我始终保持着一个低头、弯腰并摇摇欲坠的姿势，以及一个形而上学者的角度，在数十年间静止不动。

2019 年 12 月

# 形而上学（续）

    山林被封锁后，我见他在大街上低着头、弯着腰，像在找一枚丢失的硬币。这姿势是卑微的、飘摇的，且极易与路边那风中竹林相混淆。我也一度忽略了他，直到发现他在很多年里都保持着这同一姿势，纹丝不动，光秃秃的脚丫深插在地里，方才明白他早已是一位令人讶异的死者：因人虽死了，却竟然没有倒下。他手里拿着一根拐杖，整个天穹、气候与他残躯的重量全都压在这根拐杖上。过路之人，谁若是不小心碰一下那拐杖，宇宙便会轰然崩塌。好在这件事许多年来从未发生。他活着时，整条街上的人都知道他的思维、言论与在地上的影子。他那凶残的影子有时还会自己移动。人在原地，影子则从街的左边斜射到右边，黄昏时扩大到可以覆盖掉整条街，正午时则又缩到完全看不见。有一次，虽城市中阳光明媚，却从早到晚一整天里都没人见到他的影子，这曾引起恐慌。但他并不在乎别人对他影子的揣测、恶意、偏见与歧视。他能常年不倒下，并目不转睛地凝视地面（即便死后双眼闭上，凝视的方向也不变），据说只因在等一位从地下来的人。

    我就是那个从地下来的人。不，我不是他的影子。请别误会。我有我自己的影子。只是很久以来，地下之人始终都是些渴望诠释自己的人，我也不例外。我本来是应邀从我的地下室中出来与他见面的，可我们却错过了。我与我的影子从黑暗中渐渐升起时，顺便摸了摸他的拐杖与地面交接的那一个点。点没有面积，如线没有宽度、面没有形状、体没有灵魂。可这些却又都能被触摸，真是一件奇怪的事。许多年来，与其说我是在黑暗中仰望他，不如说我是仰望其赖以存在、移动、死去、屹立不倒，并最终形成意义的那个交接点。我要从地下升到地上来，也必须经过这个点。点没有结构力学，却能承载全部重量，这是为什么？街上的人都在围观这个手挂拐杖、站在众目睽睽之下死去的家伙。大家交头接耳，观察他肮脏的长袍、长满虱子的白发、干枯的眼窝、揣在兜里的古籍与枪，讨论他如何挥霍一生最后的经验，叹息死亡的盛况、肉身的腐臭与皱纹的喧嚣，批判他企图让每一个认识他的路人能重返昔日对恶的崇拜。我并不认为这些有何意义。我来见他，只因我们曾是一对久远的挚友。我看见他的拐杖早被压弯了，受力点却是一个悠闲的无、惊叹的空。

"怎么还不把这个家伙推倒，拉走？"有人烦躁地望着他的尸体问。没人回应。

"最好是烧掉。放在这里也太碍事了。"我听到街边房屋内，一扇窗中还有人在悄悄地对大家说。说话人旋即拉上了窗帘，但声震寰宇。

"你们任由他这些年都立在这里，是有什么特殊目的吗？"街的拐角处还有人在冲着另一边叫喊。

"已经死了，还是应该尊重死者。"这声音则来自一棵树。树已被砍掉。

总之，各种言说都有，却没人愿意去触碰他的拐杖。而且谁都没想到，我会从地下忽然冒上来，并且从那一切秩序的支撑点中爆发，冲向大街、房屋与人群，然后向街的尽头闪电般奔去。我的出现引起一片哗然。我一边在这场有关"屹立不倒"的景观中消失，一边回头观看：此刻整条大街陷入了空前的骚乱、争吵、谩骂与尖叫之中。万众群起而攻之，开始撕扯、切割乃至屠杀他残存的影子。大气压疯狂地在他身边旋转，紧缩为一团。怎么，那个"地下的人"竟真的存在吗？那地下室在哪里？这个霸占了地上的人呢，他到底是谁？他们之间究竟是什么关系？这一切实在令所有人费解。只是无论如何，这最起码说明他生前能站在这里，风雨无阻，死后还保持这一痛苦的姿势，是确有其理的。可遗憾的是，这个因我而引发非议的人没有机会见到我。遗憾的是，就在大家终于理解他的瞬间，拐杖断裂，他轰然倒塌。我看见那具恐怖的肉体摔为齑粉，并与地上的点融为一体。

2019 年 12 月

# 折叠冲锋枪

　　山林被风的剪刀凌迟时，他们约定要在那坡上见面。

　　那是一段陡峭如悬崖的坡道，怪石诡谲，暮色惊险。很多年来，坡上常有路人遭遇不测：如凶杀、车祸、恶作剧、拦路抢劫等事反复出现，甚至还有好几个重要的大人物偶然在此经过时遇刺。他最后一次进入这条伟大坡道中时，烈日阴影覆盖了往昔悲惨的碧血、足迹与残骸。坡上鸟兽罕至，似乎什么也没留下，只剩一个模糊的斜度：分不清是上坡还是下坡。此刻他所见到的一切房屋、运钞车、树、雨水等，包括一位戴着斗笠、站在雨中化缘的盲僧，显然都是后来才凌空长出来的。他完全清楚这个世界被抹掉的原因，但从不想解释。月亮并非前朝之物。只有地面上，那把不知何年何月何日、被何人所抛弃的折叠冲锋枪，还能让他确信自己所在的位置，就是当年他们约定之处。折叠冲锋枪是一部讲述杀人、火焰与沦陷的史记。他仰观苍穹，见黄道十二宫的疯狂运行，仍是以这把被遗弃多年的冲锋枪为地面的参照系；俯察地理，经纬度亦是当年痛苦的现场。他放心了。只要原点不变，他们约定的相聚便是有希望的。

　　雨点打在坡道上的哗啦声，真像是当年冲锋枪扫射人群的声音。

　　自从他有记忆开始，在这斜坡上遭遇灾难的前朝亡灵，便都是死于加速度。坡道是循环的死亡社戏。死抚摸了斜坡，犹如社戏抚摸了戏台。他与他约定之人，当初就是在此无数次地行凶、诈骗、残害无辜、掩埋尸首，夺取耀眼的黄金与醉人的武器的。奇怪的是他们金盆洗手后，便各自去了不同的城市。只是他们消失了，坡道上的死亡与各类可怕的案件却从未消失，始终频发。多年来，这坡道上仍不断地在死人，尤其车祸与抢劫。有人曾用水平仪测量坡段从坡底到坡顶的高度，若以每个测量点间距 3 米为基数，便能测出 210 毫米、226.5 毫米、239.5 毫米、249.5 毫米、264.5 毫米与 274.5 毫米等六七个不同的高度差。坡道最高点为海拔 210 毫米那个，最低点却是高度 274.5 毫米那个。于是大家得出结论，这条看上去像上坡的路，其实是下坡路。人在路面上向前看时，会和地面形成一定的俯角，且容易把前方物体拉近，所以产生视觉误差。所谓上坡乃是下坡。车祸通常是因驾车之人在应刹车时踩了油门，而应踩油门时又踩了刹车造成的。有时驾车之人又是因加速却不能前进的错觉而停下来，于是便给了某个匪徒、强盗或刺客可乘之机。光辉的犯罪难得有这样一个举世罕见的连环作案演武场。

他怀疑后来出的那些事，是他的搭档背着他秘密地潜回来干的。那个兄弟当初临走时便不太死心。于是他便约对方在斜坡上最后见一面，劝其收手，以便在未来的坦途中，大家能彻底忘记这些过去。可他等了很久，对方迟迟未露面。他在雨水中焦急地跺脚。

盲僧站在路边，从挖空的眼窝中朝他发出一声冷笑。

"你在笑什么？"他生气地问。

"那冲锋枪是你的吗？"盲僧不回答，却反问道。

"当然不是。"

"那你担心什么？"

"我担心什么，告诉你也没用。你这个没眼球的家伙。"

"没事就赶快离开这里吧。这坡道不安全。"

"我在等人。"

"你等的那人不会来了。"

"你怎么知道？"

"这坡道已被重新修筑过了。"

"什么意思？"

"这不是过去的坡道。即便他来了，也不是过去的人。"

"我和朋友有约定。他从不负约。"

"人是会变的。"

"你这秃驴真可恶。快离我远些。"他不耐烦地怒道。

"你看，远处那辆运钞车越来越近了，难道你真不想再干一票吗？"盲僧并不生气，只带着理性的口吻意外地建议道。

"你在说什么呀？"他有些意外，惊讶。

盲僧忽然举起手上的铜钵，朝远处晃了晃，然后摘下斗笠说道："虽然货币的价值已今非昔比，但这斜坡的角度与错觉倒没什么变化，很方便下手。等车祸一出现，你便去杀掉司机，我去干掉那几个带枪的押送警员。车上的钱咱们一人一半，如何？"

"你到底是谁？干什么的？"

"我是谁不重要，反正都是道上的兄弟。咱们萍水相逢，也并不妨碍默契。尤其我还可以告诉你，你所等待的人，早已变成你的敌人了。别再对过去抱希望。"盲僧露齿而笑，他黑暗的眼窝里仿佛有一头老虎在斜坡上跳跃，旋即又奔进了深奥的雨水中。

150

"敌人？什么敌人？"

"不信你自己看，那运钞车里坐的是谁。"

盲僧说着，伸手从铜钵里取出一枚极精致的微型望远镜递给他。望远镜小如火柴盒。他在烈日与焦距的调整中眺望。果然，运钞车前座玻璃后有三个人，一个司机、一个押送员，还有一个身穿警服的，竟是他要等的那位昔日兄弟。四目相对，全部共同的追忆、出卖、欺骗与恐惧感都凝结在了一起。他本能地转头去看坡道上那把折叠冲锋枪。枪已锈迹斑驳，其中子弹显然多年未发射了。这冲锋枪的确是他多年前所用，怎么还会扔在这里？冲锋枪曾杀死过那么多人，可他早已不认得它了。它被封锁在强盗的往事与逻辑里，如一具金属零件组合而成的暴君尸体。他弯腰把它捡起来，打开它魔方般折叠的扳机、枪托、瞄准器与枪头，仿佛在打开一团久远的记忆空间，一只装满革命数据的黑色手提箱。

运钞车在雨中坡道上缓慢地爬行上来，却又像是在加速度中惊人地向下坠落。

当他刚举起冲锋枪，对准远方运钞车中与他相约的那位故人时，却感到自己的后脑勺也忽然被另一把枪顶住了。盲僧站在他身后，睁开双眼，叹了一口气道："没想到，我在袈裟、号衣与警服之间循环，在这坡道上度过了我全部绝望的侦探生涯。我等你等了这么多年，却只是为了在雨水中扼杀一场古老的友谊。"

2019 年 12 月

# 推 城

　　他宣布要独自进行推城，是从去年夏日便开始的事。偌大之城，六面厚如黑山且弯曲起伏的城墙，他说："我完全可以仅凭一己之力便将它推动或推倒，这是一件很简单的事。"于是，他就站在城墙一角，头顶墙砖，双掌紧贴墙根，腰腿发力蹬地，最后整个身体也靠了上去。城在一点点地移动、摇晃或倾斜吗？所有人都看不出来，只有他和我很确定。城是一只巨大漆黑的石制保险箱，他则渺小得像一把肉眼看不见的假钥匙。从去年残夏开始，一直到今年隆冬，他都站在城下推城。这些日子他饥餐麻雀与蚂蚱之肉，渴饮酸雨或冰雹，从未离开城下半步。他的双掌已深深陷入城砖里，杂草也从指缝与城砖之间长出来。在他的头与墙的触点上，早有燕子在那里筑了巢穴。城看上去纹丝不动。但与所有人的看法不同，因我经常都能很清晰地感觉到这座城在移动，在摇晃。有时，午夜里的我，也会忽然被一种剧烈而又难以察觉的震荡摇醒；白昼间在街头漫步，也会不时地被他惊天动地、狂野偏激却又无人感知的力所波动。他的力无孔不入。每当见有飞蛾坠落、灯前火花一闪、风动帷幄、一叶落、瞀者喊、沙尘忽起、荧惑守心、日偏食、一条狗口含骸骨当街而吠、无头案发、野草生精怪、强盗携娼妓夜叩城门、火不热、刀口自裂、恋人与一株植物性交、有人从屋顶上无端端地向着广场跳下、筷子落地或婴儿夜啼等发生之时，我都知道，那便是他正在城下秘密地用力。为了配合他，有时我还会从城内往外推，只是与他保持一个方向即可：如果他是从城外南墙往北推，那我就从城内的北墙也往北推。若换了东西方也一样。事实上，他会每过一段时间就换一个方向。这也没关系。任何方向都只是力的一种装饰物罢了。方向都是旁门左道，唯有力的运行才是道统。我的背上偶尔会感到从他那边推过来的阵阵凉风。我们之间似乎形成了一张没有时间关系的、最小的推背图。只不过，为了避免如他那般被其他人笑话，我一般都会选在深夜，在某个空无一人之角落里秘密地与他同推。这件事连他我都没告诉。我并不关心，这庞大之城是否迟早真的会因我们持续的力而移位或倒塌。我迷恋这力，只关心这力的美感与问答能存在多久。只是他始终是从城外，我始终是在城内。当然，我们之间并未约定，且我稳定的焦虑超过了他未然的静气。我遗憾的是，他一动不动站在那里，甚至常年以空腹抵御着城内外千万人的全部流动、忽略与否定，竟不愿抽一点时间来与我相聚，不愿与我在溪边亭前小酌，或偶尔闲情偶寄于图书、数学或女人，这成了我们之间唯一的疏远与伟大的分歧。

2019 年 12 月

# 驼 蹄

　　荒村萧疏，送驼蹄的人是个瘦子。他来自沙漠，浑身是沙、血与汗。此驼蹄连蹄带后腿仅一只，密封在蜡纸里，扛在肩头。整个镇子的人能否得救，全靠此物。即便如此，他进镇时仍然有一名长胡须的警察站在村口搜他的身。送驼蹄的人并没带其他任何危险品。警察从他那如军大氅一般能遮蔽全身的胡须后面伸出一只手，说："驼蹄给我，我会帮你亲自递到镇长手里。但你不能进镇子去。"

　　"为什么？为了杀这头骆驼，我可跑了很远的路呀。"送驼蹄的人问，有点生气。

　　"那是你的事。我只负责拿到驼蹄。"警察冷笑一句。

　　"镇长呢？我能不能见他一面？"

　　"恐怕也不行。"

　　"是他要吃腊糟驼蹄吗？"

　　"无可奉告。"

　　"那驼蹄不能给你。"

　　"既然来了，这可由不得你了。"

　　警察说完，一挥手，从他身后的水井里便忽然又爬上来数十个村民。他们一起疯狂地扑向扛驼蹄的人，拳脚相加，并将驼蹄抢走了。送驼蹄的人被打倒在地。警察扭头望着逐渐跑远的村民扬起的尘埃，听着他们在远处互相争夺驼蹄发出的喧嚣，又对送驼蹄的人说："早给我多好，瞧你这是何苦呢？"

"我必须要见镇长。"送驼蹄的人擦了擦嘴角的血。

"你已经见到了。"

"见到了，在哪里？"

"他就在刚才那一群抢驼蹄的人里呀。是你自己疏忽了。"

"我才不信。"

"你也只有'不信'这一仅剩的权利。"

"那我现在该怎么办？"

"现在你可以带我去沙漠。一路上由我来护送。有我在，世上不会有人分得清护送与押送的区别。好在我还有一些行李，我们可以平分另外那三只驼蹄。"警察说着，脱掉了他的巨型胡须，赤身裸体，并从腰里拿出一支早已上好膛的左轮枪，以及水壶、鸦片烟、罐头午餐肉、银圆、药、茶叶、五本不同国籍的护照与一册古书。此时已日薄西山，荒村里的人没有任何消息，也不知道大家是否已因驼蹄而得救。送驼蹄的人不识字，更从未见过任何古书。但迫于其他几个东西的诱惑与耀眼的震慑力，他不得不勉强认同那本古书里所说的奥义。

2020 年 1 月

# 宛平的妖怪

　　内心倾颓之时，听闻宛平城内近年出现了一头无人识别的恶煞。此物虽尚未验证，我身边却已有数人遭殃，不是被它侵袭、恐吓或感染，便是为之着迷或沉沦。据说此物浑身上下长有密集的黑毛，行踪不定。可一旦现身时，则如疯狂旋转的钟表，满街奔袭。它有时如一条棍棒，在沿街窗户边乱打乱砸；有时又像一团乱麻，在道路上滚动；偶尔它还会凝聚为一个尖锐的点，细如针尖，躲在建筑的阴影处，见到路人经过时，便忽然刺出。它走过之处会留下一长串仅有一只大脚趾的、三尺多长的大脚印，以及一堆堆恶臭扑鼻的粪便。它就是古籍上记载过的什么山魈、夔或东瀛志怪中的"一本踏鞴"吗？应该不是。因据说此物虽也是个一足怪，但并无头颅，眼在手心，獠牙则长在脖子上。它没有嘴，从不说话，只隐约能听见它的喉咙里发出类似电灯熄灭时的那种啦啦叫声。它伤人，但并不吃人。从粪便残留物的分析报告来看，它似乎只吃野狗、猫、老鼠以及顺手抓到的鸟雀等城市动物。有些粪便中还含有少量的纸片、金属与碎布。碰到它的人，轻者胆裂，重者流血街头，甚至脸上会被它刺出一个窟窿。因此物奇异而无名，故闻讯而来宛平研究它的野史学者、催眠师、异端邪说怪杰、西方汉学家、媒体记者、志怪界与超自然现象界的专家等，也多如牛毛。不过，并无一人能最终给出答案，甚至连它的名字也叫不出。

后来，大家说到它便笼统地称为恶煞，或干脆谓之"宛平的妖怪"。

宛平本是一座从未出现过异象的禁城。因靠近帝京，一切荒谬的孤魂野鬼路过此处时都会收敛、肃静、回避。故"宛平的妖怪"一出现，帝国群众便都有些诧异。但事情已经发生了，又没有任何可破解的办法，为了有效诠释自身的无能、捕捉恶煞的无望，所有到京的研究者，便将焦点转移到了分析此物的第二经验与外衍问题上，诸如：

一、宛平为何会有妖怪？

二、妖怪的生化合成细胞与公式；

三、妖怪行踪路线与连环伤人示意图；

四、论古代宛平城的物质生活；

五、如何正确建立一个降妖基金会；

六、擒妖计划人力资源报告；

七、恐妖心理学研究；

八、关于妖怪的隐喻及批判；

九、妖怪粪便中其他动物之来源分布考；

十、论粪便中的纸与宛平粮食危机；

十一、论宛平的环境污染问题；

十二、宛平公共厕所扩建实施方案等。

因研究项目繁多，吸引了大量人力与精神，城中人也为生计疲于奔命，便没有人抽出时间再真正去围剿此恶煞了。不过这也不能责怪他们，毕竟无人能识得此物。而且每当听到某处有"宛平的妖怪"出没，等再去寻觅抓捕时，却总是扑空。历代围剿者最终只能见到一排大脚印与一堆一堆小金字塔般狂野的粪便。这成了全城的羞耻。后来，人们宁愿坐在家里研究它，仿佛这样才能更接近它。再后来，因此妖怪仍继续伤人，食猫、狗与虫鸟的事也日渐频繁，被伤者脸上的窟窿也愈来愈大，便导致宛平城内大部分人都不太愿出门了。即便到了夏日，整座宛平城从大街上看去也如寒冬一般，鸟兽绝迹，不见人烟。

如何才能真正发现"宛平的妖怪"，让大家能恢复安全出行的生活？这个问题困惑着我们每一个宛平人，至今得不到解脱。

"用照妖镜放到大街上试试吧"——这个古老的办法，是我的挚友李元提醒我的。因他曾在大街上试过。据说他曾亲眼见到那个独脚恶煞在镜中出没。当然，李元一人并无能力去抓那妖怪。多年的传闻，早已消解了他的勇气，让他对一切与"宛平的妖怪"有关的事物避之唯恐不及。他去觊觎恶煞的形貌，只是为了满足对镜像的验证。他说，只要将镜面对准妖怪的粪便，利用太阳光的折射，让光穿过镜中心的焦点照在粪便上，便可令粪便发烫，冒烟甚至燃烧起来。他说在他家祖传的一卷《照妖镜鉴秘法》口诀里，任何妖怪闻到自己粪便被烧焦的气味，都会产生不可抑制的愤怒，并跑回来察看。那便是擒妖的最佳时机。但不知为何，待李元看过"宛平的妖怪"之后，他便打消了捕捉的念头。他说他再也不愿见到第二次。事实上，所有关于此物形象的细节，都来自李元后来对我的描述。而我从来便与他一样，对这尊伤人无算的恶煞，一直都充满恐惧感。所以，即便他无私地将他家世代视为秘藏的那面"黑檀雕花象牙手柄嵌银琉璃照妖镜"暂时借给了我，让我也去一窥究竟时，我却一直都不敢真的去试。说心里话，古镜真是个好物件。从镜底篆字判断，应是永平四年造。镜框雕刻通体隽秀奇雅，云纹双钩，貔貅咬锁，包浆斑驳而又不失晶莹剔透。镜面状若龙蛋，微微凸起，在月色下能折射出三十四道以上鹅黄的光谱，堪比时间的棱镜。天黑出门时，如果忘了携带灯笼，此镜在白昼间所吸纳之光，便足以用来照路前行。若以此镜照脸，你还会发现自己几乎是另一个人的样子。李元称其祖上曾以此镜行走山林，以降妖谋生，确是世间灵器中难得之极品。但我拿到照妖古镜后，却始终想忘掉此事。因我对"宛平的妖怪"虽好奇，也有些厌倦，甚至因多年的传闻而略有些恶心，故始终拿不定主意。若非李元的煽动，我是不会接受这面古镜的。况且，镜中看到的东西都是反的。我为何要为了观察一个相反的东西而去冒险呢？

此外，照妖镜还给我带来了不少麻烦。因宛平城长期宵禁，人们沉浸于理论研究，李元遂成了唯一一个真见过那恶煞之人。于是，他这面古镜也便成了宛平城内竞相争夺之物。尤其那些衙门帮闲、文化名家与西方学者。他们不能亲自找到妖怪，风闻照妖镜之奇异后，便开始不断地向李元索取。李元为脱身避嫌，又将照妖镜顺势借给了我。如此一来，我便每天都要对付川流不息的各种来借镜之人。一开始我也不敢借。如此无价贵重之物，若借出去数日数月不还，甚至不小心给弄丢了，那岂是我能赔得起的？好在李元约法三章，规定凡借镜者，必须留下重金、字据与官方有效证件作抵押。而且无论是否看到妖怪，都必须在一日内归还。不能因个人的拖延，影响到下一个借镜者的使用。这样一来，纷至沓来的借镜者们无论背景如何，互相之间便自动形成了监督机制。即有一人来借镜，便有数人围观其用，并尾随其后，远远地看他在太阳下如何取焦点，如何掩鼻焚烧妖怪的粪便，在浓烟与火焰中等待恶煞的现身。但尾随者惧怕被妖怪刺脸，又都不敢太靠近用镜者。他们唯等前一人用完归还给我之后，后来者便立刻来取走，并被再后来者围观及尾随。那段时光，每日循环往复，排队到我家门前借镜之人，把宛平城的巷道都堵满了。

最让我意外的是，所有借镜之人回来后，都遗憾地说自己最终没能看见恶煞。他们不是提前被恐惧吓走，便是被粪便的恶臭熏走。大多数人甚至空等一场，妖怪根本不来。其中一个算是最接近妖怪的人还沮丧地对我说："我好像模糊地看了它一眼。但我不敢肯定。因它闪过镜中的速度也太快了，像条黑鞭子扫过似的。还没等我看清，便什么都没有了。我觉得我的恐惧都比它更清晰。"

"那你为何不回头看看呢？"我问。

"我也想看。可我真的不敢呀。我感到它逼近时，地面在震动。它似乎离我很近。有一瞬间，我还听到了它发出的那种电灯即将熄灭的嗞嗞声。我甚至能感到它呼出的热气就贴在我的后脖子上，很烫，也很臭，还很像一个凶恶的吻。我当场就呕吐起来。若回头，万一它也给我的脸上刺一个大窟窿，那可怎么办？"他仍充满后怕地答道。

这话倒是提醒了我。既然要看，为何还只能看镜像，不能回头？这段时间，我已对被镜像奴役与统辖的一切充满了反感。我发现所有借镜之人，本质上都缺乏对那妖怪真实形象一窥之激情。他们的基本立足点只是觊觎一点现象（哪怕仅仅是反相），而非去洞察恶煞本尊运动中的细节，甄别它残酷的缺陷，攫取消灭它的可能性。隔靴搔痒般远距离的反观察与好奇心，最终能得到什么研究结果呢？毫无意义。而且，随着失望增多，宛平城早已无人关心如何让妖怪现身了。铺天盖地的各类精湛的妖怪学术报告，霸占了全部的思想判断。更多的人还把责任推到了照妖镜上。更多的人甚至怀疑是李元与我欺骗了他们。

为了消除这种误解，验证这场对虚无的畏惧，我决定自己带着照妖镜去试试。

我记得那是入冬前最后一日，烈日狠毒如当头一棒。我拿着古镜，对着天穹，将被折射出的一束光，对准了我特别选择的、堆积在宛平瓮城操场边上的一堆妖怪留下的粪便。聚光是火的几何，粪便是死的函数。不久，我看见黑色烟雾翻滚而起，遮天蔽日。那被烧毁的妖怪排泄物中呈现出数不清的城市动物骨骸、纸片、金属与碎布，它们互相重构着被吞噬的往昔，犹如一座焦炭状的宫殿。随着气味飘散，我听到不远处出现了电灯熄灭的噬噬声。那是它吗？那个我们所有人都不敢面对的家伙，从未有过的太平怪兽，糟蹋了环境的异形，压迫全城人心与想象力的单足精？应该是吧。我赶紧低头看了看照妖镜——可镜中空荡荡，真的什么也没有。也许李元把我也骗了，即他当初并非是从镜中看到的妖怪，而是回头才看到它的？那李元的脸为何没被刺出一个窟窿？照妖镜实际上只是一面最普通的放大镜而已，所以每一个借镜者才会一无所获吗？也未可知。这些都有可能。自"宛平的妖怪"出现之后，城中便再没一个人的话真正可信。这些年，就连我也习惯性地沉沦在一种对识别妖怪原形的幻觉里。我为它的可怕着迷。如果它并没有原形呢？它会不会只是众多外来学者、专家、记者与怪杰特意制造的一场学案，只为了遮蔽宛平城有限的生存空间，挤压我们本地人的位置？这也不好说。人为了追求个人成就，去重构某种并不存在的危险，以此来消解别人的排挤、哲思的反对、互相倾轧的内疚感，这样的事在过去还少吗？不过，好在我此刻终于看到这头著名妖怪的出现了。操场上先出现了一条倾斜的影子，尖瘦、奇诡、腐朽、刁钻，像烈日下一根旗杆的投影。它那由远而近地震般的单腿蹦跳，脚步声虽震耳欲聋，但难以想象它身体的模样。为了能正面理解这头毁了我们生活的恶煞，我忽然本能地将李元祖传的古镜扔到了地上。我带着久远的焦虑，带着对恐惧的恐惧，朝它静静地转过脸来。我想，此刻我一定要记住这妖怪的形象。即便为了这一瞬间，我的脸真的会被它刺出一个小窟窿，那也总比它让这座城里所有记忆都变成一个大窟窿要好得多吧。

2019 年 12 月

# 摸　骨

　　那个在自行车上疾驰而过的，是世间对一个人之脾气、吉祥与灾难，判断速度最快的摸骨师。无论对方属于鹰骨、鲸骨、豹骨或麒骨，只要皮毛轮廓之下有一副骸骨，他便能骑在自行车上，与别的骑车人擦肩而过时，仅伸出一只手去摸一下对方的肩膀（或胳膊、脊背与后脑勺等），瞬间便读出对方骨骼的全部比例与结构，并指出对方昔日的遭遇、身心的疾病与未来的命运。所谓摸，其实几乎就是蹭。指尖急速扫过对方，蜻蜓点水，就算隔着衣服，你也休想遮蔽自己的历史。除非遇到特殊情况，他才需要摸第二次。可如果让他踏实坐下来，慢吞吞地为谁摸骨，甚至长久拥抱，他反而会对自己手下的骨骼特征犹疑不决。他的摸骨必须是快的、敏捷的、从侧面的闪电一样的触摸。

　　他失败于一次双手脱把时的事故：因有一个骑自行车远道而来求摸骨算命之人，体型太肥胖，浑身赘肉，令摸骨师不得不在两车交错的瞬间，腾出双手来同时触摸对方。可没想到肥胖者却因触摸太沉重，自行车失去了向心力。他的车将摸骨师的车撞向路心。于是两辆车都倒下了。肥胖者被正驶过的一辆缓慢的洒水车撞破了颅骨，而摸骨师的双手也被轧断了神经，成了废物。当年，街上很多人都围观了这场奇异、绚丽而残酷的自行车交叉摸骨事故。此事发生后，警方还下了个"严禁在高速行进中触摸，违章重罚"的条文。可这样的事仍然屡禁不止。很多年来，有很多摸骨师，都在不同程度地于方法论上模仿过那个双手被废的同行，通过自行车、三轮车、轿车、火车乃至轮船交错而过时，为别人摸骨。经验的积累让判断吉凶祸福的精确度也越来越高。

当世间人们在巨大生活中对流、旋转与循环之时，少有人知道，他们之中很多人已被摸骨师触到了命运之海底。

据说摸骨史上最惊险的一场摸骨，发生在两种飞行器上。一位精通高空行进手法的摸骨师，通过从某架航班客机内跳伞而出，去为另一位从某高山顶上驾驶着三角滑翔翼飘飞而来的算命者，进行凌空摸骨。跳伞的摸骨师与赶来算命的滑翔翼驾驶者，从两个高度出发，在高空中交臂时，触摸概率与时间差皆极小，达到 0.0271 秒。当时电闪雷鸣，一只与他们比翼并行的苍鹰也惊讶地在空中闭上了眼睛。两人在几乎看不见的一触之后，刹那间便朝着不同的方向交叉斜飞而去，从此再也没见过。然而，这并未影响他们对偶然性、短暂性与骨骼之间关系的信任。他们终生都以知己来看待对方，回忆这一瞬间的交流。在摸骨史后来的文献里，从未有什么人担心过自己会被罚款、嘲笑或被捕关押。大街上，那个曾经发生自行车事故之处，每年都有人献上二百零六朵野花，以象征人体骨骼的总数。有人还曾在地下画上有一只手抓住一块骨头的符号，作为"摸骨之徽"来表达追思。所有人都更希望知道自己以后会遇到什么，即便是完全不能肯定的假设、偏见与谵妄的诠释，一瞬间直觉对肉身的捕捉，有时竟强于长久的观察。当然，有一部分人也曾因在各种交通工具高速行进中的危险触摸，互相不满，导致其中一方成为阶下囚；但还有更多的人，骨相清奇或圆润高古，却因分不清摩擦与抚摸（包括握手、拍肩或拥抱等）的差异，遂渐渐变成了师徒、挚友与恋人。

2020 年 1 月

# 煮 石

罗鉴是在澡堂子里昏睡时，猛然发现自己的左脚大脚趾尖有异样的。开始他只觉得脚趾很热，便把脚丫伸到毛巾被外来。冷不丁斜眸一看，似乎脚指甲已软了，顶端的脚趾肉开始在变白，像是一星煮熟的猪肉。目前变白的面积很小，圆如豌豆，也没有任何痛感。可用手摸上去，那肉的确是熟了。会不会是刚才在大池中浸泡时，水太烫了，所以受伤？可全身别的地方并未出现类似情况。他又伸手摸摸了脚趾尖，感到那熟肉是可以撕下来的。罗鉴惊得扑通一下从澡堂通铺滚到了地上。

此事太蹊跷，罗鉴立刻去咨询了他追随一生的导师周思虞。周师体貌甚魁梧，却是一位常年浑身赤裸着，只裹一条满是补丁的浴巾，隐居于澡堂雾气中之人。一般人即便进入澡堂，也很难找到周师。因他与澡堂主祖上有一种密切关系，故澡堂允许他整天大部分时间都在大池的水底下静坐、散步、吃饭与睡觉，霸占着大池深处全部的奥秘，犹如一头遨游在澡堂中的巨鲸。甚至连呼吸与排泄时，他都有权可以不浮出水面来。据说，他只偶尔会对跪下拜师过的弟子们有所例外。

那天，焦虑不已的罗鉴连滚带爬，瘸着脚趾，从通铺冲到了大池边上，朝水里的周师一边磕头一边请教这件异事。

静水流深，周师端坐在热浪的漩涡中，耐心听完徒弟的陈述，这才探出头来，从水中吐着泡轻轻地说道："这有何奇怪。

昔唐人李觉在其所编道藏《冲虚玄经止观经义》注疏内，就曾引有两种观想诛心秘法。一种称为'观腐'，即人能从脚趾腐烂开始观想，一点点地观想那腐烂进入骨髓，或一寸寸地向上身蔓延开去。直到观想完全身所有毛发、皮肉、内脏、器官等，这中间不许混入一丝杂念，或一刹那的停顿。待全身腐烂观想完毕，便能'道成肉身'。当然，此法仅能针对自己诛心。还有一种叫'煮石炼影术'，即有修炼之人在山里秘密砍柴、堆灶、煮石，观想他所憎恶或有冤仇之人。据说，若常年煮石，便能导致仇家的肉从脚趾或脚底慢慢开始变熟。随着石头在火中发烫与龟裂，对方身体的糜烂、麻木与分解，也将沿着脚与下肢渐渐往上发展，经过脚踝、小腿、膝盖与腰，扩及全身，最终抵达心脏和大脑。待石头被观想者煮烂时，那被观想之人也将因浑身溃烂而死。不过，这期间是没有任何痛感的。罗鉴，莫非你有什么仇家吗？"

"我记不清了，也许有吧。"罗鉴紧张地答道。

"你最好仔细想想。每个人都有仇人，只分记得的、宽恕的与忘掉的。"周师说。

"可我真的想不起来了。"

"那是你有问题。"

"我有问题？"

"你还不懂什么叫恨。恨都是慢熟的。"

"我怎么会不懂。可……我真的没有仇人。"

"你真幼稚，不用胡思乱想了。恨也从不是靠回忆得来的。无恨之人，除非是如我这样能每日睡在水里之人。仇人不可能找到我，因水能隔绝一切。唯有能进入水中之人，才是没有仇恨之人。即便有时我不小心，在水底运行时碰伤出了血，血腥味可能会引来某些寻找我的人，但大池也会被血污染红发黑，遮蔽我的存在。像你这样不开窍的猪头，整日住在空气里，不如就等着自己浑身被慢慢升温的世界煮熟而死吧。"

周师说完，发出一阵冷笑，便一低头又猛地潜入到大池中去了。充满水蒸气的空间只留下了几圈惊恐的涟漪，及瑟瑟发抖跪在澡堂地板上，望着脚趾而陷入惶恐的徒弟。

2020 年 1 月

# 鼠 笼

那脏小孩逗弄着的东西
正在一个小笼子里上蹿下跳。
原来，那是一只活老鼠。
他的父母，准是出于节省，
早就把玩具从生活中除掉了。

——波德莱尔[①]

　　笼门上犬牙交错，令那个戴防毒面具的孩子一直想打开这只封闭的笼子。多年以来，他都认为笼子已经打开了。但最终他发现，这一切只是笼子的结构、形状、挂钩与制造栅栏的材料与过去不同了而已。所有被打开的地方，不过是另一种封闭方式。过去，那只抓来的老鼠，会被孩子残忍地关在其中折磨，或拔毛斩尾，或看其从一个角落快速窜到另一个角落，时而惊慌，时而放肆。老鼠间或会吃点他投喂的腐肉，长得很肥。有一次，他还在笼子里点了一把小火。老鼠隔着栅栏惊恐紧张地朝外张望，鼠须被烧了一半，叽喳乱叫。这些都是很久以前的事了。自从笼子的封闭性被打开之后，老鼠便再也不紧张了，孩子也玩得更随性了。他每天都会戴着防毒面具，提着

----

① 见波德莱尔《巴黎的忧郁·穷人的玩具》。

鼠笼去门遛弯，在公园里与坐着遛鸟的老人们闲聊，在大街上吓唬少女与儿童。在城里、在山林里，往往挂着很多鸟笼，唯有他这笼子里是一只老鼠。作为这座城的街头上著名的恶少，也没人敢轰他走。鼠笼是谁送给他的？人们已不记得了。据说是闹饥荒那年一位途经本地的逃犯。当时，那逃犯饿得不行，正提着一只从下水道抓出来的老鼠，点燃篝火，准备烤了吃。警察正到处搜捕逃犯的行踪。孩子从小在这山一样尖锐的城市长大，但从未有过玩具。逃犯为了换取逃亡的正确方向，便以老鼠作了交换。他先是将老鼠用绳子吊在一棵树上，然后捡了一些树枝与铁丝，捆绑编出了一个复杂的小笼子，再把老鼠放了进去。老鼠的叫声引来了孩子。逃犯于是让孩子带路，消失在曲折山麓中。临别时作为回报，他便获得了这只举世无双的鼠笼。他曾提着笼子去与别的恶童交友、抢劫、斗殴或杀人，还曾提着笼子去追求过一位浑身比肥皂还干净的姑娘。但最终，所有人都因老鼠散发的恶臭而厌恶他，拒绝与他在一起生活。他只能终日与老鼠为伴，并从这哺乳兼啮齿类畜生身上学到过不计其数的奇怪本领：如盗窃、撕咬、躲藏、忍饥、夜视、钻管道、大量繁殖或翻墙等。后来，他特地仿造自己防毒面具的结构，为老鼠建造了一只更奢侈宽敞的金属笼子。透过笼门铁环、锁孔与栅栏，能看见一面影壁，壁下有雕花洞口，洞内有一座院子。穿过玉廊与小亭，可以看见放有银制食罐、凸凹镜、钟表、电池指示灯、一只模拟捕鼠器、猫像、绳索、床与弯曲的管道等。笼角四周还挂着风铃与丝流苏，俨然是一座密封锦绣的鼠斋。但这仍不够。他始终认为应该打开那笼子，给老鼠以自由。可如此一来，他便会失去这伴他一生的动物，失去这位与他自己的智商几乎相同的往事之图腾。如何才能既给老鼠空间，又仍与之同处呢？鼠笼终日挂在窗前，夺目的阳光在地面投出了巨大、倾斜而散乱的笼影。鼠影翻滚若猛兽跳跃，惊天动地。如果有陌生人敲门（通常是早年的仇人或试图逮捕他的人），他便会赶紧从那影子里迅速打开笼门，戴上防毒面具进入到笼影之中。这座由光、影、不规则图形、距离与线条组成的鼠笼没有质量，也没有底部。探访他的人根本找不到边缘、开关或盖子。一切长宽高、度量衡、经纬编织的栅栏与玲珑剔透的结构、体积与弧度等，在此也都是虚拟的，唯有那经久不散的恶臭与封闭性是完整的。故即便老鼠已死去多年，那只伟大的空笼子也依然会被他挂在原处，随风飘摇。他相信被打开的笼影可以把一切危险都挡在面具之外，他也因此而躲过了被陌生人追杀的一生。

2020 年 1 月

# 悍匪笔记簿

    《悍匪笔记簿》时常引起怀疑。因一个忙碌的强盗通常是没有时间，也绝不愿记下自己的行为的。那岂不是自留罪证吗？但《悍匪笔记簿》的收藏者从不这样认为。因那笔记本是死去的悍匪亲自留给他的。据说，笔记里记满了悍匪多年来不计其数的抢劫与连环杀人案行动细节，制作完美骗局的陷阱，逃亡伪装术，各类枪支、爆破学知识与药品使用说明，城市与山林中的安全藏匿地点，精确的逃亡路线，心理学分析方法与悍匪分布在各阶层友人的电话号码等。那悍匪生前东躲西藏，闪电游击于广阔的丛林，却从未有过一次被捕的记录。他是老死在医院的，像一个最普通的老人。但他那些令人闻风丧胆的恶行，让笔记簿成了一本教科书级别的"遗著"，在犯罪界闻名遐迩，甚至成了很多道上兄弟争相一睹的秘籍。不少帮派之间，还因争夺笔记簿发生过火并，死了不少人。但笔记内容具体是什么呢？不清楚。里面还夹着什么他生前的物证吗？譬如几张什么证件的残页、旧照片，一些作废的车票，或悍匪年轻时写给某个娇头的情书等；可能还有干涸的血渍与精斑吧。但也从未被验证。这些东西即便真有，对那些早已过期的无头悬案亦毫无用处。

    一个与收藏者有私仇的人则说："《悍匪笔记簿》其实是一部伪书，那收藏者杜撰笔记簿，只是想通过此法让人敬畏他、羡慕他，甚至供养他。别说笔记是假，就连那个死去的悍匪也是收藏者虚构的，根本没那个人。"

"那你们的私仇就不是虚构的吗？"大家问。

"当然不是。"有私仇的人说，"我们的确有很深的过节，且结怨多年了。"

"那你说来听听呗。"

"这可不能说。我不想纠缠于往事。"

"你不说，我们怎么知道真假？"

"这是两码事。我并不是因与收藏者有私仇才说那笔记簿是假的，而是因我了解收藏者那个人的本性。"

"本性怎么能证实？我们也没法相信一本假笔记簿，在历史上竟然会引起那么多帮派的互相倾轧、大打出手。我们更无法相信，你仅会为了一本假笔记簿，便可以放下私仇，到处表达公义。你的本性是什么，如何证明你自己？"

"那我要怎么说你们才相信我的话？"

"你的话就像你的私仇，本质上对我们并不重要。"

"可你们的确上当了。"

"在看到笔记簿的具体内容之前，我看没必要轻易下结论。"

"没有笔记簿。"

"这也不能轻易下结论。"

双方争执不下，为此付出了很多岁月，也浪费了很多哲学。

至于《悍匪笔记簿》的收藏者自己，他始终很恐惧这本带有特殊记忆的书。他一度想把笔记簿交出去，干脆与危险撇清干系。但他犹豫了。他发现，无论将笔记簿交给图书馆、警察、帮会之人、犯罪学手稿研究者、拍卖公司还是任何别的

收藏者，结果都可能会被灭口。甚至把笔记簿就送给那个与
自己有私仇的人，以了结他们之间那些痛苦的宿怨，恐怕两
人的结果都会同样地悲惨。因他也了解对方的个性。凡读过
那笔记簿的，必定不能接受这世间还有第二个人也知道其中的
内容。那内容也实在太绝妙、狠毒、古怪与邪恶了。那是可以
为所欲为又万无一失的系统化理论，同时又堪称是一套伟大的
魔术。那内容使用了缜密的暴力语言，并完美地设计出了一系
列炫目的、制造错觉的百科全书。唯一的遗憾，就是这些内容
绝对不允许第二个人知道，它是全封闭的美学。它必须只属于
个人，才能体现其强大的秘诀功能。于是，收藏者整日揣着笔
记簿，心慌意乱地到处躲避别人对他的追踪。他偶尔会在月光
下打开来读，又常在被突然触动的瞬间迅速合上，仿佛害怕自
己也是一个泄密的人。他迷恋其中那些段落和描述，又为其中
可怕的凶猛景象而吓得发抖。多年来，那笔记簿的存在让他吃
尽了苦头。阅读从来便是一种不为人知的惨痛代价。笔记簿里
描述的光辉犯罪愿景，也从不能帮他摆脱生活的困境。可收藏
者出于对悍匪的尊重，也从未拿出其中的任何手段或技术来为
自己谋利。在他委屈的心里，这早已不是笔记，而是一本真正
的书。

那个有私仇的人是不可能理解这书的。

收藏者相信，天底下的确存在这样一种书：字句隽永，可
原则上绝不能使用，因其中内容对现实极具毁灭性。正如现实
也绝不能进入这书，否则便会毁了书的纯粹和奥义。但这书可
以与人常年相伴，常读常新，甚至为之付出一生的思绪。这书
就像某个壮志未酬的恶棍所拥有的一颗足以捍卫自己尊严，却

又从不会扔出去的炸弹，只要放在枕畔，即便湮灭无闻，可每次一想起来，便能令腐烂平庸的生命随时为之壮怀激烈。

2020 年 5 月

# 一个流亡作家的童年诡辩

　　往事狡诈，擅长诡辩的流亡作家，其童年的阴影其实从未褪去。他的童年是课本的腐烂气味，是高压锅砸碎窗户的噪音，是不速之客、琴与摇篮的恶战，是家的覆灭。一个鼻翼发红的人突然闯进孩子家中，倒提着孩子的双腿，把他轻轻地往门外的地上一扔。孩子尖叫着在一道抛物线中坠落。不过他摔得并不疼。因大地在他落下的瞬间变软了。问题在于，从未有人想进到那家中去看看，鼻翼发红的人为何会这么做。他不请自来，翻箱倒柜，并常年坐在孩子的家中不走。他什么也不带，只带来过一些下蹲的动作、打倒立、宝剑及香烟。父母们似乎与他关系很好，甚至就在同一座院内共事。可长久以来，父母对其竟然无故地倒提着孩子双腿扔出门去这件事，却从未表达过任何看法。父亲在回避。母亲则一边喝着茶，一边还朝门外地上的孩子微笑着，并在镜中缓缓地脱去她的旗袍。

　　流亡作家记得，当时还有过一些东西被陆续扔了出来，诸如一枚铁球、缸、扫帚、眼镜盒、猫、鸡蛋或一件内衣等。扔东西的声音还伴随着他们的闲谈与欢笑声。有时，连他们喝茶的暖水瓶也给扔了出来。瓶胆在触地瞬间爆炸，飞溅起无数滚烫的水滴、玻璃碴。可屋子里生气的人是谁呢？孩子无从判断。暖水瓶与孩子的区别，仅在于后者无法爆炸，而只是苦闷地向大地内凹陷下去。

童年就是父、母及鼻翼发红的人三者之间，一个不能确定的矢量。世间人虽然懂矢量的方向与物理学，却并没几个人能理解这矢量的恨。

恨可能是一个流亡作家阐释其哲学的总纲，最起码是基本论据。

在成为一位能冲决网罗、擅长诡辩的伟大流亡作家之后，孩子注定是要报复他这段历史的。这是他暗自立下的悲怆誓言。暖水瓶般迸裂的痛苦矢量，便是他的第一粒种子。他也在这种子里写下过足以报复童年的书。但仅写书是不够的。他要向着家的方向吐火。他必须能够吐火，并驾驭着火去流亡。书只是吐火后的残渣。即便在听闻鼻翼发红的人已死去多年之后，他的火也未有过一丝熄灭。为了维持这一团童年的、内向的火，在随后被流亡的岁月中，孩子般的流亡作家都会不断地去演习对童年的诡辩、批判、谋略与恶作剧，冶炼他无名之硫黄，锻造他最纯洁的汽油。他想，就算再也没有机会去杀掉那个鼻翼发红的家伙，最起码也能消灭被人倒提双腿高高扔出，又轻轻坠落下的残酷记忆吧？为了当年那场光辉四射的屈辱，流亡作家在其一生中，也曾无数次倒提着各种东西，向外投掷——如在十字路口捡的石头、酒瓶、线装书、吱吱冒烟的燃烧弹或一朵小花等——即从远处、从高处或从暗处向人群疯狂地扔出去。没有人对他诠释童年的境遇，这投掷便成了他自己的诠释与过度诠释。流亡充满了心酸、坎坷与危险，至今也未有着落。但只因有了这投掷，孩子的形象才逐渐强大起来。有时若不小心看他一眼，恋人便会流泪；有时虽相距百步之遥，他痛苦而暴怒的脸色也足以令人望而生畏，令一切世人为之胆寒。

2020 年 5 月

# 喷嚏与伞

自从那枚波斯狻猊琥珀鼻烟壶一到手，大帅便终日不离手，抹着鼻烟说话。他杀人时打喷嚏，性交时打喷嚏，祭祖时打喷嚏，巡视前线阵地时更要打喷嚏。喷嚏是愤怒的符号。为了能不断地打喷嚏，大帅呕心沥血。鼻烟沾在他翘起的八字胡须上，如一只白色的鹰。他用大拇指来回梳理着这鹰的双翼。他的鼻孔深如鹰巢。当粉末在鼻腔内刮起一场暴风雪，并伴随着巨大的雷鸣怒吼时，大帅便觉得无比精神。有时，他可以将坐在其面前的人，用一个喷嚏便打到屋外去，甚至离开地面飞起来。大帅的喷嚏具有一种救国的威严。一千八百四十年以来，只要有喷嚏，大帅就能忘记痛苦和失败。为何我对此事如此了解呢？因我本是一名常年为大帅打伞的殿仪卫。无论晴天雨天，我都始终站在其身后，追随大帅及其喷嚏所构成的壮烈景象与喧嚣沙场。我的手中有一把巨大的、多达十七层折叠的黑色云纹绫罗幡伞，高悬在大帅头顶，用来增加他的威仪。伞从很远就能望见。伞到即大帅到，就像是为他一个人举起的一面旗。但这巨伞遮蔽了我的脸，故大家都看不见我。我曾目睹大帅在伞下用朝远方打喷嚏的方式，就改变了历史的进程。

传闻，说大帅无论走到哪里，都需要打伞。漫说在殿前、操场或阵地上指挥战役时，就是在厨房里，乃至夜中睡觉时，他都要用巨伞庇护自己。我敢说，这种道听途说不足挂齿。大帅的确很依赖巨伞，但也绝非完全离不开。事实上，巨伞、喷嚏与大帅总是并驾齐驱的三种事物，如果其中一个暂时不需要，另两个也就会自动消失。

譬如，唯一能在大帅喷嚏的飓风前保持纹丝不动的人，是一个女子。我记得，只要那女子出现在门口，大帅的喷嚏就会少得多，甚至完全是零。每到这时，大帅会让我带着伞离开他们。若时间较长，机会难得，我便只好自己打着伞到处溜达一阵子。巨伞所到之处，众人常会以为大帅仍在伞下，便下意识地集体向着我手里空空的伞鞠躬。而我也因此得以享受路人们对这一虚无的敬畏——也即对我的敬畏。只是过了不多久，大家通常就会发现少了点什么——那便是听不到喷嚏声了。这可怕的寂静，会使早已习惯了大帅喷嚏的千万人警觉起来，并开始怀疑伞的意义。我是个见好就收的人。这冒名顶替的"敬畏"享受得差不多了，我便会收起巨伞，迅速打道回府。我只当是自己和这个没有喷嚏的世界开了个玩笑。人活着，谁都需要玩笑，不是吗？

玩笑才是第一哲学，其余哲学则皆第二经验。

遗憾的是，这样的日子好景不长。所有人都没有注意到这个伟大的细节，即大帅与那女子见面、性交与生活在一起的时间越长，他在宫殿与前线的溃败也就越多。因他的喷嚏收敛得越来越少，能被他喷嚏威慑的人也就变得越来越少。他甚至还为她剪掉过那威震四方的八字胡须，就像亲手放走了那只白色的鹰。他的脸逐渐柔和了。谁都没想到，在一个只有呵欠、咳嗽、打嗝与平庸呼吸的季节，大帅真的下野了。失去喷嚏的他，成了个断送江山的人。好在还有一帮昔日追随他的兄弟，依旧愿意跟着他归隐山林。只是他所需要的伞，也变得越来越小。先是从那把巨大得高耸云端、绚丽无比的绫罗幡伞，变为有七十二根不锈钢伞骨的黑色牛皮伞，最后则变为一般街头帮会舵爷所用的那种油纸伞。

当然，打伞的人还是我。伞再小，依然可以让舵爷有一种凛然不可冒犯的面子，也依然可以遮蔽其身后之我的存在。

在山中、在雨中、在帮会火并或后来不计其数的抢劫中，我们的舵爷似乎都显得对自己的形象心不在焉了。油纸伞从不会被忘记，可波斯鼻烟壶却总被他忘在厕所或厨房里，经常找不到。舵爷把鼻烟戒了，也从不想东山再起。即便他过去的喷嚏具有那样持久的影响，以至让所有今天还记得的人，一旦谈起来，便觉得轻飘飘的，好似自己马上就要被大帅震耳欲聋的一声喷嚏给吹走。就连我说起那些喷嚏的奇迹来，也会激动不已。但据我观察，油纸伞下的舵爷早已不是过去的大帅了。他疲劳困倦时，就用手按按人中。他绝望生气时，宁愿对着镜子抽自己耳光，或朝着洗脚水里的倒影辱骂自己。他每天和那个让他再也不想打喷嚏的女子，坐在露台上接吻、读报、种花、养鸡，谈一些柴米油盐、欠债还钱或"之子于归，宜其家室"方面的邋遢话，完全失去了斗志。就像市井老人一样，他最害怕的就是感冒，因感冒也会打喷嚏。为此，舵爷每天都穿得很厚。甚至每年到了六月初夏时，他都还戴着一顶毡帽，且不愿意脱秋裤。而且，他勒令我必须尽量打着油纸伞，随时为他遮蔽风雨。偶尔碰到我有事不在，他还会自己给自己打伞。说起来，舵爷终其一生都对我很好，视我为心腹，只是从不关心我的个性，就像从不关心我在伞后的真面目。而我最好奇的是那个女子。我经常看见她。她只是一个小眼睛、平胸、修养低、怕惹事，且其貌不扬的最普通的乡村女子。她说话啰嗦、做事犹豫、完全没读过书，做饭也是家常菜口味。多年来，她甚至都未给舵爷生下个一儿半女。而且她已中年发福，更无姿色可言。舵爷当年为何会如此忌惮她的到来？为了她，竟然可以什么都不要？我始终也弄不懂。有一次，我还意外见到了那女子因起夜着凉，不小心在舵爷面前打了喷嚏。她的喷嚏声很小、很细、很尖。虽然她急忙用小手捂住嘴，却也漏出了一星令人生厌的唾沫。但舵爷却因这世间最微不足道的喷嚏，而忽然万分紧张。他立刻把所有门窗都关闭起来，并下令帮中取消全部活动，集体封山。这之间有个耿直的兄弟来向舵爷提意见，认为他小题大做了。结果一言不合，竟被他一枪给打死在屋里。帮里顿时哗然。舵爷则围在女子的床头嘘寒问暖，然后再为她热敷、按摩、拔火罐、洗脚、煮姜汤驱寒等，足足折腾了几天几夜，像个床前进药的孝子。等那女子安静地睡着了，他便一个人蹲到门外去，浑身发抖，悄然地流泪。我手中历代的每一把伞都能作证：无论是在革命的阵地上，在殿前演武场的演讲台上，或是在当年下野时，我都从未见舵爷会为一场并不存在的危险而如此地翻脸无情、担惊受怕过。

2020 年 5 月

# 推销圆心的人

前朝濒临覆灭时，报案的人说，那在大街上不断推销圆心的男子，因围观者太多，故而常引发很多不必要的交通麻烦。他每遇到一位顾客，就会蹲下来，先用树枝在泥地上画一个圆，然后向对方证明这圆的意义。待顾客有所感触时，他便开始推销圆心。他说："切勿认为摸不着或证明不了的东西，就一定不存在。譬如，圆心都没有面积，没有大小，更谈不上有什么长短、形状、颜色或气味。但圆心的确存在，而且不可转移。不是吗？若不存在，那圆形是从哪里来的，又在哪里立足呢？什么直径、半径、弧度、无极图、空性、旋转周期或圆周率等都是些次要的逻辑；诸如圆规、数学、无限分割法、欧几里得、线、点、纸笔等，也都只是些工具而已。骨子里，促令圆形明灭之开关，还是在圆心。您只要愿意支付一笔可观的费用（可以是货币、黄金、房产、珠宝首饰、古玩或任何等价交换物），就能从我手里买到一种夺取圆心的具体方法。学会了这方法，你就能占有圆形，甚至整个球体。"

"圆心不就是一个点吗，有何稀罕？"顾客问。

"不，圆心从来就不是一个点，而是一场无限加速度的最低缩影，同时又是高度凝练的静止与集中。"他立刻解释说，"是圆心发明了一切，而不是点。点只是个几何概念。圆心里没有原子，是世界观与方法论的总和。"他说。

"就算占有了圆形或什么球体，又有何用呢？"顾客通常会这样反驳道。

"我告诉您的是一种有关绝对理论的秘诀。有了这个秘诀，您就可以占有任何您希望占有的事物。人间任何事物都有圆心。"他说。

"可笑，既然你拥有了这个方法，那怎么你自己并未占有什么事物呢？瞧瞧你现在，就像个潦倒街头的可怜虫。你靠贩卖圆心生活吗？"顾客嘲讽道。

"你们不懂。世界上任何一种占有方式，也许都看得到，只有我的这种占有，你们是看不到的。"

"占有了还能看不到？那是什么呢？"

"肉眼能看到的占有，大多没什么价值。我占有的东西是你们看不到的，也没有必要对你们解释。我话只能说到这里。还想多知道点什么，那就购买我的圆心秘诀吧。"他诡辩式地笑着，继续蹲在地上用树枝画圆，并尽量向每一个路过的围观者介绍圆心的重要性，又不完全透露其中的奥秘。围观的人不断聚拢，又不断散开。

街头传闻言：这个卖圆心的怪物，在生活中只是个万事不管的家伙，是个诸如油瓶倒了也不扶、有父母子女不认、耍无赖、搞破鞋、嘴脏、坐吃山空、无论世上有多少生灵涂炭也充耳不闻的懒汉，一个仅仅善于修辞的恶棍罢了。多年来，有上过他当的，但大多数人并不信他的话。他混得两手空空，却从不气馁。他有时还会带好奇的顾客走到山里，徒手攀爬到一块悬崖峭壁的石头上，用斧头或锤子危险地凿出一个巨大的圆形。然后，他挂在半空中晃来晃去，向下面的人高声喊叫出他的某些理论秘诀。当然，每次因顾客不同，类似画圆的地方也经常更换，诸如在一块煮熟的猪肉、一杯茶与一位女子的胸口上，在流淌的小溪或大海的水面上，甚或就在一阵吹来的冷风上等。画圆地点多变，唯推销圆心这件事不变。即便如此，他奇怪的推销行为仍引起了警察的注意与过路人的不满。只是圆心并非实体，逮捕后，如何出示违法证据呢？于是他数次被逮捕，又数次被释放。

　　正午烈日下，推销圆心的人从看守所走出来，会站在自己的阴影里发呆。他看着自己的影子在太阳下越来越短，逐渐缩进脚底。作为圆心，睥睨寰宇，他也是真心认为自己已占有着世间的一切，尤其占有着不可言说的某种东西。这世界上有那么多人一贫如洗，沦陷在坎坷的爱与困境之中，乃至什么都没有。如果能把这奇异的方法与绝技教给他们该多好。其实存在、运动或生活，早已不是他这种人的痛苦了。推销换来的财富，也只为了吃一口饭，并非他的成就。他知道，对他而言早已是了然于心的这个秘诀，对大多数人还是盲区，是不可思议的发明，甚至是一种阳光下的恶意与掠夺之力。他最大的痛苦仅剩下一点，即至今尚未遇到一位真正愿意或有资格传承这一秘诀的人。如果遇到了，对方也确有超越于他的天赋与胆识，那不过就是几句话的事，白送也是可以的。

2020 年 5 月

# 万 岁①

　　耄耋之年的黄安骑在那巨鼋上，并没有考虑时间问题。他所有精力都集中在速度上。巨鼋前进时，他是感觉不到景物正在飞逝的。若偶尔回头，便发现万物已成为过去。获巨鼋之前，黄安也曾是一个沉浸于阅读的人。但为了理解巨鼋的绝对速度，他放弃了读书。他整天就骑在这只散发着凶猛腥臭、庞大得像一只移动的茶几，且没有年纪、性欲与语言的老龟身上，充分感受耳畔呼啸而过的风声、喧哗、暴风雨、斗转星移、山水的倒影、光、原子碰撞、月相盈亏以及与太阳起落同步的缓慢运行。为此，黄安耽误了恋爱，始终没有结婚。他宁愿独自一人，浑身赤裸地暴露在大街上，与万物绞杀。其至花白的阴毛与萎缩的阳具被街头路人瞥见并耻笑，他也无怨无悔。每个人都在揣测，黄安是在与巨鼋较量寿命，因那闻名遐迩的巨鼋，每过二千年才一出头。黄安却骑着它度过了最美好的时代，故他也被每日跟随在身后、朝他扔石头的历代顽童们，称作"黄万岁"。黄安倒并不认为有这么久。因一谈时间，

---

① 据《太平广记》引后汉人郭宪《汉武洞冥记》卷二载："黄安，代郡人也。为代郡卒，云卑猥不获处人间，执鞭推荆读书，画地以计数，一旦地成池。时人谓'安舌耕'。年可八十余，强视若童子。常服朱砂，举体皆赤，冬不著衣。坐一龟，广长三尺，时人问此龟有几年矣，曰：'昔伏羲始造网罟，得此龟以授吾，其龟背已平矣。此虫畏日月之光，二千年则一出头，我生，此虫已五出头矣。'行则负龟而趋，世人谓安万岁矣。"

便会对他驾驭巨鼋的哲学产生误解。黄安从不关心寿命（寿命只是维度），仅仅关心速度。在黄安看来，人间从未有任何一种武器的射击，能超过这头巨鼋爬行的速度。这是一种比眨眼与秒针更快的速度，一种比子弹或念头更敏捷的速度，即完全静止。完全静止就是绝对速度吗？黄安也不敢肯定。完全静止即对准世界之心单刀直入。的确，每次当黄安想起自己曾见过这巨鼋伸过五次头时，一万年便已过去了。一万年并不太久，短如朝夕，甚至就在此刻。因他明明是今天早晨才骑着这头笨拙的老畜生出门溜达的。他知道下一个一万年情况也是如此。为此，黄安忘记了一切往事。往事也完全静止了吗？或许是吧。反正黄安的脸仍是少年气色，以至常有一些警察、学者、地痞、皇帝或花枝招展的少女围过来，横在大街中间，想挡住他与巨鼋的去路。少女们似乎在窥视这万岁少年的脸与下身的奇异差距，企图问些什么，又有些羞涩地保持着沉默。其他人则只是好奇他这场旷古疾驰的静止不动到底是什么，或试图找出他们移动时，留在地面上的点、线、面、体。此类事常发生，但皆一无所获，且亦很快就过去了——因绝对速度从不会留下什么轨迹。以至每当黄安转头去看少女们那密集的朱颜时，她们已如数百年前一个春日的枝头上纷落的桃花花瓣般久远、零星，令人惋惜。这期间，已不知有多少次亡国，多少次鼎革，多少次地震、战乱与饥荒。巨鼋的运行是坚定的。只是由于在痛楚而漫长的生活中，黄安局限于人的思维，故完全不能理解巨鼋的速度。他常为此发脾气。他对这头"静止"的猛兽真心崇拜，又满腹怨恨。有时，他还会颠倒主奴关系，将巨鼋背到身上，到处行走。走累了，就坐在巨鼋背上休息。速度之谜不断地消耗着他，令他时不时地拿一根棍子去抽打巨鼋。他会朝这畜生怒吼、说话或自言自语地阐述一些他们之间的爱与矛盾。那时，巨鼋会把头缩进去，几个朝代都不露出来一次。当万物流变如绞肉机般残酷地削平人间草木时，缩着头的巨鼋会以原地不动的方式，驮着黄安茫然地在田间飞快旋转（一种不被理解的奔跑），并任凭它奇怪的主人把对探索绝对速度、力、道藏、光年、微积分、闪电、星相、运动、青春、赤裸与对黑暗的记忆，对无聊与猥亵的雄心，乃至对一万年来那些无法计算的阅历之愤怒，那些没有尽头的遗忘，全都发泄到它身上。即便被苦闷的主人打得遍体鳞伤，龟裂的壳再也不能用于占卜，巨鼋也愿意承载着黄安。它始终都甘心做他一个人光荣而可耻的坐骑。

2020 年 5 月

# 拉 闸

　　此事器境间一切人皆有耳闻：那个穿黑大氅的家伙只要一到楼下，就会先拉下电闸。拉闸是为了先让人眼前一黑，然后，他就会破门而入，把你带走。于是，在整整十多年里（更可能是整整一个时代），所有人都害怕拉闸的事会发生在自己身上。一些心细的居民，为此还专门在自家电表箱上安装了一把锁，期望能以此缓冲拉闸人的速度。尽管电表每日发疯地旋转，如布满在全城的瓶装飞碟，但因"拉闸"已是这代人普遍的阅历和哲学观点，所以几乎没人再关心电表的速度了。

　　"他拉闸后，还会发生什么呢？他闯进来是为了入室抢劫吗？"常有人会问。

　　无人能回答这样的问题。仿佛拉闸事件只是些偶尔发生的恶作剧。玩笑过后，自然会灯光大亮，暗处的人和拉闸的人也会相视一笑泯恩仇。遗憾的是，拉闸确是真事。只是这件事持续了很久，似乎好几代人都耳闻过，可却并未有谁真的认识任何一个被拉过闸的人。为了缓解压力，不少人最后又只好把注意力、观点与研究方向，转回到电表的可疑性上来。诸如是谁购买的电表、电表品牌的优劣、使用寿命与维修次数、停电规律或电表箱上是否留下过指纹等；甚至有人还会把分析延伸到电学史、"电母"神话学考证、保险丝制作、火线与零线的矛盾、锁孔是否生锈及钥匙在谁手里之类的问题上去。

说实话，我也从未亲眼见到过拉闸的事。

自童年起，我只听闻过大人们谈到对拉闸的恐惧。但我所居住过的房屋，除了地区性统一停电外，从来就没遇到过有谁会来拉闸。在常识面前，那简直像无稽之谈。

不过意外的是，在这整座城里，我却又算是一个罕见的、曾亲眼见到过那个穿黑大氅之人的人。就在某个瓢泼大雨的午后，在街边，那个穿黑大氅的家伙竖着高领，遮住脸，从一条过街地下通道里刚冒出头来，我便确定了是他。我尾随着他走了很远。他走走停停，倒也没回头。直到我们一前一后走到了远离城市的一座桥边，他才在桥头前的一枚井盖上站住了脚步，并转过身来慢吞吞地问我："你想知道什么？"

说话之间，他迅速将黑大氅的扣子解开，半敞着并露出一副干瘦黝黑的身体，以及一张年轻得像少年的脸。他颧骨上那几粒浅褐色的雀斑，令我想起一位早年的挚友。

"我想确定你拉闸的事是否是真的。"我说。

"现在确定了吗？"他又问。

"还没有。"

"怎么，我不就在你面前吗？"

"可我不知道你为什么会拉闸，以及拉闸以后的事。"

"也许就是为了恶作剧吧。"

"这么多年，就为了搞恶作剧？"

"也未可知。"

"真没有别的理由？"

"非要问的话，大概也有。"

"什么理由？"

"拉闸都是家传的手段。"

"家传?"

"对。其实你家里的老人，应该也干过这事。很多老人过去都干过，只是你们没能继承下来而已。恶作剧也是传统。恶作剧是需要继承的。"

"难以理解。"

"倒也不必理解，人各有志。"

"那么，拉闸以后呢，你还会做什么?"

"这无可奉告。你问题太多了。"

"我看，你就是一个漏网的罪犯吧?"

"是否是罪犯，这取决于大家对犯罪学的研究角度。罪犯是先于犯罪而存在的，因犯罪有时仅仅是一个比喻，一个为了隐藏事实的比喻。"

"你这就是在狡辩。"

"就算是吧，可也轮不到你来问。好奇心通常是卑贱者的道德。"

"我只是想知道拉闸以后到底会发生什么事。"

"发生什么事，什么发生与不发生，这都不重要。重要的是你如何去否定那件事。就像你一路跟踪我到这里，你认为你的追问重要，还是我的否定重要? 对我而言，你真是渺小得可怜。所谓'牺盛惟馨''祝史陈信'，你恐怕都不会理解为何在这种荒凉的地方，也会有一个井盖吧。你这样的尘土之人，根本不配跟我讲条件。因你就是个无。"

说着，穿黑大氅的人弯下腰，伸手打开了地面上的那个井盖。我看见井盖下有一柄类似易拉罐那样的铁环，只是很大，约有碗口粗。他单手提着铁环，并抬起头冲我笑了笑，两边颧骨上的雀斑便迅速旋转成了一团通过鼻翼相连的银河系。然后他猛地一跺脚，将那铁环连带脚下的泥土全拽了起来。与此同时，我听到身后的城市爆发出了一阵沉闷的回音。待回头看时，整座城市的光以及我们头上的天，全都黑下来了。而在我与已毁灭的世界之间，只剩下了那一座从未走过、烟水苍茫且不知通往何处的桥。

2020 年 7 月

# 花餍计

　　山间花餍玄奥，似乎始终蕴涵着一条凶残的诡计。

　　早在异境毁灭之前数年，这源中的恶棍们便躲在山林里开始运筹帷幄了。每个人都对使用那样的苦肉计感到心跳，有道德压力，因此而争论不休。可每个人又不得不承认，那奇特的计谋亦堪称可解决万古痛苦的唯一"上策"。

　　最初，为掩人耳目，大家开始谈论此计的地方，是在一位传达室老头家的地窖里。花落那年，老头去世了，大家便把聚会场所转移到了后山隐蔽的角落。又过了些日子，又转移到了大街上的餐厅里。最后，大家决定干脆集体都定期到桃源的传达室里座谈，商议此计的步骤。传达室就离"山有小口，仿佛若有光"的地方不远，屋子里只剩下曾被老头用得发黑的桌椅、电话、镜子、挂钟、画像、猫，一块写粉笔留言的黑板，一张老头生前午睡时的折叠弹簧床，以及堆满了一大堆长期无人领取之信件的破旧信箱。但人人都知道，此传达室，即是万境之门与一切幻象的入口。虽然这座旷古著名的异境早已江河日下，但此处仍每日喧嚣。传达室是山内山外任何人都会路过的地方，是一个公开的、毫无秘密可言的收发室。经常还会有捉迷藏的小孩，在室内室外奔跑穿梭嬉闹，旁若无人。也正因如此，大家在这屋子里商谈那条震惊世间的诡计时，人人都看得见，便反而没人去关心他们说话的内容了。传达室内本拥挤狭窄，又人满为患。参与设计的一些人，或围着火炉绞尽脑汁地作计划，甚至拆开一些别人的过期信件，来充当绘图的稿纸；有一些人则蹲在桌子底下修理抽屉、拆装电线与暖气片，或则沿着墙角爬行，去寻找一枚前几年滚到床底下的硬币；有几个人说是出门去打水（且长久不返，以至于已被忘记）；另有几个家伙则坐在窗台上喝茶、下棋，或在烈日下吃一盘奇怪的豆子。这样一眨眼便无数年过去了，也无人察觉。

大家虽然都默认那诡计的确是非常危险的，并有一套完整的逻辑与行动方案，足以影响到整座山里的隐逸方式，但又始终没人愿意做出最终决定，去执行这条毁灭性的诡计。做所有这些事的唯一目的，无非就是要把这个已举世闻名的异境从江边、地图及任何来过之人的记忆中抹掉。好像唯有如此，源内人和源外人才能同获自由。

这期间偶尔也发生过一些意外的事。如一位长时间蹲在地上，埋头修理抽屉的人，某日曾忽然站起身来。因他在抽屉里发现了一枚老头过去留下的手榴弹。

"那又怎么样？"领头筹划韬略的人走过来问。

"手榴弹也足以抹掉这座异境。"修抽屉的家伙说。

"如何抹掉？"

"我们只需要把山前那座小口炸掉，不就行了？"

"会伤及无辜的。那边还住着人呢。"

"可用计也会伤及无辜。"

"使用暴力毕竟是下作手段。"

"就一枚手榴弹而已，已算把危害缩到最小范畴了。"

"说得简单。那样一来，我们大家这些年处心积虑、废寝忘食研究的方案，不就全都白费了？这无论如何也说不过去。"

"方案还重要吗？这些年我们呕心沥血，不是也一事无成吗？"

"那要看你对传达室的定义是什么了。"

"传达室的定义？"

"事实上，自从过去那个让人晦气的太守来过源中之后，这座山就已经暴露了。现在老头一死，我们的魏晋之心，就更没了屏障。只剩下这间传达室，还是世界的盲点。整个世界都是在暗处的，我们这些人则在明处。所以，我们唯有始终守在传达室里，才能真正出离这个异境，既不必隐姓埋名，也不会被任何人发现。而我们的存在方式，就是不断地去商议与改变那条复杂无比、论证折叠，满是历代命题与实验数据，却始终难以兑现的诡计。我们从不决定什么。我们从不创造无，但我们拥有无。我们就在这犹豫不决之中，即可度过偏安一隅而又公开坦然的一生。昔人所谓'腐儒花簏'，这本身难道不就是一条最好的计吗？"

"这岂不是在虚度光阴？"

"自异境暴露后，大家都是在虚度光阴而已。"

"那我为何还在这里修什么抽屉？我应该出去做点别的。"

"嗯，你以后也不用修了。"

"什么？"

"因为你能这样想，也算是暴露了。"

领头人说完，忽然扭头吹起了一阵幽美的口哨，仿佛是在朝着传达室窗外枝头上一只画眉鸟寒暄。口哨声未落，从室外便走进来两个人。他们都是前不久出门去打水，并早已被大家忘记的人。那两个人放下了手里提着的暖水瓶，不由分说，走过来就将修抽屉的家伙几拳打倒了，然后又将其捆绑起来，愤怒地推出了传达室。临走，还把手榴弹也塞到了他的裤兜里。修抽屉的人被拖到江边"山有小口处"。江面泥沙浑浊，漩涡密集，常有怪鱼、雾霭、水鬼、江洋大盗与陌生人的舰艇等相继出没。一个人把手伸进他的裤兜里，拉开了手榴弹的引信；另一个人则从后面猛地一脚，将他踹进了江水里。在被水与火淹没的瞬间，修抽屉的人朝岸边绝望地看去，那闻名遐迩的入口处早已无光，数千年前曾落英缤纷，如今则满地都是些垃圾、塑料瓶、废纸与石头，真的只是一座最普通、最卑贱的村落罢了。

2020 年 7 月

# 洗铅华

那魁梧多毛、终日散发汗臭的董事长一生酷爱田径与球类，并管理着某有限公司。但他不断发明的新规章条例却是无限的。如近年来，他明确要求职员们必须在办公室内做业余推铅球运动，以此活跃工作热情。过去，他也曾要求大家下班后在办公室内做跨栏、飞盘、跳远或跳高等运动。无论奔跑、投掷或对垒，都围绕着他的办公桌举行。大家迫于生计，须在公司待下去，便同意了他的建议。空间狭窄，其实谁能在室内巧获冠军（即能站在桌上得到董事长的一次拥抱）是次要的，重要的是对他那些项目的认同感。多年来，下班后参加室内田径的只有三种人，即观众（通常为董事长一人）、全体办公室下属，以及偶尔须进入办公室来谈事并自愿参与的外来者。可自从董事长明确将运动项目变为铅球后，不认同的人也多起来。因铅球太重，太危险了。一旦落地不稳，或抛物线有偏离，便容易砸坏室内器具或玻璃，还会把地板砸出一个坑来。甚至不小心把楼面砸塌陷了也不奇怪。董事长对此事很固执。作为示范，他会不时从办公桌后面把铅球托在腮帮子下，朝门口或窗外扔出去。他经常还会站在走廊里，要求男女职员脱去衣服，先空手摆出一个推铅球的姿势。然后，他会用一条软尺来测量职员们的臂长、肩宽、脖子与颈窝的面积，并以每个人的脚后跟形状来判断他们的推力。他说，他尤其喜欢铅球被推出的一

196

瞬间,人在急速旋转中忽然失重的样子。他欣赏跟跄的步伐,赞美扭曲的弧度。为此,他还会独自对着飞行于半空之铅球呐喊、欢笑、鼓掌。铅球的落点被忽略不计。办公室的地面确已有很多被砸出来的坑。有传闻说,董事长甚至曾用铅球砸死过反对他嗜好的人。董事长会在室内来回踱步,为大家讲述如几何,地心引力,铅元素的熔点与密度,铅笔的历史,铅姓,铅在妆粉、印刷、蓄电池、冶金、焊锡、防辐射与涂料方面的作用,腮腺炎患者与此项运动的矛盾,以及下颚、牙齿与人体做旋转运动时骨骼的结构等方面的知识。他引用过容斋《夷坚志》之云:"粉黛铅华,如新傅者",甚至还引用过东坡《续养生论》之言:"何谓铅?凡气之谓铅,或趋或蹶,或呼或吸,或执或击。凡动者皆铅也。"他为铅球沉重的涵义着迷。一代又一代职员们,也都领教过他这些奇特的博学、嗜好与姿势。以至每日午饭后,即便散发汗臭的董事长是用一只空手掌托着腮帮子,疲倦地坐在椅子上打盹,大家也仍能感受到他那推动一切的力。

2020 年 7 月

# 一尊雕像

## —— 又名"分泌"

昏聩之国，一个少年军阀正在被他的宗教、女友与血统抹杀。多少岁月过去了，少年军阀期望自己能成为一尊雕像。为此，思想像花谢一样龟裂，心像猛禽般脱离一切，尽管他始终未能做到。水不能赋予他涌流，尘埃不能托着他升起。他始终在移动，没能让自己浑身的原子凝聚起来，成为一枚矗立在街头、令人群对他仰视的符号。他是涣散的。而且，他也知道自己本该完整的一生，已经被强盗盗般的少年时代所割据。少年时代是偏霸一方、偏安一隅的朝代。少年时代也是一场独立的偏见。

历经内乱后，是女友用早逝挽救了他。早逝使"完美"一词有了具体的痛苦。他们在一起时，恋人之间的忧伤像剧场，而呼吸则是相对哭泣的帷幕。她死后，一束来自天窗的光经常打击他的孤独，使他面目铁青。硫酸般浓烈的往事之光，时常让少年被记忆所腐蚀，并不时在房间中发出嗞嗞声，冒出怨恨的黑烟。他真想把他自己的双脚都焊接到地上，从而建造出自己的阴影，只为抵抗那强光的折磨。

那年，当亡国、恶与大混乱相继发生时，少年激越的黑发散发着暴戾的气味，蝉衣般透明的皮肤闪耀着青春的梨黄。他的前额弧线如纯洁的穹顶、紧闭的嘴角、胳膊与肩的比例、俊美的头与身体之间的黄金分割等，都让他具备了能成为一尊雕像的素质。他还在暗中积蓄心腹、挚友与门徒，让他们像一群亲密的、铺设在四周的奠基石，支持他那逐渐坚硬的姿势。对于去做一个一动不动的人，他没有任何恐惧。那年，被摧毁的房屋堆满了人间，粉末般的贱民正在各处飘散。哲学犹如经纬线一样划分了山水、城市与菜田。少年军阀带着他的人，先是开始收武器，幻想维护自己的形象，用凶残的情绪代替理性的行动。他们用火药之光为血肉照相。他们知道，几乎所有山林中，都隐藏着抢劫与战争。旗在走马灯。尸首星罗棋布。书如废纸。到处都是异乡人。夜的战火使黎明苍白，如燃烧的书法高悬于死去的天空。寒鸦代替了纸钱，军舰冒充着蓝鲸。一棵被炮弹击倒的树，会像手拿军帽的人横陈在荒野上。少年军阀知道，这一切都是为雕像准备的背景。每个人都在等待能看到这雕像。

一种对加速度的渴求，让少年军阀学会了麻木不仁。为了保持高傲的、固定的姿势，为了不被时间淡化，被世界稀释，他想通过暴力、修饰、锤炼与足以让人望而生畏的高度等一切手段、一切捷径，让自己能站到街头去。雕像理想就像怪兽一样霸占了他的野心。

但他没料到女友的早逝。那是一种怎样的死呢？记得那天极热，街上灰尘很大。长期未能见到他雕像的女友，忽然自缢于闺房之中。少年军阀闻讯后，疯子般闯进她的房间。只见床上留下一张字条，写着："生于沉默，死于太平。"这是什么意思？少年完全不能接受这荒谬的意义和谜语。我们生活在众目睽睽之下，冷漠构成的太平如此庞大。沉默，如水蛭般蛰伏在我们的日子里，从未让人感到过吸血的痛苦。可看着女友透明遗体上蓝色的血管，一股股怀疑的汗液与泪液，从少年的额头眼角中分泌出来，几乎将他淹没。

从此，少年军阀便与他的众多走狗终日浪迹在大街上，伴着群氓、戏院、茶楼、药铺与酒馆一起，翻滚成民国最颓废的波浪。他决定自暴自弃，不再为做一尊雕像而努力。他全部时间都用来思索这"死于太平"之谜。但就连这个机会，历史也没留给他。在窗外军队如柳树一样纵横、炮火似雨燕般飞舞的时代，在黑枪与谋杀密集的时代，少年军阀最终死于某棵大树下的一次乘凉。那天，一枚不知从何处飞来的流弹，射入了他微露的胸膛。他沉重地靠到树干上，腰里的枪支、刺刀、书与汗巾纷纷落地。藏在树上的无数麻雀与蜂蝶也被震飞起来，如一团突然迸裂的花。他倒下的一瞬间，也曾在半空中凝固片刻，那是他一生中最接近雕像的时刻。

1993 年至 2020 年（修改）

# 柱下史

宫殿右侧一根大圆柱后面的那个怪人，只露出了半只布鞋，还有长袍的下摆和影子。谁也不知道他（或她）究竟长得如何。他的位置是早安排好的。过去，这位置属于记录本朝特殊事件并掌管藏书的"柱下史"。自从怪人出现后，柱下史就消失了。很久以来，柱子后面的怪人就代替了柱下史，可他好像什么也不干，也不说一句话。他得到的指令，就是终日纹丝不动地站在大圆柱后面，并且绝不露面。当然也不许别人去窥视他。为此，在上朝的人群和圆柱之间专门修建了一片池塘，养着荷花、锦鲤与水藻，中间也没有桥。不过每个人都能远远地看见柱子后面有个无脸的家伙。他偶尔也会咳嗽，甚至凌空朝池塘里吐出一口唾沫。他每天上朝之前就站在这里，退朝后许久才悄然离开。

没人知道柱下之人到底是谁，但每个人都厌恶他、恨他，尽量躲避他的视线，把他看作一个充当耳目的狗腿子、卑贱的鼠辈。可从来又没有任何人能证明他到底做过什么见不得人的事，甚至都不能证明他的性别。有时，大家在殿中议事，还能清晰听见柱子后传出一阵杯盘碰撞之声、干笑声或窃窃私语声。可那圆柱虽直径有两人环抱粗细，但根本不可能坐下两人对饮。大约是他坐在柱下饮酒，甚至自言自语吧。最可怕的是，每天都有人能听见他似乎在以头撞击圆柱，并发出咚、咚、咚之巨响，声震大殿。

由于柱下人始终未曾泄露过身份、职责与面相，故而针对他进行的哲学判断，便形成了几种命题与悖论，罗列如下：

一、人的存在是不能真正隐藏的，故有无圆柱都一样。

二、砍掉圆柱，便等于消除了柱子后面的人。

三、圆柱后的人，其实就是上朝者们中间的一个，所以很难被发现。

四、上朝时所有人都在，言行也是公开的，故并不需要什么耳目。

五、所有人与事都会被柱下人记录到历史里，作为某种证据。

六、心怀坦荡者必无视柱下人，心中有鬼者才对此担忧。

七、圆柱只是一叶障目法。其实人即柱、柱即人，圆柱后面根本没有人。

大家七嘴八舌，争论不休，最终还是赞成第二条的人最多。皇帝与皇后也都矢口否认柱下人与自己有关，甚至彻底否定柱后有人。于是，为了安抚众人之心，一场名载史册的"砍柱运动"便在一个闷热的夏夜发生了。只可惜的是，虽提着板斧、拿着锯子的人曾闹哄哄地闯进殿内，愤怒地乱劈。一时间碎片乱飞，残渣满地。看着那巨大的圆柱轰然倒下，群情激昂，很多人还开始捂着嘴，用鼻腔的共鸣合唱起来。

然而，砍柱的欢乐与科学性如昙花一现，旋即便结束了。

因有人忽然喊道，宫殿穹顶一旦失去此柱的支撑，就会马上坍塌。不得已，那被砍掉的、压在大家心里多年的圆柱，仅仅在七八日后，便又被勒令必须立刻重造一根，且材料还从木柱换成了铁柱。至于从未谋面的柱下人，他在砍柱刚发生时便暂时失踪了（或者始终就不在，这很难论证），等新柱一修好后，他那举世闻名的布鞋、影子、杯盘声与咳嗽声等，便重新出现在了柱子后面。大家也只好恢复了之前早已习惯了的怀疑与猜忌。这失落的狂欢，真是一件令人遗憾的往事。唯一值得纪念的，即那根之前被砍掉的废柱，在暴雨中扔掉后不久，又被一个参加过砍柱的殿前策士扛回到了家中。策士好像对研究此废柱情有独钟。他把它立在其书斋的中心，看似一根歪斜的顶梁之物。宫殿所用巨型圆柱，多取材于原始森林里的参天古木，虽只有半截，也足以顶到普通房屋的天花板上。策士常在深夜里，独自围着这根雕龙已残破、褪色、虫蛀且几乎腐烂的半截朽柱不断转圈、仰观或抚摸。他有时还把自己隐藏在废柱后面，模仿着那个柱下之人的脸，思忖着存在与不存在的可能性。可策士并无所获。在朽柱之身上，一人来高之处，有一块血污。显然，这应该是当初柱下人以头撞击时留下的。但到底为何要用这么激烈的痛苦，来表达一个没有面孔之人的无言或难言之隐？策士百思不得其解。策士甚至还尝试过也用额头来撞击那血污之处，企图发出巨响，让自己的血与过去的血混在一起，并以此体会出某种血腥的焦虑感。可谁都知道，那不过只是在迷惘地抄袭一个久远的动作。白云苍狗，物是人非，无论岁月与秘密，宫殿与人群，哲学与运动，还是圆柱及其始终隐藏在柱后之人，都必须是两者阴阳并存时，才能显示出其强大的引力。就像一双每个中国人都会使用的筷子（那是世间最小的圆柱），互为显隐，方能拣菜吃饭。若去掉其中任何一根，另一根便会立刻变得毫无用处，失去意义。

2020 年 8 月

# 露台上的巡抚

　　新一代巡抚大人本为酋长出身，他的私人轿车将从楼下经过。云蒸霞蔚时，十七个人便聚集在露台上，密谋如何将炸弹凌空扔到下面的大街上去。

　　落日照在他们每个人的脸上，给集体的眉梢眼角皆平添了一段前朝风流。炸弹箱就放在露台一角，大得像一张双人床。箱内有上百枚炸弹，人人触手可及。只是大家对炸弹的投掷方式、角度与落地点的说法不太一致。那露台是凸起的，宛如悬在空中的一座肉疣。从上往下看，街上行人渺小若灰烬。整个三维空间都很狭窄，仅在方寸之间。这么小的地方，似乎炸弹怎么扔，爆炸杀伤的效果都差不多。但大家仍然感到焦虑。"气为血帅"时，他们引用了不少经院哲学、数学与玄学观点，来互相否定对这场行动计划的技术性差异。有人说应该爬到露台栏杆外面去扔，这样准确性更高；有人反复叮嘱大家，应先画图纸，测量抛物线，最好在别的露台上先试投一次，确保万无一失后再下手；年迈的先驱谨慎地告诫：不如还是将炸弹埋在路上，再用遥控装置从露台上去引爆更安全；而一个少年勇者甚至建议，把炸弹全绑在自己身上，然后从空中直接向着轿车跳下去。这套被他们称为"投篮"的秘密暗杀计划，是早在四年前便开始逐渐实施的，为此所有人都曾废寝忘食地工作，通宵达旦地研究资料、踩点、侦查、跟踪、宣誓，甚至无休止地辩证暗杀、地图与生命之间的意义，探索在光天化日之下进行一场密谋的祭祀性，甚至还涉及了文学。

为了统一意见，三年前的夏天，他们在预设炸弹的落点处，撒下种子，特地种上了一根孤独的竹子，以此作为暗杀标示。因街道非常狭窄，故所有人都肯定，轿车到时会从竹子边上经过。一根竹子，旧时称"个"，于是他们便还把记录"投篮"计划的全部卷宗档案名修改为"个案"。随着那根干瘦的竹子越长越高，枝叶分杈逐渐多起来，个案也产生了不少歧义。当最高的一条纤细的竹枝在微风中长出，已轻轻抵达露台边缘时，距轿车出现的时间便只剩下一天了。

傍晚时分，十七个人中有十一个人低头看表时，巡抚的轿车准时出现。对此，另外六个人则并未在意。他们之中，这些年有人已对这场充满等待的壮烈感到厌倦，常躺在露台角落的巨大炸弹箱上和衣而睡。如果真要投掷炸弹，也得赶紧把他们叫醒。

轿车行进速度很慢，最终如散步一般开到楼前停下。那位每个人都很熟悉其面庞的巡抚大人与他的马刺、皮带、制服、手电筒一起，从轿车里走了出来，气色红润。他先走到竹子边上看了看，摘下一片竹叶尖，放在鼻子下嗅闻。清香的气味令他如痴如醉。他猛然抬起头，望着高处露台上的人笑了笑，说："别介意，我的车也是偶然经过这里。你们为何一定要与我为敌呢？"

"偶然？这话什么意思？"露台上看手表的人开始恐慌起来，又互相问道："我们不是几年前就种下了那根竹子吗？"

"竹子只能代表你们，不能代表我。我也是个案。"他说。

"但集体的计划是不会被改变的。你今天必须在此遇到我们的袭击。"露台上一个领头的人忽然冲着下面大声喊道。他喊叫时，有些心不在焉。也许他更关心那根竹子，因那是他当年亲手种下的。那些睡在炸弹箱上的同伙，听见喊声也被吵醒了。只是大家都没去打开箱子拿炸弹。这件久远的事几乎已被忘记。

"其实还有更好的解决办法。"巡抚又面朝上空嚷道。

"什么办法？"

"我可以上来，我们谈谈。"

"上来？绝无可能。"

露台上的人刚要反对，却见酋长出身的巡抚已忽然猱身而上，轻盈地纵身爬上了那根竹子，并如碧绿凶残的螳螂一般，一起一伏，手脚并用，顺着竹子尖的末梢急速攀缘而来，瞬间便爬到了露台的边缘。竹子几乎没怎么颤动，只是被他压得有些弯曲。然后，巡抚又再纵身一跃，便蹦进了露台之中。所有本欲投炸弹的人都因他奇特的绝技惊呆了。巡抚拿出手电筒，先转身朝下面照一下。手电筒光束如探照灯一般扫过，可以看见就在他刚才爬上竹子的那一会儿，大街上便已云集了很多人。道路堵得水泄不通。有些人还手拉手把那竹子围起来，严禁别人再来攀爬。也许是巡抚发觉自己个子不够高，他站到了炸弹箱上，并谨慎地尽量不让皮靴马刺碰到睡在箱子上的人。他用皮带动员街上的人向露台上的人致敬。人潮此起彼伏，波澜壮阔地在露台下流过。

"瞧，并不是任何事都需要炸弹。"巡抚扭过脸来，又对他们说，"怎么样，不如你们把这箱炸弹卖给我。反正现在下面这么多人，你们用起来也不方便了。"

"我们从不出卖武器。"十一个看手表的人说。

"那你们的意见呢？"巡抚转身问箱子上的另外六个人。

"我们还没睡醒。"另外六个道，然后便重新躺了下来，沉沉睡去。

"瞧，暗杀是需要定律的，首先你们自己就没有真正理解定律。"

说着，他便开始在露台上走来走去，一会儿用手电筒俯瞰街上的人，一会又走回到露台里面的房间去察看地形。见没有出口，便再走出来。他还和另外几个人寒暄了几句，并静静地把自己早年在部落里当酋长的事也随口带出来。他谈到个案的危险、深刻与必要性，也阐述了他希望与大家理性分析此事的态度。个案都是可以单独处理的。为了获得理解，他还不经意地说到了自己一段令人伤感的爱情故事。巡抚以其敏捷雄辩的口才、狡黠多姿的隐喻与其在野蛮地区度过的那些惊心动魄创伤与苦痛阅历，让所有人都陷入了沉默。在交谈中，巡抚发现这宽敞而高悬的露台上除了炸弹箱，还堆放着很多杂物，譬如有温度计、钟摆、秤、折叠椅、拐杖、止疼药、煤油炉以及一包包作为掩体的大米、腊肉、蜂窝煤、白菜与卫生纸等。看来欲投掷炸弹的人，包括沉睡的那几个，大家早已把露台当作他们的唯一生活了。可惜，他们最终什么也没做。在最靠近建筑墙的尽里侧，还有一根麻绳系在露台圆柱上，并从上垂挂到街下面。麻绳很长，表面已被摩擦得油光水滑。显然，这便是这帮密谋者平时下到街上去的工具。不过麻绳的下方此刻也早已站满了轰鸣的人群。因巡抚刚才已发现，露台里面房间的门在几年前就被他们堵死。街上的人，只须他用手电筒胡乱一晃，便都可以沿着麻绳爬上来。虽然隔得很高很远，他也看得见人群在跃跃欲试。

　　"难道我以后也得用这根可怜的麻绳上下吗？"巡抚想到这里，似乎很愤怒。但他并没有马上对那些投掷炸弹的人表现出来。他只是不露声色，继续与大家谈笑风生，追忆山河岁月。偶尔，他会弯下腰，隔着露台边缘去摘下一片最青嫩的竹叶来，放在嘴里轻轻地咀嚼几下，然后又把嚼烂的碎渣凌空朝街上烟雾般的人群吐出去。

2020 年 1 月

# 少女与图像

　　凌晨寒霜沁骨前，少女的确来过一次。这是最后一次。她只是在他与他发明的图像之间安静地坐了几分钟，没等他醒，便不辞而别，从此渺无音讯了。他并不清楚少女是否嘲笑过他的睡姿，是否进入过那幅惊世骇俗的图像。少女是先验的，一次性的——不是第一次，便是仅仅一次，抑或是最后一次。对他头顶的鸭舌帽，少女更是充满否定。因山河巨变后，这种帽子在大街上早已无人戴了，而他却在睡觉时还戴着，岂不可笑？醒来后，他才会把鸭舌帽挂回到衣帽钩上，或干脆塞进衣柜里。也就是说，只有做梦时，鸭舌帽才是他的王冠，是一个可让他的头颅隐居的洞穴。一个"戴鸭舌帽的人"，过去通常会被看作是街头地痞、特务或隐藏身份的什么地下帮会人物。可自从他发明了墙上那张奇怪图像后，大家便对他刮目相看了。那图像结构复杂，表达了他对这世上那些被忽略的空间之看法，诸如山水与野兽的狰狞、猥亵的手、政变、花、光与影、胎盘的结构、细腻的暴力、不确定的线条与一些令人恶心的哲学等。而图像的核心正是他的缺点。少女特别渴望走入那缺点。她看得很清楚，缺点裸露在图像中心，是一个特殊的洞。但她在图像上摸来摸去，始终也找不到入口。多年以来，少女从来听不懂他说的话，也不知道戴鸭舌帽的人真实身份有多危险。但在对图像的理解上，她却是他在世间罕见的知己。

虽然对他为何会在睡觉、洗澡、造反甚至酷暑时都仍戴一顶鸭舌帽，这位诗一般的少女并不能理解。尤其不能理解在帽檐与帽顶之间，为何竟会安装一粒金属暗扣？这真是多此一举吧。她甚至经常在他熟睡时，想把那鸭舌帽偷偷取下来扔掉。但她毕竟没这样做。她尊重他莫名的怪癖，就如尊重他的色欲、异化与怯懦。凝视睡眠不能太久。少女也短如朝露，迟早要变成少妇或老妪。所以，她来与他告别。不是以激烈拥抱的方式，而是以不可告人的方式——临走，她盗走了那幅数年来一直钉在墙上的伟大图像，也包括图像核心的缺点。她始终都没分清那图像与缺点到底有何区别。没被图像遮盖的墙面，早已被空气熏得发黄了。图像曾经所在位置则很干净，以至戴鸭舌帽的人醒来后，发现他所梦到的少女，都只是一片留在墙上的耀眼白印。缺点真实，白印则荒谬。为了反抗白印带来的盲目，他必须重新去发明一位少女和一幅图像。

2020 年 1 月

# 猛士之熵

　　猛士之旱艇出现于前朝一个苦夏时节。本来，作为一个戴眼镜并半挽着裤腿的猛士，闲暇时独自扛着一柄斧头走在雨后大街上，已是大家司空见惯的事。但忽有一日，猛士放下了斧头，在他的小腿上系了一条麻绳，并在麻绳后面拖着一艘船行走于街头。这是他为表现自己能力逾九象而做出的样子吗？无人敢问。那船虽不算大，也与一般榫卯结构的画舫差不多，仿佛一座行走的草屋。船底龙骨在泥泞路上划出一道深深的、绵延不绝的坑沟时，还发出吱吱呀呀的剧烈摩擦声，宛如一头猛兽在咬牙切齿地呻吟。在这座从来没有江河湖泊，且满是烟尘、喧嚣与人群的内陆城市中，船本身从无任何用处。没人知道，猛士从哪里搞来的这艘破船。整个城市的街道都留下过猛士拖船行走的痕迹。即便是在雨雪天气，猛士也依然会乐此不疲。猛士之力是无聊的，也是令人恐惧的。他的船被当地人称为"旱艇"。猛士为了抗击万有引力、阻力与船之间的矛盾，小腿踝关节上下早被勒紧的麻绳煞进肉里，几乎露骨。但他从不会因这矛盾之痛而吭一声。猛士甚至会容忍路边反感他的人往船上扔杂物、朝他砸东西。哪怕有些过路的僧人、恶棍、市侩、娼妓或顽童故意跳到船上来坐着，嘲笑他拖船的速度太缓慢，前进时磕磕碰碰，像头盲目的野猪。一个孩子还用抽陀螺的鞭子从后面抽打他，把他当成个驾辕的畜生。可猛士始终对这些事置之一笑。旱艇如此沉重，一个干瘦的猛士竟能来来回回拖着它到处乱走，炫耀他举世无双的蔑视、完全没有意义的蛮力与荒谬的耐力。那年，我相信每个城里人都见到过这情景。

猛士被视为这座城市中被浪费的一团肉体之熵。

唯一消停之时，是在一日三餐之间。猛士饿了，便会坐在十字路口吃东西。那拖着的船离他有几十步远，也歪斜在路边，如一座搁浅在海岸的蓝鲸。猛士会一边吃肉，一边从裤兜里掏出些奇异的书来读。故每到饭点之前，他都会从船舱里取出铁锚，往街边泥土中用力向下一砸，铁锚便如炮弹一样凶狠地钻进了土里，又迅速被合拢的地面掩埋起来。待吃完读完，猛士又一把从泥土中拽出铁锚来，继续他这场没有尽头的拖曳式漫游。因此，前朝大街经常被他翻江倒海式的行动折腾得泥沙俱下，土壤绽开。可从无人敢制止他。

多年以来，不断有人恶意揣测他那艘船的来历，诸如：

一、那是一艘被淘汰的皇家园林画舫，猛士或与朝廷有关系，故而胆大妄为；

二、此舟为猛士在战争时期缴获的异国渔船，是他的私人纪念品；

三、旱艇前身只是某军舰上的一艘备用救生艇；

四、此舟为上古船棺（悬棺），其中或载有猛士祖先的遗骨；

五、那是民间一只大型楼船的残骸；

六、猛士根据宋代船舫资料，制作了这艘"指南舟"；

七、那是猛士自造之海船，为了以后能叛城下海；

八、猛士为某人押镖的走私货船，漫游只是为了掩饰其犯罪；

九、仅仅是一架供猛士自己露宿街头的独木舟，此人是个乞丐或疯子；

十、通过盗窃得来的沙船、江船、蚱蜢舟、漕运粮船等。

总之，所有人都觉得"旱艇"来路不正，目的不纯，却又无人说得清船源自何处。而且旱艇给这城市地表造成的损伤，或因在旱地行进中偶尔撞击沿途树木、电线杆、隔离墩与建筑等产生的破坏，最终还引发了人群对猛士的反对。反对分为三个时期：抗议时期、孤立时期及遗忘时期。猛士从不攻击任何人，只是围绕他的旱艇而生活。因他完全不反馈，故当所有攻击与否定抵达他时，便也都像踩棉花一样扑了个空。

这情形维持了数年之久，直到有一天黄昏，猛士发现船的重量变得有些异样。旱艇上的很多桅杆、乌篷与檐角上，很早就住满了不少无家可归的苍鹰、蛇、雨燕、蝙蝠、蜜蜂与野猫。船身缝隙中，也因淤积泥沙，长满了无数植物杂草。这些倒不要紧，因船中经常载有猛士的粮食，招来一些可怜的动物在此筑窝，也是平常事。可他还发现在船舱底部与夹层内，不知何时，竟住进来了一家流亡的陌生人。这家人中有病弱的老者、残疾人、孕妇与婴儿，还有不少靠赌博、盗窃、诈骗与抢劫等谋生的壮年男子，以及几个少年与少女等。这是一群乱七八糟有几十号人的血亲家族。他们其中一些人夜出晨归，一些人终日读书，一些人压榨另一些人，还有一些人则专门负责杀人越货。只是他们白昼里对外极少露面。猛士知道他们全藏在底舱内。这是一家子无耻之徒，早已完全将行走的旱艇当作了栖居之所。由于空间密集狭窄，成员还在不停地折腾，整艘船里便时常散发出一阵阵群居者的汗臭与野生动物们互相争斗的血腥，几令大街上过路人掩鼻。

猛士没想到，旱艇会变成一艘著名的"贼船"。但奇怪的是，猛士并未揭露这些人，更没有驱逐他们离开船。相反，猛士继续就用一条腿拖着所有的人与动物，整日在城市大街上漫游。他能通过一根麻绳在脚踝骨上的震动，便对整个寄生在船上的流亡家庭做出判断。譬如：谁此刻下船去了，谁又回来了，以及他们在底舱内如何扯下船板、桨或舵来烧火做饭，把缆绳与帆拿去变卖，如何睡觉、争吵、杀人、性交，如何举办婚礼与葬礼，在黑暗中分娩与分赃等。甚至当突然有警察来追击这群人时，猛士还会拖着他们和船就跑。他腿脚运行如风，最快时可令旱艇在陆地上如冲浪滑板一般悠忽疾驰，让那一家子罪犯数次摆脱了被捕的厄运。城里有人猜想，猛士之所以对他们不动声色，或许只是在寻找机会，杀掉那帮鸠占鹊巢的家伙，然后独霸那家人这些年来藏在船中的枪支、雷管、护照、妇女与黄金；也或许是猛士力气太大了，对船的轻重完全无所谓，故不忍心消灭一个靠出卖悲惨命运而作逍遥游的犯罪家族，一个靠冒险生涯而苟活的贼窝。

无人知道猛士浑身奢侈的熵到底有多少，仅能看见他对熵的挥霍。

可能是为减少嫌疑，从发现有人群寄居之后，猛士自己也经常在"旱艇"上过夜。他有时会睡在甲板上，有时则睡在桅杆上。如果在舱中偶尔碰到那家人的某个成员，猛士还会主动寒暄几句，仿佛是碰到了每日抬头不见低头见的邻居，或一位久违的朋友。而对方也并不矜持，面对猛士，他们既不会表达歉意，也从无任何解释。乃至后来，整座城市的人，都知道了猛士终日拖着一旱艇与自己无关的人在疯狂行走。猛士是否就是那家人中的一个，或者他有什么难言之隐，欠了别人什么，才会甘心如此受苦？城里人的揣测从船的来历，转到了人的来历。但这些都是误会。只有猛士自己心里清楚，在他发现那家人的当日，他就被几位少女中的一位打动了。那少女坐在黑暗的船舱底部，一言不发，只用冰雪般的嘴角对猛士发出了一丝苦涩、冰冷而幽静的微笑。这笑有些残忍，但更多的又像是一种尊敬与体恤，与猛士平日里对人群歧视时的笑，也是相似的。仅仅就为了报答那少女的这一微笑，这一闪即逝的默契与不确定的心绪，猛士便宁愿多年独自拖着一船人在大海般的城市泥泞里翻滚，作毫无目的之漫游吗？这是极有可能的。猛士的力与岁月始终寂然不动，唯有旱艇的原子在瞬息万变。以至于当艇上的动物们作了鸟兽散，那贼群一家人也老的老、死的死、被抓的被抓，逐渐被时间所消灭，少女们也都变成了些面无表情的老妪；当拖曳的麻绳换过了无数根，脚踝骨上的皮肉已慢慢长拢时，"旱艇"也因常年与石头的摩擦而洞穿，龙骨崩散，船身腐烂破碎了。它最终连带甲板一起，被猛士当作柴火扔进了火堆里。即便在那一刻，猛士也仍然保守着对微笑的追忆。这是他最小的、不能被意志力洞察的秘密。现在仍系在他小腿上、随时还拖在身后的，只有一只铁锚。休息时，他仍会用铁锚砸入地中保持重心。行走时他也因铁锚而从不会偏离方向。猛士从来就知道，大地并无浮力，唯有阻力。不堪重负毫无意义。船与载重根本就是空的。语言、物理、熵与爱的救赎更都是不可能的。他之所以固执地要在旱地行舟，乃是期望自己运用这浑身无限的力，能在某个令他怦然心动的细节之中，去投入全部天赋。为此，他可以消耗掉一生最野蛮的沉默与狂野的轨迹。好在他运气还不算太差。每当想起很久以前，自己曾遇到过一次足以令这座城市都为之发抖的微笑，重新扛着斧头走过大街的猛士便安心了。

2020 年 4 月

# 祭司、蔷薇与流亡公主如是说

烈日飞沙，身穿一袭蟒袍，长指甲、披头散发的公主就伫立在帐篷边，蔑视群氓。她手握如意与流苏，香扇摇曳，虽从不带武器，却从没把任何沙漠里的跟踪者、黑火药或异邦的阴谋家们放在眼里。人尽皆知，她就是那个著名的、在故国花园中曾嗜好用哑谜杀人，并引起过很多男子为之相互倾轧的流亡公主。她的流亡是前朝仅存的光荣。她那二三枚镶银雕花中国指甲套，像秀气的龙爪般闪耀着一个远东美人旷世的危险之光。只是从没谁敢追问，流亡公主过去曾屠杀过多少朝野贱民、靠近枕边的奸细、早年的闺蜜、试图打听她血统出身的人或无辜的追求者，更无人敢问为何要杀。窥视奥秘是愚蠢的。而且，一个流亡公主最高贵的标志，就在于表达无理由的残酷，并从不对这种残酷做出解释。

异邦与流亡公主之间总是互相出现排异反应，故驻扎到沙漠时，她仍继续在杀人，恶习难改。反正无聊之时，她只须抬起明净的下巴，朝某处轻轻一点，便自然有人会去帮她除掉暗藏的敌人。她相信，仅用睫毛就能盖住整个世界。

追思当年，公主所在的故国一夜间哗变为一场起义，陷入混乱。朝廷被推翻了，皇帝被斩首，后宫被乡野匹夫所践踏。肉食者鄙，美艳者则被驱逐出境。为了逃命，香肌散发着汗臭的流亡公主，在最后一群残存的、带有色情企图的禁军护卫簇拥之下，骑上一匹骆驼越过了革命的封锁，靠羊奶、烈酒、自己的尿与几滴可怜的雨，才终于抵达西域沙漠，寄居于异邦人的版图中。其实，早在少女时代，她也曾梦想过来这里生活。可真的来了，却又对这空旷的沙市蜃楼变得有些厌恶。好在仍有人信奉她、爱她，让她保持尊严。靠着流亡时从宫中带出来的一些私房钱，这尊严维持了很多年，直到她的容貌渐如明日黄花。为了重新让迟暮的红颜还能产生影响力，已步入更年期的流亡公主剪裁下一片自己的胸衣，绣成了一面芳香之旗。她密谋组建了一个由她与她的部分追随者垂直领导、靠誓言来维持情感的组织，叫"蔷薇营"。此营实际上只是一个令人伤感的"爱情流亡政府"。因公主吸收的成员，多是些抒情的废物，诸如：当年在宫里垂涎她容貌的家伙；一些迷恋扑克牌的侍卫；前朝文物恋物癖患者；虽有世袭爵位但肝功能已退化的老贵族饮者；贴身丫鬟；擦胭脂的保镖；失败的色鬼；因起义而失去了书房的藏书家；激进于春宫修辞的少年；写诗的鸦片贩子；军火商以及一些相信靠性欲就能解决生活困境的颓废优伶等。

当然，蔷薇营中也有一些精明的骨干，譬如"哲学烈士"。

在生活中，流亡公主唯一不愿面对的就是哲学烈士。因她的哑谜虽颐指气使，却从不能说服具有逻辑学童子功的他们，但她又得依靠这些哲学烈士来保卫蔷薇营的文明。

在西域沙漠里，流亡公主常常率领蔷薇营在风暴中来回漂泊。他们夜宿帐篷，在其中混乱地交媾、繁殖甚至乱伦，互相崇拜、背叛同时又不断地虐待自己挚爱的人；白昼里，他们则分头去收集扩张地盘的情报，发明新的符号与文字，或筹划东归的路线，积攒未来复辟所需的黄金。不过很多年过去了，东归复辟之事仍毫无起色。流亡公主自己倒是颇沉浸于这种荡迹沙漠的生活。她从不催促大家。除了不确定地生气、发怒，乃至瞪眼杀掉一些她看不惯的人之外，她原则上不会轻易干涉蔷薇营中任何热恋者制造的怪癖。总之，只要成员们能用挥霍体液的狂喜，去忘掉故国被群氓霸占的痛苦，流亡公主便听任所有人自暴自弃。到最后，蔷薇营几乎变成了一座到处移动的、微型的、任由成员们自生自灭的三不管集体帮会。唯哲学烈士们，还负担着营中的思想传承。

某些沙奔海立、乱云飞渡之夜，流亡公主也会心有不甘，站在帐篷前，面对大漠落日自言自语，哭泣片刻。异邦非故土，蔷薇营也是受歧视的。不过到第二天清晨，她便会完全忘掉这一星柔肠，重新恢复她的残酷形象。石榴裙纵横沙漠以来，不少当地人想赶走他们，视他们为母系之匪或淫乱之巢。可碍于流亡公主过去与西域朝廷的情面，念及她在故国的悲惨遭遇，迟迟不忍动手；也或许是对流亡公主的杀人嗜好有所忌惮，怕反而引火烧身。

"公主殿下，漂泊终非长久之计，我等认为，一种古老的思想如果想要传承下去，本营还是得拥有一块属于其本身的土地才行。"哲学烈士们有一日谏道。

"一派胡言。没有土地就没有思想了吗？"公主反问道。

"那倒也不是。只是没有土地的思想通常都不太稳定，还会发生变异。"

"变异了就不是思想了吗？"

"当然也不能这么说。只是不够纯粹。"

"纯粹？何为纯粹？"

"与生俱来的就是纯粹。"

"可在孤看来，比思想更与生俱来的是性欲。孤的蔷薇营能多年驻扎于蛮荒沙漠，根本思想靠的就是众人旺盛的性欲。难道这还不够吗？"

"这一点我等从未敢否定。今日我蔷薇营的繁荣，全赖于公主殿下昔日残酷的荣耀与对万千色相的纵容。只是，每个人的性欲都有衰退的一日。未来天高路远，本营流亡多年，东归无望，若不能早日定居于一块宁静之土，在沙漠戈壁漂泊下去……恕我等所言死罪，待公主殿下真正百年大化后，众鸟失凤，万兽哀鸣，恐怕我等终将会失去自己的家园，生无立锥之处，死无葬身之地呀。"

"那你们说怎么办？"

"不如行处女祝。"

"何谓处女祝？"

"处女祝即用处女头祭祀。不过具体细节，我等也不懂。只是久闻西域风俗早有处女图腾崇拜。这些年来蔷薇营人丁兴旺，生育子女无数。我等若用本营最有地位的处女之头，献给此地异邦人，定能换取一块割地。然后以此地高筑城墙，建立一座新国，开疆拓土，或可令我等子孙不再受漂泊流亡之苦。"

"什么？杀孤的人献祭，真岂有此理。"流亡公主听到这里，不禁杏眼怒睁，扬起了下巴。帐篷前后，平日里追随她的带刀护卫们听到这里，立刻警觉地包抄过来，把几个哲学烈士围在核心。所有帐篷中的人刹那间也都静下来，似乎都在等着公主下令，便大开杀戒。

但哲学烈士们则很冷静，似乎早已想好了，答道："我等既然身为本营烈士，今日决定冒死上谏，便没想还能活着走出帐篷去。但请问公主殿下，为了蔷薇营的不朽之思想，万世之色界，是否还有别的办法？"

公主沉默了。她在帐篷里来回地走，一声不吭。

过了许久，她拿起一把中国梳子，第一次将披肩散发梳起来，编成辫子。

"孤最大的遗憾，不是亡前朝家国之痛，乃是流亡了数千万里，阅人无数，杜撰哑谜无数，生杀匹夫亦无数，至今却从未爱上任何一个男子。"梳完头的流亡公主如是说。

"殿下的意思是？"

"孤就是本营最高地位的处女。"

流亡公主此言一出口，同时伸手从一位贴身丫鬟腰里抽出弯刀，朝自己有几分皱纹的脖子上狠心地一抹。蔷薇营里顿时一阵哗然。

次日午后，哲学烈士们带着那颗小心翼翼割下来的公主头，在沙漠中与前来膜拜的异邦人行了交接仪式。然后，他们大多数都被强迫为公主殉葬，活埋在了流沙之中。有一两个年轻点的哲学烈士暂时活了下来，作为蔷薇营思想的传承者。这也并非饶过他们，只是想等他们将思想传给晚辈后，再行殉葬。只是所有人都没料到，这执掌过荒淫多年的"爱情流亡政府"之主，这朱颜半老的女统治者，到老竟还是一个玉身。愤怒与悔恨，令不少追随公主多年的老色鬼坐在沙漠中，失声大哭。那么多的夜晚，她在帐篷中是如何面对众多颓废成员的接吻、抚摸、交媾、虐待与癖好的？她如何能彻底压抑自己的激情，就靠偶尔杀人来宣泄吗？窥视奥秘是愚蠢的。她的生多么纵容，她的死便多么从容。这倒是令人想起另一个传闻，即：当年公主是因其暗恋之人（一位朝中谋士）造反，与父皇撕破了脸才流亡的。故国乃亡于火并，而不是什么起义。但这历史无人能证明。失血后的公主头，面色晶莹，下巴依然高傲地翘起。在沙漠中堆砌的石台上，这枚以残酷著称的绚丽人头被异邦人勒令搁放了三日三夜。可她头的芳香令豺狗与乌鸦也不敢靠近。到第四日的黄昏，当一只闻到血腥的苍蝇终于穿破禁忌，飞到了公主的鼻梁上，天上有秃鹫盘旋时，一位浑身披黑大氅、骑着一匹灰鬃雪蹄马、头插羽毛的异邦祭司，专程前来参拜这颗美人头。祭司撅着胡须跪在地上，朝头反复叩首九次，并放声颂唱了一支装饰音、鼻音与拖腔繁杂，跌宕随意、无法记谱的无词祷歌。然后，他拽住头上发辫，将头扛到背上，翻身上马朝沙漠深处的一座庙疾驰而去。一路上，祭司多次捧着公主头，仿佛看恋人一般，与之注视良久。偶有片刻，他被公主凋谢的美貌所感染，几乎想深情地去亲吻她那新死不久、尚有绛色的芳唇。但这位恪守图腾规则的祭司还是忍住了。他在天空完全漆黑时赶到了庙门前。庙门内比天空更黑。庙前有一个香案。祭司蹑手蹑脚下马，生怕惊动了什么怪物似的。他轻轻地将发辫盘绕在公主头顶，并将头放在香案上。他又颂唱了一遍祷歌，便迅速上马离开。马跑出数十步远，他听见那庙门黑暗深处传来一阵阵巨大的哀号，尖锐刺耳，声震沙漠。这些年，作为一个在西域沙漠里为处女祝跑腿的小角色，祭司曾为此庙带来过无数颗头。只是以他的神勇，也从未敢一窥那门内哀号的是什么。他甚至都不能确定，那声音到底是哀号、呻吟、抽泣还是怒吼。

2020 年 4 月

# 山 涛[①]

江舟暮雪时，凭栏远眺惨淡，没有人会相信一座城真的在瞬间便崩溃了。满街是仓皇逃离的官吏、妓女、士兵、教授或最后一批巴蜀境内的地保等。连续数日，几架柴油机在珊瑚坝那块著名的礁石上停下，又起飞；再返回来停下，再起飞；每一次都会带走一群人。但是不知哪天，甚至可能就在今天，它就无法再回来了。因当时白市驿机场已被彻底炸掉，飞机无法起落。"珊瑚坝"并无珊瑚，只是长江水中央的一块巨大沙洲石。此石东西狭长，有一千八百多米，南北宽六百多米，几乎霸占了大半个江面。它的面积足够停下十几架老式双翼飞机。夏日水浅时，这坝子便和左岸的山连成一片，很多人会下到坝上去散步、乘凉、放风筝；但到汛期涨水时，它就会被完全淹没在水下，不留一点痕迹。若洪峰时，很多人便会怀疑到底有没有这块礁石。

世间真的有一块能停飞机的水中暗礁吗？过去是有的。

譬如"巴枯宁"就听说，十几年前，那位渴望"曲线救国"的古体诗人曼昭先生也是从珊瑚坝机场起飞，开始其叛

---

① 仅以此篇小说隐写现代学者徐高阮先生（1911—1969）。徐高阮，字芸书，浙江杭州人，民国时先后就学于北大与清华，后卒业于西南联合大学，受业于陈寅恪先生，著有《山涛论》《重刊洛阳伽蓝记》等，应傅斯年之邀入中研院史语所，1949年赴台。

变、吊客与沉沦之旅的。而现在他每日担心的，则是珊瑚坝在黄昏雾气中所隐藏的秘密：下一个飞走的是谁？

因不知何时，坝子的飞机越来越少了。那块礁石水上机场，幻境般的空地，偶尔还变成了用来枪毙人犯的廉价操场。子夜梦回间，城中人常被一二零星的枪声惊醒，却也不知是谁杀掉了谁。

"巴枯宁"自然不是他本名，本名叫巴开山。"开山"在巴蜀俚语中乃斧头之意。因他生于巴山一个靠砍柴糊口的人家。呱呱坠地时，也没有接生婆帮忙，忙乱中的父亲便拿起砍柴的斧头，猛地一下帮她娘砍断了脐带。

"给孩子取个名字嘛。"他娘说。

父亲不识字，看了看手里还带着分娩之血的斧头，说："取哪样名字，我也不懂呀。反正我们家就靠这一把开山吃饭，干脆就叫巴开山算了。"

"好嘛，开山也可以。开山。"他娘轻轻地朝他叫了一句。

也不知是不是巧合，直到二十多年后，巴开山的命运都和斧头连在一起。

旧时巴蜀山林野蛮，却也常有一种鱼龙混杂的朝气。其貌不扬的巴开山从西南联大一毕业，便与渝州江北地保俞纶的女儿俞燕熙恋爱。他们本是联大同窗，一个师从陈寅恪，一个师从潘光旦，在昆明度过了流亡大学的时光。毕业后又一起到了渝州工作。巴开山入了中央研究院历史研究所的渝州分所，而俞燕熙则进了中美合作所。渝州的结构就是一座山，所有的道路都是盘山公路，表面乱如麻，其实都是同一条路。巴开山到渝州后，就感觉像进了单行道。但他从不害怕单行道。早在昆明时，巴开山便不顾周围人反对，也有些自不量力地盲目地追求俞燕熙，从不考虑退路。

"我们可以恋爱，但我们的方向是反的。"俞燕熙曾明确告诉他。

"哪里反？难道我不是男的？"巴开山从不为出身卑微气馁。

"跟男女没关系。"

"那是为啥？"

"我不想结婚。"

"不结婚，你还想做什么？"

俞燕熙犹豫了一会，隐约吐出两个字："革命。"

"革命？……是种掉脑壳的事情呀。"巴开山听她这么说，吓了一跳。又道："你个女娃子家，革啥子命哟。还嫌现在不够乱吗？"

"你看，我们不合适嘛。谈不拢。"俞燕熙顺水推舟地说。

"即便不结婚，谈不拢，也还是要爱的。"他死撑着说。

不过，巴开山从未想到，当时比他小一岁的俞燕熙能有那么大的胆子。很多事情都是在他的盲区发生的。记得冬日的一天，俞燕熙便不知从哪里借来了一本外文书，是油印传抄的巴枯宁 *God and the State*。按说，这种读物对少女而言毫无吸引力。可在那个昏乱的岁月，她还是被其中类似这样的话吸引了：

　　有种人，假如他们不信仰的话，至少必须装得像信仰的样子。这种阶级，包括了人性的一切虐待者，一切压迫者，一切剥削者；牧师、君主、政治家、兵士、公私金融家、各种公务员、警察、宪兵、典狱官和刽子手、专卖商、资本家、收税人、包工和地主、律师、经济学家、各种政客，下至鄙夫俗物，他们会齐声地反复着伏尔泰的话："假如上帝不存在的话，必得发明一个。"因为你知道，"人民必须有一种宗教"，这是安全阀。

她把这本书放到巴开山面前，说："你如果爱我，就得像巴枯宁一样。"

"像他一样，是什么意思？"

"反对迷信，一起去寻找真正的自由。"

"你觉得什么叫'真正的自由'？"

"不要任何信仰，也不要结婚，不要家庭。实现大同社会。"

"可任何时代都会有家庭呀。"

"现在是有，希望以后不会再有了。如果我们这代人能有勇气一起去推翻家庭，建立一个新社会的话。"

"社会哪有什么新的旧的？再说，你也有父母家，真的那么不喜欢家庭吗？"

"不是不喜欢，是觉得应该改变。"

"改变什么？"

"改变这个世界，取缔它的传统。"

"我不能理解这种想法。迷信？你现在不是正在迷信着这个巴枯宁吗，你怎么取缔自己呢？再说，爱又不是什么无政府主义。尤其我们中国人的爱情，有一部分就是伦理，也是传统社会历来的……"

"够了，我现在不想再听这些陈词滥调了。"

巴开山见她烦躁起来，便尴尬地沉默了一会。然后，又带着一点担心似的问道："燕熙，你是不是……真的去了那边？"

"是。那又怎么样？"她对他毫不隐晦。

"你不后悔？"

"不后悔。"

"你了解他们吗？"

"不了解。但我了解巴枯宁。"忽然她笑了，像想起什么滑稽的事似的说，"对了，你也姓巴呀，以后干脆我也叫你巴枯宁好不好？一个渝州的巴枯宁。"

"可惜渝州没有伏尔泰。"巴开山只好跟着苦笑。

"是吗？等着瞧吧。"

"我也不是巴枯宁，也完全不喜欢什么巴枯宁。"

"那，以后我们就别再见面了。"

俞燕熙说着，收敛了笑容，并将了将刚刚齐肩剪短的头发。她脸上露出一种过去从未有过的叛逆表情。即便巴开山前不久听说，她的父亲刚刚被她所依赖的人秘密带走，但在她脸上，也看不到一点忧伤和焦虑。这种对家人的冷漠，让他有些不寒而栗。

巴开山本是个在学术问题上决绝的人。但真听到俞燕熙对爱情的判决时，他又有些失去反对的勇气了。对他来说，联大时期的俞燕熙是最美的。她令人眩晕的身体、长辫子和丰腴的嘴唇，都让他着迷。而且她那时单纯地爱他，无任何杂念。爱情本来可以跟学术无关。那时多好啊，他们每天在一起静静地读书，只关心文献、洱海、雪山以及是否有父亲从巴山寄来的灯笼橘可吃。那是巴蜀最好吃的一种橘子，大如小灯笼，红如法场血，甜得就像恋人的嘴唇。灯笼橘火太重，吃多了，便立刻会引起发烧。但巴开山从不怕发烧。当她把又一本印有奇怪符号的书拿给他看时，他也不怕。因那符号上有一柄斧头，让他想起自己的名字也是斧头之意。按理说他更应该喜欢那个符号。只是他对一切符号后面的东西完全不感兴趣。他只想继续攻克曾因战争而停顿的史学研究。譬如在联大读书时，他对魏晋南北朝史就有所偏爱。后来他埋头沉浸在对《晋书》《魏志》《世说新语》《北堂书钞》《文选》《资治通鉴·晋纪》《华阳国志》《艺文类聚》《太平御览》等书的细读中，史语所集刊中关于魏晋的资料，也被他翻烂了。他对历来被脸谱化的晋代人物山涛，尤感兴趣。山涛被比他小十八岁的嵇康写信"绝交"本身就是一个谜。山涛本竹林早期领袖，少年风姿，所谓"见山巨源如登山临下，幽然深远"。四十七岁后，山涛才又不得不"投降"了司马政权，但一直受轻视。嵇康死后，山涛还曾为其子安排职务。他们的绝交正是他们的至交悖论。而山涛的秘密完全埋藏在羊祜、司马懿、高贵乡公曹髦、邓艾以及比他小近三十岁的王戎等人之间，足足活了将近八十岁。这样一个满载魏晋秘史的人，需要重新发掘。从那时起，巴开山便决定写一篇《山涛论》。为此，恩师陈寅恪先生曾鼓励过他，希望他安心写出此题。

除了关注俞燕熙的细腻情感、生活琐事和为她的行为担忧外，巴开山素日里的其他时间几乎全用在了读书与著述上。有时，他几乎分不清自己与山涛的差别了。

后来战争来了，乱了。他看见盘山公路上不断有人在拍卖自己的家产。大家把衣柜、镜子、钢琴、字画、佛像乃至汽车等，全都堆放在大街边吆喝，仿佛一条巨蟒的身上长满了乱七八糟的鳞片。所谓"盛世的古董，乱世的黄金"，为了得到几根金条，很多人能把一座世代传下来的大宅院都轻易拍卖掉。人心惶惶，山林沧桑。滚滚长江正在天翻地覆地搅拌着东逝之水，令沉渣泛起，旋即又湮灭无闻。唯有那块停飞机的礁石一动不动。师尊中，很多都离开了。先听说赵元任和吴大猷二位先生去了美国任教，然后傅斯年先生也走了；接着，梅贻琦、胡适、蒋梦麟诸先生也都相继离开。又传闻恩师以及华罗庚、梁思成和吴宓等先生倒是选择留下了，一时音信渺茫。中国学界若作鸟兽散，自己顶多算是其中一只小麻雀吧，不足挂齿。可为了把《山涛论》平静地写完，他终于决定了，要离开这巨大的漩涡。

而俞燕熙为了动员他留下来，也绞尽脑汁。她常觉得自己是爱他的，又难以接受自己的恋人竟然与自己不是一种立场。既然自己把青春和贞操给了这个读书种子，那么他的一切就都应该依赖于她，包括他的见识、学问、肉体、语言、忠贞、怀疑与灵魂。巴开山可以不信她之所信，但必须属于她之所有。

随着战事的大崩溃，兵败如山倒，渝州彻底翻了锅。虽然巴开山曾犹豫了很多次，最终竟还是选择了离开她，这让她十分生气。他们为此多次吵架。

初冬，腊月的寒气逼近最后一日，巴开山带着满箱子书稿、日记和恋人俞燕熙过去的照片，跟随着最后一批打算离开渝州的人，来到了那著名礁石上的机场。最后一架飞机如憔悴的巨大苍鹰，正伏在黑暗的跑道上等待他。

可他没想到，俞燕熙也早已赶来，站在沙洲中望着他。本来爱穿旗袍的她，今天却穿了一件他从未见过的苏式黑色风衣。仿佛是去迎接什么，又似乎是在隐蔽什么。

冬日的江水正在上涨。凶猛的恶浪已经溅到了飞机轮下，像是有巡海夜叉用亿万朵小白花在追悼一个朝代。珊瑚坝上能行走的面积，越来越小。逐渐微缩的礁石，马上就要变成虚无。

巴开山带着疲倦的心，最后一个走到舱门下，一手扶着舷梯。

俞燕熙忽然出现，挡在了他的面前。

"怎么……你同意跟我一起走了？"他问。

"不。当然不是。"她保持着一贯的冷艳语气答道。

"那你？"

"我是要你留下来。"

"我不想。"

"你必须留下来。"

"别强迫我。"

"为什么？你不相信我吗？"

"我是不相信历史与爱情可以设计。"

"你不爱我了吗？"

"爱。可也许我们对爱的理解是反的，或弯曲的。"

"我不管。难道你忘了我们的过去？"她有些激动。

"我从来没忘过。但我得走了。"巴开山转身想向机舱内走。

"你必须跟我回去。回去，也许还是恋人。否则，就是敌人了。"

恋人俞燕熙说着，风中乱发忽然吹起，遮蔽了她的脸。骄傲的嘴唇也被她自己咬出了一道绝情的血痕。她像一个没有面目的罗刹女，忽然将手探到风衣口袋内，做出了一个令巴开山意外的动作。她瞳孔凄楚，闪耀着难得一见的泪光。这泪光哪怕是在她父亲出事时都没有出现过。她似乎是因两肋中的心口发疼，另一只手又捂住了自己的胸；她是要摸出一把手枪来吗？风衣口袋里的手鼓起一团尖锐的形状。是拳头还是枪口，巴开山无法猜测。只是她的姿势是那样艰难地扭曲着，甚至比他们当初在宿舍蚊帐里初试云雨，那两具蜷曲肉身的惊讶、激荡与羞涩碰撞的力都更艰难。恋人的绝交与性交有时也像一个悖论。

双翼飞机螺旋桨卷起激烈的风，把巴开山的绅士帽吹飞起来，掉进江水中。他感到仿佛自己的整个记忆也都掉进江里去了。

"你们好啰唆，到底走不走？"身后，飞机上的人也在催促。

"莫非我也得走上山涛那种投降之路吗？还是像当年父亲用斧头砍断我的脐带一样，砍断与这一切的关系？"巴开山在心中想。

雾锁寒江，飞机如一只漂浮在水面上的燃烧瓶。可无论留下还是去国，对巴开山而言都是一种"投降"。不是学术精神对现世权力和世俗诱惑的妥协，便是对人性与情感、对爱之矛盾的逃避与割舍。反世俗恋人的焦灼目光与飞机引擎的轰鸣，从史学核心撕扯他。礁石上的飞机轮子开始与汛期骇浪一起向前慢慢滑动。爱与生活真的结束了吗？他茫然地眺望这座山城，夹竹桃林、吊脚楼头、盘山公路和悬崖峭壁的窟窿里，到处都是黑压压的逃离者。无论贵胄、挑夫、地痞、叛徒、流氓或读书人等，都混在一起蠕动、徘徊、哀号与等待。有千万级石阶的大码头那边，忽然想起了震耳欲聋的炮声。一块赤沙岩石的上空正火光冲天，不知什么在燃烧。火焰带着莫名的喧嚣，带着恐怖与虚幻的希望，把他们俩的脸都照得红如巴山的灯笼橘。这离别前的激荡掺杂了性欲、文化与偏见，让人不知何去何从。江水越来越宽阔，最后变得像大海。礁石已完全淹没看不见了。在遥不可及的两岸上，山色壮烈起伏如汹涌波涛，布满了那一代因被两种愿景所撕裂而呼喊的人群。

2014 年 3 月至 2020 年 1 月（修改）

# 恶魔师的植物标本

烈焰记忆如影随形，让我迅速便能回到黯然销魂的 1987 年。我那个被欺凌与被侮辱的兄弟夏哈甫（其名为"星辰"之意）曾给自己取了个汉文笔名，叫"时头"。我也不知他为何要取这么个晦涩的怪名。反正后来大家便都叫他时头了。时头爱读书、写诗、酗酒或去极地漫游。游牧民族的血液，常令他目光如电，注视远方。他本是喀什人，传闻他家里信奉早已消失多年的中世纪祆教中某派。他从不吃肉，相貌消瘦。我记得，他曾因失恋，不得不在北京地下室中度过了一段极无聊的时光。可谁知两年后的夏日，他竟死于横穿塔克拉玛干沙漠的一次徒步行中。据发现的人说，他死时脸朝下，四肢呈星状摊开。距离他尸首十七米处，有一条几乎同时死去的沙蚺。时头与沙蚺为什么会一起死？死因为何？更奇怪的是，他们之间甚至还有一把被丢弃的手枪，以及一堆某种燃烧物的灰烬。可到底发生了什么，也都没有结论。世间的抢劫与文学往往分不清差异。我只记得，时头在北京念书时，曾给我看过他写的一篇没有结尾的小说，题为《火、爱情与一位西域恶魔师的植物标本》。这标题在那个时代还算是颇令人意外的。此小说本有一个漫长的故事、密集的对话、起伏跌宕的细节和绚丽的修辞，但已无法重复了。因时头在离京前夜，当着我们一大群朋友的面，把写满那小说的稿纸烧成了灰烬。

他说："我写这篇小说，就是为了给你们留下一些对我的记忆。当记忆形成时，造成记忆的东西就应该还给火了。"

故以下我只能凭借记忆，对那篇小说的梗概进行追述：

据时头记述，早在波斯那位写诗的革命领袖流亡土耳其的那一年，在喀什某村庄上空曾经出现过一团奇怪的黑雾。这团烟雾停在半空中，经久不散，大若蜃楼。但雾的形状则像某一株巨大的参天植物，而且有枝、叶、花、果。当地的老人说，这种雾在古波斯地区，曾被称为"恶魔师的植物标本"。据说雾一旦出现，便预兆着这雾所在之国会成为贾西利亚（Jihiliyya，即异教徒世界），并且可能还会发生什么非常糟糕的、具有毁灭性的事。后查万年历，那雾出现的时间大约除了原子弹在罗布泊试验之外，似乎没什么"具有毁灭性的事"，所以便无人在意。再说，"恶魔师"是个双关语，在早期佛经里，既可指侵扰一切修行的恶魔（魔罗 Māra、波旬、异母弟难陀、十魔军及其分身等）本身曾以化身冒充天人师，教唆世间人以各种恶行，也可指用内省与镜像之法战胜并训导了魔罗的释迦牟尼自己，令魔罗对佛陀甘拜下风，成为佛陀的弟子，而佛陀则成为魔罗的师尊，即"恶魔之师"。两种本义交叠，令阴阳合一，最终达到无善无恶之圆满。不过，喀什人并不关心佛教，更倾向于相信来自波斯的、具有未雨绸缪的先验观。为化解这一不祥之兆，一位年轻的伊玛目决定用漫长的祈祷和徒步跋涉，去一趟土耳其高原，拜见一位当时住在土窑中的精神导师阿库特卜，寻求解脱之法。途中，这伊玛目遇到了太多的异象，如强盗的抢劫、赤地千里的饥荒、从悬崖跳下的叫花子在半空中停住、花儿凋谢后化为血迹、一架从立陶宛来的飞机在山林间坠落却无人受伤、不断喝水仍感到奇怪的渴、虎群上树交配、一本撒谎却可以让人发笑的小说、骗子佛教徒的幻术、俄罗斯流亡贵族在刺青中露出偷渡路线图等，当然还有如雪崩、酷暑、边境士兵们荒草萋萋的墓地磷火，以及沙漠中的苍蝇和蛇……总之，往昔他听说的那些与经书违背的事物，都一股脑似的从路边浮现出来，最后又都化险为夷。

伊玛目心里始终带着拯救喀什的强烈愿望，不避艰险。

经过了两年的颠沛辗转，风尘仆仆的伊玛目，终于在土耳其见到了祆教导师阿库特卜。导师把他带到一座壁毯幽雅的寺内。告诉他，想避免"恶魔师的植物"，办法只有一个，就是等到有一位其能量大于此雾的人重返波斯高原的时候。只有他能控制和驱散那没有形状的"标本"。同时导师也告诉他，尽快回家吧。因此刻东土正在爆发毁灭性的事。那个大能量人，时间也不多了。如果在他去世的那天，你还没赶回到喀什，在那团黑雾下向大能量者祈祷，那么贾西利亚的世界，就还会继续不断地爆发各种毁灭性的事。"恶魔师的植物"也就不会散去，还会长满花果。这对于仁慈的火焰来说，也是不愿看到的。

"谁是大能量人，他叫什么名字？"伊玛目问。

"大能量人不允许别人说他的名字，也不需要名字，就像火。但只要你祈祷，他就能听见，并为你而燃烧，摧毁那恶的植物标本。火克木，也是东方的哲学。"导师阿库特卜说。

于是，年轻的伊玛目一天也没耽搁，赶紧踏上归路。

然而事与愿违。他在阿富汗与塔吉克斯坦交界处，遭遇了一场意外的爱情。那爱情来得十分突然，又旷日持久，几乎让他耽搁了正事。

那时是夏日。在通往克什米尔的一座荒凉的小山坡上，年轻的伊玛目遇到了蒙着面纱的阿富汗牧羊少女。她邀请他共进晚餐。席间，少女讲了一个十分奇特的吐火罗人的故事。历史上吐火罗人曾住在塔里木盆地中，与沙蚺蛇和蜥蜴为伴。伊玛目早就有所耳闻，但从来不曾十分了解。少女告诉他，吐火罗人认为，世界本来就是被火分成的两个。但如果你在这个世界，是看不见另一个世界的。就像你死后，尸首与灵魂在焚化时，别人也看不见你。除非你会用吐火罗语祈祷，或能窥见一二奥秘。那故事令伊玛目着迷。而牧羊女本是待嫁的吐火罗人后裔。她不仅擅弹奏都塔尔琴，还会把晚霞直接扯下来变成家中的地毯。她的嘴唇、嗓音和亲手制作的馕与手抓羊肉，完全征服了年轻伊玛目的心。尤其她做的馕，实在太美味了。伊玛目从未吃到过如此香甜的面饼。她会做肉馕、油馕、窝窝馕、芝麻馕、奶子馕、玉米馕、荞麦馕、片馕和希尔曼馕等大小不一、长短变幻无穷的几十种馕。每张馕都会因形状奇异而化为新的味道。除了孜然、胡椒和洋葱外，不知她在里面还掺和了什么诡异的作料。会是罂粟壳吗？大麻草籽吗？不得而知。总之那些馕吃起来令人疯狂，会忘记革命的摄氏度与琐罗亚斯德的语录，不再关心别人的危险，且很快便上瘾。

伊玛目知道，馕是从古代波斯传过来的食物。他在喀什也经常吃。记得在一些敦煌文献里，馕有二十六种以上的名字，但他从未见识过这样的规模。这个阿富汗少女家的后院，挖有一个红色的馕坑。其中的馕，以及各类面品，堆砌如山，光艳照人。阿拉伯面粉与膏油的异香令人鼻酸，仿佛是收集了全波斯所有金黄的月亮来捏成的。

于是，年轻的伊玛目就为了多吃几种馕，决定暂时留在小山上。

没想到，这一留便是半个月、半年乃至半生时光。伊玛目越来越爱上了那个牧羊女，终于沉浸在热恋与对馕的痴迷中，不想回喀什去了。他觉得少女的乳房便是最美妙的果园。接下来的几年，他和她生了好几个孩子。儿女们的啼笑声、充沛的食物、吐火罗故事和被羊群包围的快乐，让伊玛目淡忘了土耳其导师阿库特卜的警告。等他再次想起来时，时间已经是二十五年后了。喀什是版图上最西边的一座城镇。这二十五年里，被植物标本般的烟雾辐射下的国度早已天翻地覆，发生过太多具有毁灭性的事。那团奇怪的雾还在吗？伊玛目也不知道。他只能为自己没有尽快回归，感到深深愧疚。

就在时头离开北京，徒步走进塔克拉玛干的那一年，已经人到中年的伊玛目，才终于决定离开阿富汗的家。可是路途遥远，如何才能来得及？这时，满含离别之泪的牧羊女意外地打开了家中的炉灶，让伊玛目背着一包似乎永远也吃不完的馕，跳进炉灶里去。她告诉自己的丈夫，顺着这灶的底部走，忍受一点皮肉之苦，穿过火焰，便可以抵达东方。伊玛目对自己的妻子就像对火焰与性交一样深信不疑。于是他放下大与小、远与近的观念照做了。果然，通过这条黑暗、狭窄、滚烫、充满异香的烤馕炉灶的炉膛，伊玛目只走了一天，便很快地回到了他为之担忧过半生的喀什。喀什就在火焰的另一边。遗憾的是，他还是回来得太晚了。那个有大能量的、不能提及其姓名之人，早在十年前便已回到波斯，并在十年之后，在德黑兰的一个下雨天秘密地逝世。去世之前，大能量的人还曾写下恋诗，宣布让追随他的人"不要去东方，也不要去西方，只去波斯的火焰之中"；他还发布命令，要求虔诚信徒们，去追杀一个胆敢抒写恶魔、亵渎火焰尊严的印度诗人。人到中年的伊玛目再也没有机会向着波斯方向祈祷，请大能量的人来驱散黑

238

雾。按理说，一切黑色烟雾都是火焚烧时造成的。但那烟雾下又看不见火。更令人惊讶的是，就在大能量的人去世那天（即己巳年己巳月甲午日）深夜子时一刻，在距离波斯几千公里遥远的远东，果然又发生了一些毁灭性的事。这一切都说明，那团"恶魔师的植物标本"，从未离开过喀什上空。

以上便是时头在他那本已被烧毁的小说中记载之事。

如今，我的朋友，我的兄弟夏哈甫，他已终于化为天上的星宿。我记得当初他少年心事沉重如铁，常与我们在北京冬日的屋中围炉夜话，执着地诠释过烈火、斋戒、十二木卡姆、启明星、少女、骆驼、徐梵澄翻译的书，甚至还有照相机、茶馆与被遮蔽的性欲，以及近现代革命野史文献研究；那时他也迷恋写诗，同情草民的生活。据说他是在沙漠中遇到了那条敌视他的沙蚺。沙蚺横在面前，他便与它对话，互相凝视良久，谁也不给谁让路。他们是在僵持数日之下渴死的吗？在他与要命的沙蚺之间，是否还存在第三个东西（如那把手枪与那堆灰烬），就像两种事物之间的关系？我无法证实。我只记得"时头"夏哈甫不像他小说中的那位伊玛目，他从不拜任何人为导师。他是个即便在面对作为意志与表象的危险时，也异常固执的家伙。记得他离开北京前，还曾对我说过："世界一直都是被火分开的两个，要到毁灭时两个才会突然合并变成一个。就像你们明代总是托名李贽的那位叶昼①所言：'未佛皆魔。'真实世界同你们的关系，就是火炉上烘烤的食物与火炉下炭灰之间的关系，就是小说内容文字与小说稿纸灰烬之间的关系，事

---

① 叶昼（生卒年不详），即叶文通，号锦翁、叶不夜、梁无知等，为明代江苏无锡小说家、戏曲家与批评家，著述颇多，如《四书评》。此语出自他托名李卓吾评点的《西游记》序言。

件与批评的关系。火只是一个过程。看起来火是高温、光与氧化剂的合成，从电子态飞跃到高能级，又返回基态时爆发的能量，释放出灼热的光子，但那只是物理意义的火。火没有化学分子式，即便方程式也要依附于其所燃烧之物的成分才能成立。因火是如气态般飘忽不定的，只是一场毁灭。火从不能独立存在，必须依附于燃烧物，寄生于滚烫的灰烬中。故燃烧物在，火就不会出现；火一旦出现，燃烧物就会逐渐消失。大多数时候，你们不能证明火在，也不能证明它不在。火能把所有庞然大物最后变成很小的基本粒子，也能把遥远的东西变成眼前的。火，即判断律、度、量、衡的不断改变的观念。火并不是一个存在，甚至不是你们说的元素之一，它是一切存在的标准。火就是意识，意识能产生万物，也可以消灭万物。此类事在历代书中早有太多阐述，为何你们这些汉人总是不信呢？"

2014 年 3 月

# 罐装花圃占梦记

暴虎冯河，舍筏登岸——这异象是闪现于昨夜、数日前之夜，还是在十年前某夜的梦魇中便已注定，我已难以说清。总之，我记得我看到了一座罐装花圃：那是玻璃镶嵌并覆盖的一块约有足球场那么大的庭院，里面种满了各种植物花卉。有刺槐、黄葛树、夹竹桃、吊兰、丁香、紫菊、蔷薇与狮子头牡丹等。花圃从天到地都被玻璃（或许是琉璃）包裹着，唯顶部有一扇可打开的小天窗，小得如地窖之门。想爬上小窗，须经过一架很长的木梯。阳光足以扫进花圃，只是没有一丝风。这大罐头盒子密封而透明，盒子外有光感，只是朦胧得什么也看不见。整个庭院，如一艘盖着玻璃罩的、飘浮在雾中的、航空母舰般的巨型琥珀。我为什么会在这里？我从不关心存在感。

庭院核心，住着一位面若白痴的女子。她披头散发、嘴角垂涎、叼着香烟，貌似疯癫症患者，却心软易碎。脸上褶皱让她看上去如腐烂的画。她一生住在这花圃中。她始终关着那扇小天窗，目的只是不让蚊虫飞进来。她最怕被蚊子咬。为此，即便夏日也穿着长袍。一年四季，整座透明的丛林里都没有出现过一只蚊子，当然也没有任何别的昆虫。没有蝴蝶、苍蝇、蚂蚱或七星瓢虫。自然，花圃边水塘里也没有任何这些东西的幼虫或浮游生物。但她却养了很多鸟。没有虫，这些鸟靠吃什么生存呢？不清楚。总之，她的鸟也都很怕蚊子。因蚊子会传播疾病，会污染鸟类的血统。

在这里，鸟的血统便是月的世袭，月的世袭便是人的反骨。

然而某日，她最钟爱的一只鸟忽然奄奄一息了。我不认识那是什么鸟，反正脑袋大，眼睛鼓，浑身羽毛斑斓如霞，还拖着一根长长的鱼的尾巴。它飞就像游。为了救这只鸟，女子不得不第一次爬到了庭院顶部，打开天窗，想让这鸟呼吸一点新鲜空气。可那鸟好像已快死了。她放开手时，鸟没有飞出去，而是像水母一样从空中降下来。尾巴的触须分叉刺入我的眼睛。而她陷入悲伤，一时忘记了关上天窗。如此一来，蚊虫便钻进来了。先是进来一只，然后进来一群，最后则如雨点的军队一般四处飘入。

奇怪的是，跟随在蚊虫们的后面，还从小窗外走进来一个人。这是个男的，我和她都看不清面目，只见他是个光头。光头男子站在窗口，带来了一道新消息，即现在国家已明令"禁止栽种植物花草"。他说这座罐装的庭院必须结束植物生涯。

光头的声音比蚊子还细，还沙哑，但能听见。

这新的命令一经男子颁布时，女子的痴呆病竟忽然清醒了。我看见她的脸端正起来，变瘦起来，好看起来了。她急得在花圃里奔跑、下跪、绕圈。望着因新空气进来，玻璃罩内满地死去的花草、枯萎的树和漫天飞舞的蚊虫，她仰天哭喊："为何连栽花都不能允许呀？为何连栽花都不能允许呀？……"她的哭喊声闻于野。虽然哭喊声始终是在这大罩子里，但我和男子都觉得震耳欲聋，忙用手捂住了耳朵。

这时，我注意到男子手里还提着一个皮箱。就是那种民国年间在火车或轮船上常见的旅行用皮箱。皮箱装得很鼓，以至于边缘都裂开了一道黑色的口子。他蹲在地上，打开皮箱，两手伸在箱子里不断地翻腾，像在寻找着什么，又或是在安装着什么东西。是一枚定时炸弹或雷管装置吗？他是要去暗杀某个大人物吗？还是箱子里塞满了钞票、手表、打火机、牙刷或衣服？他是要出门，还是刚从远方归来？我不得而知。他很焦虑。他举目四下张望，愤怒的女子仍然在花圃中奔跑、下跪和哭喊，鸟的尸首纷纷坠落，他自己则束手无策。蚊虫越来越多了，它们把所有的植物、花朵和鸟残都当作皮肤来叮咬。血腥味刺鼻。男子默默自语，又像是在专门对我解释道："你看现在这样子，怎么办？我想做的那事，再也没机会做了。谋杀、革命与经学都再也不可能帮助我，因为瘟疫真的就要来了。"

"难道就没有别的办法了吗？"我问。

"没有。除非你跟我走。"

"去哪里？做什么？"

"我们得去把外面那座楼炸掉。"

"那她怎么办，还有花圃？"

"她？我们不用担心。这个计划就是她对我说的。她最终也会出去，同我们会合。"男子说着，把皮箱递给我。但是我没敢伸手接。

"你不跟我去，就再也没希望了。"他说。

"我还不能离开这座花圃，因为这是我的空间。"我强调道。

"这个世界从来就不是由空间构成的。"他又说。

"那是什么？"

"是里面和外面。"

"我们现在在里面吗？"

"不，我们在外面。"

"既然在外面，那怎么还要出去？"

"因为出去，才能真正进入里面去。"

"去里面到底能干什么呢？"

"我说过了，去把里面那座楼炸掉。那是一座卑鄙的楼。"

"可里面到底在哪里？"

"里面就在外面。"

光头男子说着，面含愠色地盯着我。但我最终还是犹豫了，拒绝了跟他走。于是他也只好走到一块石头边坐下来，继续埋头折腾皮箱里的秘密。

我抬头看天窗，窗仍未合上。吸饱了血的蚊群已密密麻麻，鱼贯而入，如一条猩红的瀑布般倾泻下来。我看见花圃的地上第一次出现了黑夜、天球北极、蛇、枯井、钥匙以及一本失踪多年的古籍。它们之间的布局与距离，与围棋宇宙流之定式相仿佛。远处，男子从箱中又拿出绳索、棍棒与鞭子，残忍地抽打着旷野的植物，仿佛在发泄对我的不满。那第一只死去的鸟已化为一把黑色的手枪，被抛弃在凶恶的草莽中。在惊恐的山水下，突然有一丝风出现了。风像个头缠白绷带的伤员，正在跟蚊虫的军队激战。自古以来，风中的一切未必在风中见分晓，而罐子中的痛苦却注定要在罐子中结束。我看见大约有四十二朵云，正在皮开肉绽的空中运行。我看见我的两腿逐渐并拢，我的影子生根，肉体化为一棵纤细如温度计的树。树枝上坐着我：一个湛蓝的疯子。世界阵亡的血从我的单腿下升起，如温度计中飞涨的红水银，沿小腹而上，眼看马上就要突破我的喉咙。我不得不张开嘴。我看见整座庭院已逐渐凝固成一块永恒的石头，那女子的哭喊则与我惊醒时的尖叫融为一体。

2016 年 3 月

# 自动取款机

纸钞在元朝时便已出现在这个充满赝品的浮世里。什么东西都有生灭，钱也一样：最初是贝壳、然后是半两铜、刀币、银圆乃至后来的钢镚等，当然还有纸钞、银票与支票。这一切淘汰的淘汰，过时的过时，最后便是卡。

"插那，也太瞧不起人了，"饮酒至微醺处，卡农忽然向周围所有在座的人和女招待员怒吼道，"你们这里能用什么卡？"

"一般国内银行卡都可以，信用卡像 VISA、AMERICAN EXPRESS、DINERS CLUB、MASTER CARD、JCB 也都可以。"女招待员一边在给一位洋人端菜一边说。

卡农一边听着她的应对，一边从腰里扯出一个折叠钱包，使劲一拉，有二三十张各色信用卡与银行卡露出来，花花绿绿，如玩具火车的车厢般在桌上连成一片，也像是家庭妇女在弄堂里挂着晾干的一排乱七八糟的衣服。然后他朝烟缸里把吸剩下的烟头一弹，像在扔鞭炮。

"你说这些，老子全有，为啥洋人就得先伺候？"他的脸和脖子血脉偾张。

女招待员没见过火气这么大的，只好半鞠躬着说："好的先生，我们先伺候您。"

"所以莫要门缝里看人，我告诉你个秘密，老子就姓卡。"卡农说着，把一张 VISA 卡递给女招待员，一边忽然大笑起来，唾沫都溅到了卡上。

卡农本来就姓卡（姓氏里应读作"恰"）。这个姓很罕见，百家姓里也没收，但在诸如山西和上海等地还有。卡农生下来那年，正好赶上"农业学大寨"，人人以农民为榜样。他爹卡光复是上海人，他娘则是山西人。为响应号召，便干脆给他取名叫"农"。可没想到这件事并未给他家带来好运。在三年后的揭发大会上，一个与他爹一起从上海去的知青，秘密告诉村长说："听说资本主义国家有一种音乐，就叫卡农。现在我们大队上居然有人给孩子取这个名字，肯定是有预谋的、有野心的、有目的的。动机绝不单纯。"

村长半信半疑。为此，他骑着一辆手闸生锈的自行车，翻过了好几条盘山公路，跑到县上的图书馆去查。他在一本音乐辞典里查到的确有卡农（Canon）这个词。不仅有卡农，还有什么四度卡农、转位卡农、逆行卡农、反行卡农等乱七八糟的说法。想起卡光复那副装蒜的模样，村长不禁勃然大怒。

"你们给娃取这种封资修的名字，目的是不是想卡农业学大寨的脖子？"

"怎么会？我本来就姓卡嘛。"

"那怎么又叫农？"

"我们本来就是农民嘛。"

村长不置可否。

据说卡光复刚一插队，便与卡农他娘常在一起插秧了。插来插去，也就插到了她娘的床上。那时，卡农只有四岁，亲爹死了，还没有取名字。知青与卡农他娘约好，每次来他家时，为了不引起别人的注意，就先站在他家门口的篱笆前喊一声："插那。"如果屋里他娘也回答同样一声，他便进去。如果他娘没回答，就说明是让他等着，一会儿一起去插秧。山西人听起来，"插那"不过是一个人叫另一个人去插秧而已。他们不知，"插那"本是句上海俚语，相当于南方人说日。就是卡农他娘也不知。

卡农十来岁时，跟着他爹回到了上海郊区，但父亲很快去世。自90年代后，各种卡逐渐多了起来。信用卡、储蓄卡、购电卡、电话卡、门禁卡、工资卡……货币世界逐渐变成卡世界。在上海郊区，一个规模庞大的行业应运而生：制造假卡。失去父亲无所事事的"伪币制造者"卡农紧跟时代潮流，从倒卖假发票而蜕变为倒卖假卡，最后变成了自己制造假卡。闲暇时，他爱翻阅一册厚厚的、父亲家中留下的1953年版精装版《资本论》第一卷。蓝色的苏联式书籍布封面，就像父亲及他们那一代人常穿的蓝色制服。随着卡的需求量增大，卡农的手下人也逐渐增多。卡农便成了卡总。再后来，因为在造假卡的这行当里混久了，大家便干脆叫他"卡尔"。这自然是双关语：一来他是做卡的，二是他总是常跟手下人提及 Karl Heinrich Marx。

"也太落后了。"道上有人冷笑说。

"落后？ Marx 也许落后了，但拜物教从未落后。"他冷静地回答。

"拜物教，什么意思？"

"说来话长，你们自己去看。"

卡尔说的拜物教，其实不过是来自《资本论》第一卷第一章的第四节，按照1953年版，则是从第五十二页到六十九页："商品的拜物教性质及其秘密。"那其中有他十分认同的一种对商品的情绪。尽管他真正关心或窥见的，是马克思全书中对价值、货币与资本的不厌其烦的诠释。尤其在紧接着的第二章，便是论述"交换过程"。另外一个，就是第二十四章第一节，即关于资本初期"原始积累的秘密"。因为这里阐述的理论，几乎每一句都与他正在进行的伪卡事业有相通之处。毫无疑问，在市场经济时代，还有什么比"价值"的交换过程与资本更对他具有吸引力呢？尤其是像银行卡这样的虚拟价值交换过程。至于制作假卡需要怎样的机器、用哪种合成塑料、如何窃取客户密码、如何打虚假电话诈骗、如何规避自动取款机前的监视镜头等，这些都只是一些技术问题而已。

在卡农看来，外国卡尔的很多话完全可以是他进行地下秘密交易的教义，所以他也乐于手下人或道上有人将他称为"卡尔"。他理解为对他的恭维，而非调侃。

那些年，他走到哪里都带着《资本论》第一卷，他说他没时间读第二、三卷，也不太感兴趣。第一卷已经够厚的了，有一千零二十六页，足以像查字典一样翻来覆去地看。而且这种书完全不会引起别人注意。他去外地谈生意，或在海滩度假，或进山中烧香，随便把这书仍在椅子上时也不会丢失。因为压根就没人会需要。中国人尤其上了年纪的，似乎早就对此类书厌倦透了。九十年代以后，在内地旧书店，类似这种五六十年代印刷的布面精装本马恩列斯的著作，常常论斤卖也没人要的。

但卡尔常说："这书是爹留给我的绝招，你们不懂。"

是的，当初他爹卡光复曾说："人一辈子只需要读一本书就行了，随便选一本，无论《新华字典》《康熙字典》《毛选》《本帮菜谱》《火车时刻表》《电子仪器说明书》，还是《偏方大全》，哪怕是《如何科学养猪》都行。把一本书读透，读到能用在实处，你就能立足。我们家祖上都是吴中农民，并非地道的上海人，不太读书。这本书就算是我留给你的一点手艺，希望你不要再回去当农民。"

卡农问:"这破书有啥用?"

他爹怒道:"插那,侬懂不懂,这可是推翻过旧社会的一本书,侬想,社会都能给推翻了,对你还能没用?"

卡尔说:"你那是哪年的黄历哟,现在新时代,早就用不着这种书了。"

谁知他爹又骂道:"混账,新时代跟旧社会有啥不同,莫非你还能明白?"

说话卡光复已经死了十几年了。如今卡尔每次拿起这本书来读,都深深佩服他爹的先见之明。因卡尔尤其认同书里的这样一段话:

> 世上有两种人:一种是勤勉,智慧,特别是节俭的中坚人物;一种是懒惰的,浪费自己所有一切,并浪费到超过这一切来浪费的堕落分子。前一种人积累财富;后一种人在结局上除了自己的皮,就没有其他可以出卖的东西。不论如何劳动,仍只有拿自己本身来出卖的大多数人的贫,和老早就不劳动但财富仍不断增大的少数人的富,就是从有原始罪恶的那一天开始的。

卡尔发誓,他绝不能当那种浪费自己一切劳动的"堕落分子",绝不能当剩余价值的牺牲品,而是要做一个积累原始资本的人。他尤其赞同"取消货币"的观念。故他第一次见到大街上放着一个铁柜子,柜子无人看管,只需要屏幕、插卡和按密码,里面便可以取出钱来时,就完全惊呆了。他认为"取消货币"的理想基本已经实现了。

制造假卡，实际上是一种手工业。因为这里牵涉到太多琐碎的环节。最初入道时，卡尔对地下交易不熟，并不清楚如何下手。他的全部设想基础，也是《资本论》第一卷第四篇中关于手工业制造与组织形态的言论。于是，他将在劳保市场或近郊旅馆里认识的盲流、下岗工人、偷车贼、地痞、劳改释放人员、保姆、月嫂、流浪汉、好吃懒做的街坊、寡妇或残疾人等，都吸纳到自己手里来。又过了几年，卡尔的组织逐渐壮大，成立了一家公司，并完全按照书中关于劳动日、等价交换、剩余生产物、剥削程度、分工制造业、计时与计件工资等论述，来管理他手下那些人，把他们分散到城市的各个角落里去兜售假卡。不知何故，他始终没有结婚，只在城郊别墅里养了二三个原本想进城当做饭阿姨的乡下女人，每人发一两张卡，任她们买点小东西。如果谁要是得罪了他，他就会冻结她的卡号。如果他不喜欢谁了，那便要收回他的卡，就像是在取款时被自动柜员机吞了卡。于是他的外号又从"卡尔"变成了"自动取款机"。手下人和女人们背地里都爱这么叫他，说是显得亲切。但一个人绰号有五个字，毕竟不便。最后，一个他最宠爱的浦东姘头甚至称他为 ATM 先生。她说："这就算是你的英文名吧。"ATM 先生挣得多，吃得多，花得多，从瘦子成了胖子，脑满肠肥。但他从不后悔。2012 年的某一天，抓捕卡尔的人在他藏身的郊区房内，搜出大约是七千八百三十六张假卡，但没找到一点现金。整个屋子里唯一纸质的东西，便是那本书。他对所犯之罪供认不讳，但并没有交代这本书对他的秘密影响。书被允许他带进监狱。据说后来坐在牢房的地板上，他还经常背诵或选读其中的段落。而且，他甚至开始厚着脸皮

250

从监狱图书室里借书，深入研究，从读过的 Karl 文字逐渐深入到未读过的 Karl 文字，包括其中注释里提到的很多人与事，诸如中世纪、黑格尔、浮士德、蒲鲁东、犬儒主义、鲁滨孙、西尼尔、约翰启示录、路德、李嘉图、马尔萨斯、托马斯–摩尔、麦西尔、培根、穆勒以及恩格斯等。当然也包括 Karl 自己的其他著作，他都尽量去找原著来看。他甚至开始运用 Karl 的方式，对自己的存在进行分析、批判、辩证和改造。他越来越相信 Karl 所谓"哲学家们总是用不同方式在解释世界，而问题在于如何改变世界"这句话，也始终把第四章注释里引的两句法国谚语挂在嘴边，即"没有一块土地是没有地主的"与"货币是没有主人的"。他认为这便是对他所做之事乃至对他人生观的最好解答与写照。他终日不断地一个人对着墙壁自言自语，絮絮叨叨，狱卒与其他大多数犯人早已经把他视为精神失常的话痨和疯子，但他却把这些思绪当作他消磨囚禁时光，并在黑暗的尘世与禁闭中获取宁静的方法，让他免费的灵魂与他的剩余价值能随时像自动取款机一样地脱口而出，与周围这个毫无价值的世界水乳交融。

2013 年夏至 2017 年秋（修改）

# 沙皇百科全书（六十四则）

### 1. 圆柱

沙皇围着一根圆柱走了数十圈，却仍未判断出柱子是不是他的中心。当朝霞照过来时，柱影倾斜，几乎将他的影子遮住。沙皇大怒，便下令砍了柱子。

### 2. 光

看见一束阳光照在书案上，沙皇便拿出了他的榔头与钉子，把阳光钉死在上面。尽管第二天看，桌上并未留下任何光的痕迹，但他始终认为他是做到过的。

### 3. 抽屉

只要抽屉一打开，里面就能看见沙皇收藏的全部枪弹、烈酒、条约与唇膏。但沙皇始终是抽屉的抱怨者。并非抱怨抽屉的面积，而是抱怨抽屉的打开方式。可宫中的条件与保密性令他不得不使用抽屉。

### 4. 胃

是宫殿饿了，不是沙皇。沙皇的胃一直在城外。他经常御驾出游，带着他的令旗、轮盘赌、御林军、鹰与十来套供随时换洗的制服，去城外森林中寻找他的胃。在找到胃之前，他是不会饿的。唯有宫殿被他远远地抛在身后，如一座巨大坚硬的胃。

### 5. 恶臭

正午烈日下，沙皇最爱赖在床上判断事物。因整个宫中唯有他能在床上烧火、读书、强奸一个来送餐的丫鬟，或忽然用土耳其弯刀杀人。床上常年积累的油污、精斑与血迹，也并不影响他的睡眠。有时，他连马桶也会放在床上。他是一种奇怪恶臭的发明者。

### 6. 下午的时间

沙皇花了整整一下午的时间分析自己与法老、蒙古可汗、察汉汗（即白人的可汗）、Caesar（恺撒，尽管沙皇 Царь 一词本也来自恺撒）、哈里发、酋长、大异密、教皇、拉丁美洲独裁者、天皇、中国天子、刹帝利与总统等的区别。很显然，他发现他们的区别并不在于权力文化模式，而在于如何打发这"下午的时间"。

### 7. 中国人来信

御花园内鸟声争劝酒，沙皇手里拿着一封中国人写来的信，坐在石头上打盹。象形文字形成的困境，与他对世界之梦的看法是不同的。他认为，梦应该是由一条完整的绳子捆绑或缠绕起来的。绳子可以很长，但说到底只有两端。宛如文章皆有首尾。而中国人写的字，却由各种横竖笔画、点、钩、拼接、网格状的交叉与拐弯等构成。听说，这些文字是由过去的图像改造而来的，可早已看不见是什么图像，只状如一系列奇怪的符号。这异端来信真令人厌倦。他午睡时有些神经衰弱。风吹过他的手，信便掉到地上。沙皇醒了。

"陛下，那个送信的中国人怎么处理呢？"站在身边用天鹅毛掸子驱赶蚊蝇的侍者，抓住这难得的瞬间小心地问。

"给他三个选择吧：斩首、解梦或重新给我写一封信。"沙皇说。

"还是用他们的文字吗，还是别的文字？"

"可以不用文字，但必须得有语言。"

## 8. 对弈

那年夏日，他跋山涉水去了一趟草原，只是为了与一位苏丹下棋，而且是一盘必须输掉的棋。为了输掉这盘棋，他还答应割让两座城给苏丹。返回途中，沙皇跪在草原上发誓：一定要逮捕所有会下棋的人。他随后便制造了一个数十年都没有对弈的朝代。

## 9. 怒火

女人们在床上、在浴池，或在他射精时都从不会叫他的名字，只称"我的沙皇"。但他最爱的一个女人，则称他为"我的怒火，我的贱民"。

## 10. 牙

一般成年人总共有三十二颗牙，唯沙皇的牙有四十八颗。因他的乳牙一直都不掉，虫牙拔掉后也还会生长。

### 11. 知己全集

沙皇乃举国唯一承认自己是凡夫俗子的人。只是他因此而脾气大，常因自己的平庸与懦弱而责怪其他伟大的人，处罚、流放或消灭其他卓越的人。只有在处罚他人时，沙皇能隐约认识到自己的缺陷，并因此尽量让自己不太平庸，不太懦弱。他知道没人同情他，他是他自己全部行为、言论与决定中仅剩下的知己。为此，他始终想编撰一部孤独的"知己全集"，流传后世。

### 12. 叹息

他最不喜闻叹息声，这是他初恋的记忆。谁叹息，他便会暗中恨谁，只是他从不会轻易表示这种久远的恨。

### 13. 敬畏

让沙皇敬畏之事有四：火灾、数学、少女、引力。此外他认为都能控制。

### 14. 日本灯笼

大约在青年时代一个性欲勃发的雨夜，沙皇曾提着一盏日本使臣赠送的丝罩檀木灯笼与他的恋人私奔到沙漠里，失踪了几个月。据他赘述：恋人是死于一群荒原豺狗的残忍袭击。但这谁也不能证明。正如也有传言说"是沙皇在饿得发狂时杀害并吃了与他同甘共苦的恋人"。这也同样不能证伪。沙皇一直以沙漠为其哲学的后宫。无论如何，那是他最刻骨铭心的一段污名式艳遇。他独自从大漠中带来的，只有这盏曾为他们照亮过海市蜃楼的灯笼。自恋人去世后，这灯笼始终放在沙皇卧室的床头。灯笼上还有恋人的血渍。灯笼里烧的是蜡烛。战争时期，每打败一次敌人，他就会点亮一次灯笼，并提着它绕卧室走一圈，然后再将灯笼吹熄，以此纪念恋人。平时无论昼夜，只要走进卧室里，他是绝不会点灯笼的，也不用其他任何照明。卧室的黑暗是他认为最接近恋人的时刻，尽管他因战争胜败而用完的蜡烛加起来可以照亮整个宫殿。

### 15. 恶人

有一天，沙皇忽然说："恶人都已到走廊上了，正在破坏我宫苑的植物，难道你们没听见吗？"

"没听见什么呀。"众多首相、猛将与宫女纷纷答道。

"那你们就各自去写一篇文章，论证自己为何没听见吧。"他又下令道。

于是，朝野内外纷纷撰文思考这件事，后编辑成册，放在档案馆里。当时，据说真正与那个恶人在走廊上面对面谈过话的，历史记载里只有沙皇一人。他曾因很多植物在宫中无辜死去而陷入痛苦。可惜，他却并未因此事而留下一个字。

### 16. 海豚

沙皇并不喜欢军舰，只喜欢海豚。他是为了接近海豚才制造了军舰。当他站在军舰与海豚并驾齐驱的波浪之间时（通常是在船舷上），才能感受到自己在海上的尊严。非战争时期，他绝不允许军舰的速度快于海豚。

### 17. 熊

御花园的铁笼子里养有一头熊。它冬眠时，沙皇会独自

256

悄悄进入笼子，与熊住上一天一夜，但绝不惊扰它。熊也认识沙皇。若偶尔意外醒来，他们会相互凝视片刻，有英气，亦有静气。

## 18. 失眠

沙皇从不失眠。但他将白天一切醒着的时间都称作"失眠"。

## 19. 裸体

沙皇有雄伟的肉体，胸毛从咽喉一直绵延到小腹，掠过阴毛与肛毛，又从尾椎一直上升到后脖子，并布满了崎岖而魁梧的背，然后通过双肩绕道于下颚，化为他那被世人广泛称颂的络腮美髯。他的筋肉呈现出山水图的结构。他胳膊与腿都如油炸后的牛蛙肉，屁股则颇具一匹烈马在奔跑时的风度。无论冬夏，他都常对着一面来自立陶宛进贡的巨大穿衣镜仔细观察自己的裸体。他旋转，他倒立。他正步徘徊，有时还满地滚动。如果发现自己的裸体上有一丝赘肉、皱纹或什么丑陋之处，譬如喉结、器官或脊椎的轮廓产生变异，他便会在镜面上用笔画一个黑圆圈，标示出来。随着岁月流逝，标示的地方也越来越多，以至于即将掩盖了镜面。但沙皇始终没舍得砸碎这面穿衣镜。他只是令人把镜子给立陶宛人送回去。但送镜子的特派员及一个小分队，后来在黑色的丛林里遇到了不明抵抗分子的伏击。穿衣镜被子弹打得粉碎，碎片比丛林里的落叶还多。迄今为止，沙皇与立陶宛双方始终都未有人出面宣布对此事承担责任。即便在谈判聚餐时，他们也一字不提。为了继续观察裸体的异化，沙皇后来将观察形式换成了独自去湖畔，站在岸边，从水中长久地凝视自己赤裸的倒影。因水上也无法画黑圆圈，他的形象便随波逐流，故世界上再无人知道他肉体的异化。

## 20. 黑匣子

一架飞机失事后，黑匣子被送到沙皇床边。但他下令不得打开研究。没人知道黑匣子里面是什么内容。问题是，这架飞机并非沙皇管辖境内的飞机。他根本就不相信世间有飞机这种东西。黑匣子最后成了一块他下床时用的垫脚石。

## 21. 密道

帝国的钟楼下有一条密道，直通沙皇的卧室。只是他从未使用过。因他不认为自己有权超越声音的速度。在密道内的分叉处，宽的一条直通历代沙皇们的陵寝，窄的一条则通向他过去那位恋人的陵寝。但无论哪边，他也都从未去过。因沙皇认为卧室也是陵寝。在三种陵寝之间，只有密道本身还是人间，而钟楼是人格，声速则是人性。

## 22. 天文望远镜

夜空如澜，阿拉伯天文学家送来的一台望远镜就放在阳台上，但沙皇很少关心。偶尔，他会把眼睛杵上去看一看星辰，也从未看清什么。他更喜欢用这望远镜去观测那些企图越过阳台来行刺他的人，或半夜偷偷爬上来与他幽会的某个嫔妃。前者通常很难遇到，让他失望。后者倒也是应他的特殊要求才这样做的。因沙皇对普通的巡幸毫无激情。他对那翻越阳台的妃子说："其实你比一切星辰更令我炫目，也更遥远。"

### 23. 癫僧

沙皇与癫僧（即圣愚，Yurodivy）的关系一直难以确定。不少资料表明，他们是兄弟，或者就是一个人。不同之处仅在于，癫僧从不露面。

### 24. 马

沙皇将皇后称为他的"马"，而将一匹来自埃及的白鬃黑马称为"皇后"。如果两者同时出现在面前，他就将这场聚会称为"赛马"。

### 25. 地主的女儿

在一个暴风雪翻滚如某个中国瘾君子吐出的鸦片烟般的白夜，被性欲冲昏了头脑的沙皇，曾驾着凶猛的雪橇，去西伯利亚边境劫持一位地主的女儿。那是他在远征蒙古凯旋时遇到的姑娘：黝黑、瘦小而傲慢，梳着四十二根细腻玲珑的小辫子，说话声尖锐宛若基辅广场上的夜莺。沙皇的军队横穿大街时，他与路边的她双目对视了几秒钟。他因此判断出她大概是世间唯一眼中没有沙皇的人，只能通过抢劫得到她的崇拜。但沙皇及其率领的侍卫们，最终并未劫持到地主的女儿，因他们在西伯利亚的暴风雪中走了将近一年。等他们到达地主家中时，女儿已进山入了修道院，做了一位血淋淋的鞭身派教徒。沙皇又马不停蹄地赶到山中修道院。他疯狂地砸门，恨不得放火烧山。门打开后，一位苍老如干枯之梨的老修女走出来，无言地递给他几十根剪下来的小辫子，以及一根满是血污的皮鞭。

"这是什么？她人呢？"沙皇急迫地问。

"她已入空门，发辫留给你作念想吧，"老修女冷漠地看着沙皇，又道，"她说了，即便你把她劫持到宫中，也不可能像这根皮鞭一样能真正爱她。她需要的不是你的爱，而是痛入骨髓的折磨、伤害与征服。她需要的是你对自己的否定。如果你仍不能放下她，就三年以后带着皮鞭再回来见她。但那时，这皮鞭上必须浸满了你自己鞭身时的血污，以及你痛打你的大臣、士兵、皇后与嫔妃们的血污。"

沙皇只得在暴风雪中起驾回銮。他每夜将皮鞭放在枕头边陪伴，偶尔还会拿到鼻子底下嗅闻她的血腥味。但三年以后，乃至三十年以后，他都未曾再去西伯利亚。以至在他性欲衰退的追忆中，地主的野蛮女儿已与那位开门的老修女合为一体。

### 26. 真文学

沙皇说："我从不写作，蔑视写作。这是因我更渴望让人写我。写作都是假文学。只有从不写作的人，才有机会变成被一切人所写的那个人。那才是真文学。"

### 27. 空翻

犹如平地一声惊雷，那天早上，沙皇从龙椅上走下来时，竟在宫殿阶梯上做了一次罕见的空翻。他凌空跃起两米多高，快速翻转全身达五百四十度，外加侧空翻，最终轻盈地落在了殿前的水缸沿上。朝野上下，无人能理解他做这个危险动作的用意是什么。他本来无须空翻。比较权威的一种内部说法是，沙皇在走下台阶时曾遇到了一只他不愿踩到的什么虫子。他想收回已迈出的腿，但已经来不及了，故他只好凌空翻了个筋斗。但这很缺乏说服力，因这并不能解释他空翻时过度旋转的必要性，以及他落到水缸沿上的理由。与其说他当时是在躲一只虫，不如说他更像是在躲什么人。

### 28. 王的力学

沙皇说："力学并非一个东西推动另一个，也不是什么'力必须通过物体才能传播'这样的迂腐思维。譬如太阳与地球之间是真空，真空里什么都没有，为何也能传播引力呢？力只是一种碰巧遇到的、无法回避的服从与畏惧。就像我的权力。因我与草民之间也是真空，其实什么都没有。"

### 29. 酒囊

沙皇常用的一只羊皮酒囊是在厨房中央挂起来的。这酒囊只有在大众集会时他才会拿出来用。问题在于，大众集会无法在他的厨房里进行。可他始终固执己见。不是固执地要在厨房集会，而是固执地要在厨房上空使用酒囊时，让集会的人都能看见。为此，建筑师专门为厨房墙上开了一个洞。这样，即便是操场与草原上的人，也能远远地从那洞里看见他站在一把椅子上，伸头够着羊皮酒囊痛饮。

### 30. 桥

从四十二岁那年开始，沙皇命人在他的窗户与对面军机处大楼的窗户之间，牵了一根麻绳。窗下是深达数十米的操场，而他称这麻绳为"桥"。

### 31. 流泪计划

这个计划始于沙皇对美貌的认识——他已很多年不流泪了。每当约定要见某位女子时，只要对方足够漂亮，沙皇都相信看一眼便能让自己在瞬间流泪。这是他坚持了一年多的计划。宫廷小组秘密派人在民间搜罗，来的也都是些罕见的美人。大家在一座类似地下游泳池般的地方排着队，一个一个地进去，与沙皇共进晚餐。可惜，沙皇的泪水太吝啬，始终未流下。为此他便下令停止了这项计划，并将所有女子放走。

"群芳争艳，难道就没一个让陛下满意的吗？"负责搜罗女子的官员满心愧疚地跪在地上问道。

沙皇说："满意的很多，但都没达到流泪的地步。这也不怪你。记得在早年，那些能让我的双眼忽然灼热如燃烧，看一眼便流泪的东西，并不是美人，而是断头台、蔷薇与通往弗拉基米尔的道路上那轮正午的太阳。"

## 32. 石榴

举国上下，沙皇才是最期望弃国而去的人。只是这一点从没人知道。他从小就在思考"国"到底是个什么范畴的事物。是面积、人口、风俗、权力还是语言？为何会有这样一种人为的界线或地图？有一年，邻国边境与他的军队发生摩擦。他在视察国境线时，对比了那条线两边的土壤，然后各挖了数斤带回去。他用两边国境线上的土壤，分别在庭院的东西两侧各种了一棵石榴树。四季轮回间，他都亲自给两棵石榴树浇水、施肥、驱虫、等待石榴、摘石榴或吃石榴，他有时会一个人来来回回地走，对着两棵石榴说话，并从石榴不同的长势上判断出两国的关系。十年后，沙皇御驾亲征，剿灭了邻国。回到宫中后说："瞧，现在没有什么'国'了，砍掉庭院中的石榴树，把两棵树下的土壤搅拌均匀，混在一起吧。"

### 33. 剪刀

"您在做什么？"皇后问沙皇，因她看见他的办公桌上放着很多碎纸片，还有一把已生锈的叙利亚曲柄剪刀。沙皇笑了，说："我想试试，能否把这些枯燥的奏折剪烂，然后重新拼出一篇有用的来。"

### 34. 蛇

沙皇宠养的一条埃塞俄比亚眼镜王蛇已很老了，通常会藏在他的袖子里睡觉，故沙皇身上总散发着某种腥味。若有谁靠近沙皇身边，蛇也会从袖口探头出来看看。

### 35. 瘦宰相

宰相是个干瘦的老头，上朝时，他通常是坐在那根过去被沙皇砍掉的圆柱后面办公。群臣叫他时，他会朝殿上大喊一声。沙皇叫他时，他则微笑，并耐心地阐述一些久远的、早已被今人遗忘的道理。而且他绝不会离开柱子后面，尽管那柱子早已不存在了。看上去沙皇与他有深厚的友谊，甚至曾经是师徒。

### 36. 逻辑

沙皇对宫娥说："我要践踏一切逻辑与美学，让它们在我亚细亚生产方式伟大的混乱面前发抖。世界从来就没有'为什么'，就像我。只有'就这样'，正如你们。"

### 37. 北极（一）

在那个狂云横扫广场、举世昏聩的野蛮世纪，生活在北回归线上的人们从来不能理解何为南方，正如夏虫不可语冰。但沙皇始终保持着对四个方向，包括上与下、前与后的最终解释权。只有一个人，即他那位逝去的恋人，敢于冒犯他。有人亲耳听到过那恋人对他训斥道："别再想着去北极。没有北极，因我就是你的北极。"沙皇闻言后完全不敢反驳，整个下午都躲在御花园厕所里读书，一声不吭。

### 38. 北极（二）

为了开疆拓土，并剿灭一批曾与自己结仇，后又窝藏在冰川中的海盗，一贯爱在床头恶臭中度过正午时光的沙皇，竟曾牺牲过无数个正午，带着他的床，将舶来的科学史、军火、药、仪器、指南针、妓女、航海图、谋士与僧人等，全都集中在自己庞大的舰队上，向北极进发。舰队的帆多达一百二十七面，将北极的海面遮蔽。但舰队始终没有找到那些海盗，而且很快又被台风与严寒攻击，只能返回。到底沙皇与海盗之间有什么梁子，让他竟愿为此兴师动众？无人得知谜底。只是在海上漂泊追踪时，大家看见他焦急地把卧床也搬出来，支在甲板上，而且头朝着北极的方向睡觉。似乎他迫不及待，一定要第一个看到那些海盗。

"海上风大，浮冰寒气彻骨，陛下这样会被冻坏的。"谋士们都劝道。

"如果你们心中有和我一样不灭的怒火，就绝不会。"沙皇固执地反驳道，又说："对我而言，北极只是一圈滚烫的经纬度，冰山只是一片被烧化的火光。"

### 39. 心腹

沙皇不会游泳。他在海上时，身后会常跟着一个拿游泳圈的人。那人是个技艺高超的水手。沙皇还给他取了个绰号叫"大陆"。但很多年来，沙皇从未下过海，所以游泳圈从未用过，"大陆"也从未有机会施展他的水性。久而久之，"大陆"也逐渐忘掉了自己会游泳。不过沙皇始终认为他是个能"救命的人"，他也与沙皇形影不离，遂成了沙皇在海上的心腹。

### 40. 水

沙皇站在军舰上训话："大海其实很窄，因除了水，并没有别的元素。没有环境就没有危险。譬如只要否定了水，海里的一切就全都是幻觉。"

"可如何才能否定水呢？"谋士问。

"那要先学会把水、盐、礁石、鲸以及各种鱼类等分开。"沙皇说。

"如何才能分开呀？"谋士又追问。

"像你这么聪明博学的人，下去亲手试试不就知道了？"沙皇笑了一声，便让几个水兵把那谋士扔进了海里。

### 41. 秀发枕

自十七岁以后，沙皇用的枕头，其枕芯全是以同一个女子的头发塞满的。那女子每长一阵子头发，便会被沙皇剪下来。陆陆续续剪了好些年。她并非沙皇的恋人，而是行宫里一位长有自然卷金发的点灯丫鬟。可惜，这丫鬟后来被革命党的人入宫行刺时杀掉，没留下名字。一位来自君士坦丁堡的商人曾以若干两黄金高价从宫廷侍卫手里购得秀发，并将另一个普通女子头发换入沙皇的枕芯。从此，沙皇便患失眠，一生再未康复。

## 42. 四轮马车

御用檀香木为驾辕的四轮马车，始终停在马厩里。沙皇每月都会去参观这辆马车。有兴致时，他并鞭打那些马。马从不会惊吓奔跑，但也不会躲避他的鞭子。沙皇则站在马车上，咬牙切齿地摆出正在疾驰的姿势。

## 43. 阿富汗果盘

那果盘其实是印度教的容器，只有每天的水果（包括葡萄、枣、油橄榄、枇杷、雪梨、西瓜与樱桃等）是来自阿富汗人的进贡。但不知为何，沙皇始终称那个器皿为"阿富汗果盘"。有人提醒他，他便会露出鄙夷的笑容道："难道你去过印度吗，还是你去过阿富汗？你怎么知道阿富汗就不是印度？在两种不同事物之间找到一种联系，你有什么证据能证明我就是错的？"

## 44. 拍照

沙皇从不许别人给他拍照。他认为人是心与肉的统一体。若把具体的人像留在一个平面上，不仅是狭隘的，甚至是无知的、可耻的。

## 45. 太阳穴

沙皇说："我和欧洲人不一样，我是有太阳穴的。这个中医名词只有中国人才懂。世界上很多事皆如此吧。作用、位置甚至对象都一样，但在不同的人那里却完全是另一个不同的东西。"

## 46. 底舱

航海时，沙皇与底舱里的一位年长的舵手是有私谊的。他也经常藏在底舱内，与舵手进行私人之间的长谈。有时他还会整夜睡在底舱。只是谈话内容不得而知。不过他走出底舱后，总是对甲板上的所有人说："船的方向从来都是舵手决定的，我只是帮他修理螺旋桨零件的一名机械工而已。"

## 47. 方向

沙皇问随行远征的一位穿红袍的僧侣道："吾国先哲有言，比船更大的是海，比海更大的是舵，比舵更大的是方向，比方向更大的则是改变方向的一个偶然决定。奇怪的是，为何我的决定都是在陆地上形成的？"

"您在陆地上有遇到过与海上同样的飓风吗？"僧侣问道。这时，一个浪头正从船的左边打过来，把僧侣凌空抛向右边。但因浪头太大，他与他的袍子似乎在半空中停住了。

"没有。但我在陆地上，曾遇到过一位让我闻风丧胆的少女。我在对她的追求中，也曾偶然做过一次放弃全部野心的决定。"沙皇望着半空中的僧侣喊道。

"那后来呢，她属于陛下您了吗？"僧侣一边挣扎，一边回应。

"当然不属于。她只是成了我追忆往事的一个方向。"沙皇黯然神伤地说道，似乎毫不在意僧侣在半空中的痛苦。

"那方向……也许就是您现在远征的方向呀。"僧侣话音未落，便被浪头重重地打到了船的右边。袍子裹住了他，像一只刚从海里被飓风抛到船上来的红色水母。

### 48. 三角体盒子

皇家藏书室是一个全封闭的笼子，里面堆积如山的藏书、经卷与历代文献档案，沙皇也很少阅读。藏书室正中心的写字台上，有一个来自冰岛维京人送的盒子，沙皇倒是经常拿起来观察。那盒子是三角体，但打开以后会变成平行四边形，里面的空间则又是圆形。据说，这就是维京人的几何学。沙皇始终不喜欢几何。但他又被这奇怪盒子的魅力所吸引，总是不断地打开、关上又打开。"为何要有几何？"沙皇常常对藏书室的一位秃顶管理员发牢骚道："该死的几何，把我的快乐全都给毁掉了。"

"难道未知究竟时，便始终去探索其未知，不正是一种快乐吗？"谦卑的秃顶管理员上谏道。

"可笑，探索有何快乐可言？只有疲倦与失望。"沙皇说，"真正的快乐不会疲倦，就像我的性欲。我的性欲从没有形状。我要用性欲武装自己，反对几何。"

### 49. 真相

沙皇说："他们总想知道真相。可宇宙并没有真相。真相就是我。真相就是全部谣言、事实、糟糕的编辑与过度传播的总和，以及对这总和的悲怆演绎与无奈诠释。"

### 50. 伤感的孔雀

沙皇经常很伤感，以至他在卧室里养了一只公孔雀。孔雀尾巨大，开屏时可将整个卧室的角落都充满，连天花板也常被顶出很多漏洞来。但孔雀尾并不能遮蔽沙皇的伤感。孔雀在屋子里走来走去，对着镜子嚎叫、在床上吃鱼虾与蚯蚓、展翅绕着枝形吊灯飞翔，还搞得满地都是孔雀粪。它与沙皇同吃同睡，但沙皇并不生气。他对孔雀说："谁让我们同样是没有空间宣泄伤感的动物呢？是空间镇压了我们的属性，而不是种类与友谊。我们是伤感世界中的一对结拜兄弟。"

## 51. 森林

一片广袤的森林在远方喊杀声震天，数不清的树叶阴影冲垮了都城，越过窗台涌进来，最终在沙皇的床头才倒下。他俯瞰满地阴影，犹如视察阵亡敌军黑色的残骸。他知道阴影虽死，但森林仍在。

## 52. 轮盘赌

把左轮枪弹夹里塞上一颗子弹，旋转后，两个人你一枪，我一枪，顶着脑门靠运气来决定生死，这种事是沙皇从来不干的。"生死的偶然性，那只适用于普通人。我是必然性。我从不靠运气，也没有选择。但你可以先试试能否打死我，或打死你自己。"沙皇说着，并把左轮枪弹夹里全部塞满了子弹，递给了找他赌博的人。但对方拒绝开枪。于是沙皇便举起枪，把所有子弹全都打进了对方的胸膛，让他化为一座绚丽的蜂房。

站在一旁的公证人惊道："陛下，这不符合决斗或赌博的规矩。应该您开一枪，然后他再开一枪。依次轮盘赌生死，那才公平呀。"

"不公平吗？我是先让他开枪的。是他自己放弃了。"沙皇反驳道。

"他是不想违反规矩。"

"不，他是想赌很多次。而我只是用事实告诉他，沙皇的赌博没有演习，没有预言，没有条件，更没有什么规矩。最关键的是，永远只有一次。"

### 53. 花

在高加索，沙皇走过的地方，桃金娘花会在战马的残骸中绽放。

### 54. 静电

沙皇每次听音乐时，便会浑身轻微发抖。这不是感动，貌似有什么记忆。只是为了遮蔽这种状态，以免刺客有机可乘，他便谎称自己有一种正在释放的静电。他甚至还说过更狠的话："别跟我谈音乐。音乐长在我的肉里。我就是音乐。"

### 55. 黑海斗篷

宫殿的墙上，龙椅的上方，始终挂着一件斗篷，据说来自黑海土著。可从未有人见沙皇穿过斗篷。沙皇说："这是为了'身居庙堂，心在山林'。我始终不能用斗篷遮蔽我自己，这是我最大的忧虑。"

### 56. 铜像

朝野上下为沙皇铸造一座铜像之事，也是多年的计划了。但始终未能执行。这是因沙皇常常站在操场上，否定了计划。他说："我的存在就是铜像，因我比铜像更坚硬，所以也比铜像更易朽。我是一个有锈的人。"

### 57. 金牙

沙皇嘴里镶嵌的金牙是一颗虎牙。那是他早年骑自行车时摔掉的。为了不影响他面相的尊严，便镶了金牙。这是他肉体中唯一不属于与生俱来的东西。他偶尔会在吃夜宵时张开嘴，照着镜子对金牙自言自语道："你虽然本不属于我，但你休想否定我。"

### 58. 绘制迷宫监狱

有一次，沙皇曾令一位他从中国请来的宫廷画师，为他绘制一幅《迷宫监狱图》。他要求监狱的入口是冬天，栅栏是森林构成，而围墙、号房与地道等形成的迷宫可供他在图中观察起来流连忘返。若无人告知路线，他便数月也不能找到出口。出口必须是夏天。他将自己称为这张图的"囚犯"。

### 59. 打倒立

沙皇每天坚持在露台上打倒立大约一个时辰，同时听秘书读文件。

### 60. 流放

为了给苦役犯们提供另一种思维方式，沙皇说："根本不存在流放，人走得再远，不过都是适意于山水之间。因只有人才会产生罪。自然都是无罪的。你们进入自然越深，就会越感到无罪。"

### 61. 停摆的雨

在一次雨夜晚祷时，窗前的沙皇确曾感到钟表为他停摆过几秒钟。同时停止下来的还有飞鸟、烟雾、河流、风、远方叛徒的阴谋和一切动植物的生长速度。只因这是很短暂的几秒钟，以至历史上大多数人根本觉察不到，也无法研究。唯一能证明的事，是他当时将手伸到窗外，准确地抓住了一滴正停在半空的雨，如从枝头摘一枚樱桃般容易。可当他想将雨放进嘴里品尝时，那枚浑圆、饱满、凝固而闪耀的雨珠却顺着嘴角流走了。

### 62. 诗

诗是预言，诗是经验？沙皇并不能确定。对诗，他只偶尔读，但从不写。他说过一个理由："诗不是表达，而是无法表达的那些东西。读别人的诗，只是不得已时，用他们已表达的东西来揣测他们未表达的东西。诗是误读。"

### 63. 兵书

沙皇眼里没有兵书。他打仗时只相信大刀阔斧，直接强攻与砍杀。他说："所谓兵书，只在同等级别的敌手之间才有效。譬如一群蚂蚁窝的兵蚁，读过再多兵书，再足智多谋，人一脚下去也全踩死了。最好的兵书就是'消灭'。"

### 64. 海参崴罗宋汤

除了罗宋汤，因少女之恋而口渴一生的沙皇从不愿喝别的汤。他有时一边喝汤，一边还会背诵那句著名的诗："只要有一锅肉汤，锅大就行。"但谁也未见过他喝什么肉汤。他也从不关心锅的直径。在宫殿里，因锅底是圆弧状，故三角形内角的和并不一定等于一百八十度。由此，沙皇不相信锅，正如他不相信自然规律，也不相信上帝的设计。罗宋汤是他的味蕾的曼陀罗图。在汤中，他满脸暴戾的倒影会与血红的番茄色混在一起，犹如辛辣的晚霞，照见他的雄心。他坐在满是污秽的卧室里，通过一碗罗宋汤，就能判断包括远东海参崴在内的任何地方是否发生了叛乱，或到底有多少中国人会承认符拉迪沃斯托克那用鲜血铸就的海岸线。如何判断？据说，沙皇会在喝完时，将汤碗猛地摔到地上，砸得稀烂。看瓷碗碎片、肉块、洋葱、胡萝卜与番茄汤汁等从中心向四方放射。那飞溅得最远的一滴汤汁所指之处，便是天下最危险的地方。

2020 年 2 月

# 赤乌十字架及圣多默东吴教案考

史载：圣多默（St. Thomas）本是犹太加里肋亚人

他出身贫贱，捕鱼为生，但叛乱教团领袖①耶稣却选了他
为十二门徒之一

耶稣死后不久，圣多默曾表示：除非亲手摸到拿撒勒人被
钉上十字架时留下的洞痕，否则决不相信"复活论"。他先于
公元 49 年的夜晚从耶路撒冷出发

沿着美索不达来亚的巴比伦城梯波航浪，到达印度的马
拉巴

百余年后又搭乘一艘奇怪的商船来到了中国。那时东吴刚
打完草船借箭之役，试图吞并荆州，坐吃山空于江南

圣多默在官僚、道士、武将和成千艨艟战舰的遮蔽下

立马吴山第一峰。他感慨这远东还有另一种大气象：渔樵
耕读

所有的斗笠、丝绸和竹简与伯利恒是多么地不同

他把"犹太人之王"死于罗马帝国集权的恐怖消息带给了
吴人

因他听说吴人之王也生得碧眼紫髯，类似西方人

但这里的庶民则太古怪，如地狱第一圈的黄色幽灵

他们独尊儒术，毫不在意这西域长老带来的羊皮卷、神
迹、旧约和弯刀

圣多默真时运不济,因那时三国的群儒正忙于展卷兵法

而太后与丫鬟们更是歧视头发如火焰一般的异端诗人②

况且此时,魏在北,蜀在西,随时会起倾国之兵夹攻长江

荆楚一带正灾荒不断:冬十一月,孙伯符开仓救济难民

春日大雪平地深三尺。而夏天,东吴则攻打了淮南,太子

孙登夭亡

一个死去了儿子的孤家寡人,每日对着镜子号哭

他丝毫也不关心那些来自西域的魔法、爱、原罪说和人类

起源

公元 243 年,新都传言有白虎现世,诸葛恪征六安

245 年七月,马茂又造反,夷三族。吴主再次下令屯田……

(据《吴书》)

深秋时,圣多默在市井兵器铺里锻造了一个大十字架

然后一人扛在肩膀上,行走于赤壁之下,向渔民与士大

夫们阐述刑罚、临终七言与主死时的情景。但群众不知所云

因为江东人对曹丞相的恐怖认识,远深于对恺撒与本丢彼

拉多

这里已到处都是瘦骨嶙峋的人,我们为何还要去信仰

一个更瘦的吊死鬼?圣多默在江东游荡、乞讨、犹豫和绝

望之后

不得不从福建海边返回了印度。但路过江西时,遭遇土匪

劫持

他将十字架遗弃在草莽之间,仓皇逃离了这片土地

但恶的命运并未放过他。他回到印度后,便被两名婆罗门

秘密地杀死在次大陆的黑夜里。直到两百年后

他的灵枢才被迁回到小亚细亚的爱迪沙

骨灰则留在印度供人膜拜。那时中国已到了南北朝刘宋
时期……

印度主教马拉巴教会迦尔底亚的祈祷书中有记载：

"基督教借助圣多默的宣扬，犹如双翼之鸟，飞往中国"

马拉巴所著《迦勒底史》也称："天国福音，散遍各处

竟至中国，中国人得信真理，皆出于圣多默之力"

但在中国很少有人会相信一个洋和尚的怪事。十几个世纪
之后

明洪武年间，在江西庐陵，出土了一尊特大铁十字架③

架上便铸有吴主孙权的年号：赤乌（238—250）

铁枝权上还刻有对联一副，上书：

四海庆安澜，铁铸宝光留十字

万民怀大泽，金炉香篆霭千秋

明北平府按察使刘崧，因此奇事而作《铁十字歌》曰：


　　　　庐陵江边铁十字，不知何代何岁年

　　　　何人作之孰置此，何名何用何宛然

　　　　形模交横出四角，三尺嵯牙偃锥槊

　　　　雨淋日炙黑色滑，土中蛇鳞见斑驳

　　　　人言南唐竹木场所都，铸此胃锤筏与桴

　　　　一沉江中一路隅，是耶非耶焉得虞

　　　　或云此古厌胜法，水怪奔冲赖排压

　　　　雌雄相顾走光芒，神物护呵谁畲锸

　　　　所以往代鼓铸虔州城，此物千载为英精

　　　　舁铁过之铜乃成，精化气感理莫明

　　　　世人往往疑根植，下触每愁风雨殛

近时暴卒破盲惑，掘地出之夸胆力

终然弃置不敢匿，我时见之考其式，赤乌之年乃妄饰

我闻天生五行中，惟金可革亦可从

何不为刀为错通商工，为耜为镈利九农

斩犀刺虎为剑锋，不然行雨极变化为蛟龙

胡独汩没在泥滓，断簨遗株等沦弃

铜仙不来秦镶废，坐阅兴亡一流涕


**明末清初天主教耶稣会门徒李九功**

在《慎思录》内也记载过此事。后来清代文献也有记载
如樊国梁（法）在《燕京开教略》云：


江西王主教，于清光绪十二年，1886 年 1 月 15
日与北京传教士寄信去，大铁十字架，形状甚奇、观
于吉安府，即所谓圣安德肋宗徒之十字也。铁十字计
高四尺五寸。枝宽四寸，中宽六寸五分。十字上有二
孔相距一尺一寸。十字之龛，置于正中。龛上绣有诗
赋。其中有万民四海字样。所言之万民四海即普天下
地。细玩其义，实乃吾天主教人撰之，此十字架实为
天主圣教之遗迹。十字架系大明洪武年间出土，有孙
吴年号。


除了铁十字架外，自明以后还曾发掘三个古十字碑：
其一掘于福建省南安，其形甚方，据云为五世纪时之物

（南北朝）

其二掘于泉州府东山寺，其三掘于泉州陆寺

铁十字架与石十字碑的挖掘发现，已基本构成了几种历史[④]：

一、圣多默或其门徒至东吴为第一来华传教者说；

二、东汉年间叙利亚人借口"学养蚕治丝"来华传教说；

三、据古罗马阿诺比尤斯在公元300年左右写的《驳斥异教论》里记载：基督教传教工作可以说已遍及印度、塞里斯（Seres，丝国，即中国）、波斯和米底斯；

四、唐代《大秦景教碑》之诺斯替教派（即"幻影教派"[⑤]）来华传教说；

五、利玛窦之前一切基督教（或天主教）远征中国的秘密传承体系。

但圣多默是如何获准在"X"[⑥]十字架上刻赤乌年号的？

基督死于公元30年，圣多默[⑦]怎能活到二百多岁？

那碧眼君主是否接见过碧眼胡僧？这些已成为一个亘古之谜

故最终得此教案公式曰：

$$X \cong \frac{\dfrac{\text{圣多默 n 年} \div \sqrt[\text{X}]{\text{赤乌十二年（238—250）}}}{\text{早期基督教传说} / \text{幻影教派东进}^3 \times \text{儒家史观}}}{\text{公元 49 年}} \leq \text{明洪武铁十字架 } \varphi^{⑧}$$

278

注：

① 据当代各宗教学术和神学考古研究文献，主张耶稣实有其人的既有护
教人士，在各种看法之间往往大相径庭，大致可分为如下几种：1. 全
盘接受圣经的记载，维护教会传统，认为耶稣就是道成肉体的基督，
是主的儿子与化身；2. 耶稣是当时犹太人"叛乱的领袖"；3. 耶稣是一
场当时秘密反抗罗马帝国统治的犹太革命运动的领导人；4. 耶稣只是
个学了埃及魔术的宗教骗子；5. 耶稣是至死不悟的伟大预言家；6. 耶稣
是有血有肉的普通人，但后来的人们将他神化了。

② 异端，即犹太教经典《塔木德》里将一切基督徒都称为拿撒勒异端
（Notsrim）。《塔木德》记载，耶稣是他母亲玛利亚（Miriam）和情人潘
得拉（Pandira）的非婚生子。传闻她是王子们和统治者们的后代并且
向一个木匠卖淫。耶稣在埃及学了魔法。他成了欺骗并使以色列迷
失的魔法师。他取笑智者们的话，污染上了异端，并因此被逐出教会。
他称他自己既是神也是人子，并说他会升天堂。他说天国近了，还吸
引了五名门徒。他在罗多成为骗子和叛教导师。于是逾越节前夜，也
是安息日前夜，他在罗多被判吊死（密西那书口述法第二卷刑罚法 4，
7）。被处以死刑前，布告官宣布耶稣将被石头砸四十天，但是没有
被砸。他最终在三十三岁像先知巴兰被非尼哈杀掉那样死去（刑罚法
106b），在欣嫩子谷（亚伯拉罕教的地狱）被毁灭污秽的烈焰燃烧。最
终，他将以巴兰之名被排除在天国之外。据说当代的《犹太百科全书》
已经承认新约的耶稣就是《塔木德》里的耶稣，犹太人也认为历史上
的耶稣并没想到会有很多人信仰他是救世主。但纯正的基督教徒至死
也不会认可犹太教的看法和文献差异。

③ 据说为 X 形，非正十字。

④ 十字架最初并非出自基督教，而出自古代刑罚，在古波斯、迦太基、
埃及和罗马皆很流行。十字架有 X 形、T 形、Y 形、四边形和一般正
十字形。其中 X 形十字架又称为"圣安德烈十字架"，有时不一定用钉

子，而是用绳索把犯人绑在上面，延长死亡时间。因耶稣的另一门徒，彼得的弟弟安德烈便是在希腊死于此 X 形十字架而得名。

⑤ 幻影教派，即早期基督教诺斯替教派（或称"灵知派"）中的一支。据说耶稣死后，早期基督教分裂成了十四个以上的教派，莫衷一是，但没有一个算正统。而诺斯替教派比所有的教派都要早。诺斯替主义（Gnosticism）本源于古希腊语 gnostikos，指一个拥有"诺斯"即秘密知识的人。在公元二到三世纪，它受到中世纪教父们的激烈批判，被视为异端。后来他的信徒往东迁徙，到了古波斯，五世纪后又到了中国。这就是最早传入中国唐朝的基督教：景教。明朝时，有人在西安掘出一块石碑，正面用汉字写着"大秦景教流行中国碑并颂"，另附数十字叙利亚文，引起当时流亡传教士的轰动。据石碑所载，唐贞观九年，西方之国大秦——即古代波斯（古代对东罗马帝国的称谓），有一个传教士叫阿罗本，带着圣经到了长安，见到了唐太宗李世民以及房玄龄，并开始传播景教。这个阿罗本，就是诺斯替教派信徒。当时大家也称这个流亡来的宗教为波斯教。诺斯替教派则认为上帝的儿子是不该降世为人，作为一个婴孩，尤其是被钉死在十字架上。他们说，这些事发生在人格的耶稣身上，但是与上帝之子无关。穆罕默德虽不把耶稣当作神，却承认耶稣是先知。这位真主的使者采取了一种说法，即耶稣的死是一个假象，一个悬挂的幻影。这就是"幻影教派"（Docetics）一词的来历。按照该派说法：钉在十字架上的人就是一个幻影，不是耶稣本人。

⑥ X 在古代数学中即已代表未知数。因数学从阿拉伯传入欧洲时，阿拉伯语中表示未知数的 Shei 一词被译为 Xei，于是首字母 X 就成了未知数的常用代号。在明洪武年间江西出土的 X 形十字架的谜与历史的未知重叠，在此正好成为一个双关语。

⑦ 天主教之圣多默，基督教译为多马。《多马福音》（Gospel of Thomas）大约在公元后 50 年已有流传，是门徒多马对耶稣说话的记载。在1945 年于埃及发现。而《多马行传》（Acts of Thomas）于公元二世纪

初由多部启示性经文作者 Leucius，根据多马的亲笔书信，及从南印度的大使，经 Edessa 及耶路撒冷，到达罗马所报述的资料写成。在《多马行传》中，耶稣说："我是多马的兄弟。"而在《多马福音》中，耶稣问众门徒他像什么，彼得说像公义的天使，马太说像个哲学家，只有多马说他不能用口说出来，耶稣便说，他已进入了他的境界："你已从我所看管的涓涓泉水里陶醉起来。"然后耶稣带他退下，私底下教导他。当其他人问耶稣说了什么话，多马说："若我把他对我说的其中一样告诉你们，你们会拿石头掷我，火焰会从石头出来，把你们消灭。"（《多马福音》: 13）可见多马深得耶稣的教导。根据《新约·使徒行传》，自五旬节圣灵降临门徒后，对他们的记载便不详了。《多马行传》记载多马被派到印度传教，他起初不愿意到印度，于是耶稣在晚上向他显现，叫他不用害怕。耶稣用了十分巧妙的方法将他送到印度去，这事是在公元 48 至 49 年，耶稣以二十块银币将他卖给一个商人，账单上写着："我，耶稣，来自犹太伯利恒，住在犹太的木匠若瑟的儿子，现把仆人多马卖给根达法鲁斯王（Gudnaphar）的商人艾伯利（Aabbnes）。"（《多马行传》: 2）多马最后死于印度教徒的迫害。而《多马福音》一直不被初期基督教教会接纳为正典之中，据说是因其中有东方禅修神秘主义与诺斯替教派的内容。

⑧ φ，近代数学符号，代表空集。集指一切事物。如果某种事物不存在，就称这种事物的全体为空集。任何事物都不是 φ——即空集的元素。

2011 年 3 月

# 浅 茶

那座著名的"舌屋"很小，涵在究竟寺后墙一个清幽的拐角里，植物掩映，台阶上长满苔藓。屋檐下冷雨如注，柴嬰并不能确定刘釜会如约而至。犯了那样的罪，到处寻他的人恐怕不只警察吧，也许还有受牵连的人。刘釜秉性素来谨慎，透露行踪的频率比野猫更零星。非绝对安全、宁静与悠然的地方，即便迫在眉睫，他也未必现身。柴嬰千挑万选，才找到了位于唇山究竟寺内的舌屋。虽然著名，实际上真来过的人极少。这是一所小得只能坐下三四个人的茶舍，门又小，朝内开。因品茶本味蕾之事，便以舌名之。舌屋窗外，一个戴斗笠的僧人，正拿着把粗糙的竹枝扫帚，轻轻扫着漂浮在雨水里的落叶。许是积水太多了，落叶扫拢后，又迅速向四周散开。但僧人并未因此便停下清扫。为何下雨时还扫地？柴嬰倒也没多想。她喜欢听这扫雨的声音。

案子上的手绘茶盏，画着一朵幽兰，色泽如元代釉里红。柴嬰坐了很久，盏内的茶也只剩下了一指深。凉了，便有些发黑。

人还没有来。危险的人比危险更远，但她从未考虑过这危险性。她清楚，只要刘釜一出现，隐藏在庙门后、舌屋四周与林子里的人，可能就会忽然冲出来，将他按倒在地。但刘釜也可能早已知道这是个圈套。

柴嬰从小记忆力奇怪地好。她甚至能记得七八年前看戏时，前排座位上某个人的脖子或耳朵上的一颗红痣。她甚至能记得童年时被父亲藏在衣柜后面的饼干盒，那盒子上铁锈的形状就像一张愤怒的人脸。更何况刘釜才消失一年。她想："恋人最终确定对方的意义，多是来自对他们过去的怀念。很难想象已把过去忘掉的人还会继续去爱下一个。故许多恋人分手时，说来说去，常常不过是'把我忘了吧'这几个字，令人厌倦。即便离别再诚恳，那种建议别人遗忘之人，根本却是低级的，甚而有些可鄙。"

尽管刘釜没有消息，柴婴却不觉得他会忘记自己。为了安全，她只是从不召唤对方现身罢了。但这次却不一样了。

僧人的扫帚在雨水中戛然而止，她便知道刘釜已上了山。

扫帚又开始扫动起来，一、二、三、四……她便知道刘釜已走到了舌屋门口。她了解他的节奏，宛如银雀展翅前，了解一根枝头被爪子蹬开时颤动的频率。

门帘一挑，仿佛是多年之前，那个浑身静气、面色被晒得黝黑的刘釜，便如院子中的树荫一般移动到了她的茶案前，坐了下来。她抬头，见他竟然还蓄了胡须。显然是假的。因刘釜毛发并不重，怎么会有那么整齐的胡形？他摘下帽子，但并不摘下胡须。唯有从笔直的鼻梁上，还能看出他对她仍保持着一股纯男性的绝对美与坚定的脾气。能在东瀛这么偏僻的地方黑下身份来，隐藏如此之久，的确是需要一点毅力的。

"等久了吧？"刘釜有些腼腆地寒暄道。

"没有，不久。"她很自然地答了一句，仿佛两人刚分开一刻钟似的。

"路上有什么人跟踪你吗？"

"应该没有吧。谁会？"

"那可不好说，"刘釜怀疑道，舔了舔已干得脱皮的嘴唇，想了想又说，"算了，就算有我也无所谓了。只要还能见到你，也不枉走这一趟。"

"你要多小心。"

"我知道。但很多事只能听天由命。"

"你喝茶吗？我给你煮点热的。"

"没事，就先喝你剩下的吧。"

刘釜说着，端起桌上的浅茶，无比干渴般地一饮而尽。然后，他从怀里取出一支羽尾雪白的辟邪箭。这是前年冬天的今日，他们从究竟寺这里求来的。此物长者约三尺，短者约一尺二寸，东瀛称"破魔矢"，箭头皆是木质的小锥体，羽尾上还系有铜铃、丝流苏与写着吉祥语的彩纸，故不必担心会刺伤什么人。他们一长一短，各求了一根。当然，这箭从未能辟过什么邪。当初，他们俩面对佛像的许愿，更像是为了不背叛恋情而做的一场默祷。按照究竟寺的传统习俗，求箭之人许愿后，第二年的同一日便该再带着箭来还愿。如果不行，也顶多到第三年为止。错过了第三年便不灵验了。刘釜因犯案逃亡，临走时悄悄带走了柴婴那根短的破魔矢。去年他们没有来。今年不能不来了。他同时带在身上的，还有一册水上勉的原版小说《破鞋》。当初，在赤羽一家古本书屋里偶然看见此书时，刘釜不禁暗笑了几声。因这个书名对中国人而言也太滑稽。谁是破鞋？满大街被批斗的婊子吗？只是笑完后，柴婴才告诉他，那书只是一部写僧人雪门玄松生涯的传记而已。所谓"踏破芒鞋"，本是僧家透彻语，刘釜便又觉得自己那种私心有些不堪了。故一年多来，无论如何逃亡在外，他都把这本小说与短破魔矢一起放在行李包里。尽管书中内容并不全懂，但刘釜总是不时翻阅。为了睹物思人，小小的短破魔矢，便临时被他当作书签来用。

两个人之间的怀念是全封闭的，任何人也不能进入。两年前，他们又何曾料想过现在的处境呢？他们坐在一起喝了十几分钟的茶，一言不发。

雨仍在下。或许世间唯恋人的寂静，能大于僧人的寂静吧。

"为何你不去做僧人呢？"看着窗外扫落叶的僧人已停下扫帚，坐在石头上休息，柴婴终于打破沉默问，"这样一个时期，若逃到寺庙里去，或许也算是相对安全的。总比东躲西藏要好。"

"大约是我不太喜欢剃光头吧。"刘釜勉强笑道。

"你就算剃光头，也是好看的……"柴婴说着，忽然想到若是刘釜进了监狱，怕真的是要剃光头，便黯然起来。

"你也不要为我想太多。"

"我怎么能不想？"

"对了，那根长的破魔矢带来了吗？"

"带来了。"

"我们何时进那边大殿去还愿？"

"再坐一会儿吧。"

"可我不能待太久。"

"不愿陪我了？"

"怎么会？"

"为何那么着急？"

"唉——"

"怎么还叹上气了？"

"也许这是我们的最后一面吧。"

"别这么说。其实，我是有话要跟你坦白。"

"你不用说了，我都知道。"

"你都知道什么？"

"我知道那些人早已在寺前、屋后，乃至整座山上都埋伏好了。"

"那你为啥还上山来？"

"不是你让我来的吗？或者说，是破魔矢的邀请。"

"不，我说的不是这个。"

"你是想说，是你出卖了我？"

"我……"

"你不用愧疚。"

"我是没有办法。如果我不约你，他们就会——"柴婴见无法反驳，欲言又止。她似乎很不愿解释自己的无奈、恐惧与艰难。

"这不用说，我都明白。"刘釜立刻打断了她。

"你不怪我吗？"

"当然不。"

"我以为你会恨我。"

"当然不。"

"我以为凭你的警觉，根本就不会上这个当。根本就不会来。"

"本来是不会。如果是别人约我的话。"

"你若不来，就是背叛了你对我的许愿。"

"所以不能不来。"

"可你来了，又像是在嘲讽我对你的许愿。"

"所以我更得来。不过，并不是想来嘲讽你。"

"那是为什么？"

"我只是来验证一下。"

"验证什么？"

"看看我们的许愿灵不灵。"

刘釜说着，四周环顾了一下舍屋。他知道寺门、篱笆后，以及屋顶上，大约都已爬满了来抓他的人。他转头望窗外，那个扫落叶的僧人似乎不见了。空空的石头上，放着刚脱下来的袈裟、斗笠与竹枝扫帚。

"我们进大殿去吧。"柴婴说着，未等刘釜答应，便站起身来。但她并非往外走，而是伸手打开了藏在茶案下的一扇很小的门。那门紧靠地面，像是地窖的门。与其说是门，不如说更像一个狗洞，因只有半米来高。门是黑胡桃木的，开裂而斑驳，表面因长久使用而显得油光锃亮。门上有一个铜拉环。门与大殿之间的玄关，形成一个低矮的 U 形，就像是下水道用的 U 形管道。想进入大殿的人，只能弯曲下全身，拉开门，然后跪在地上，匍匐爬行穿过玄关才能进去。据说，这便是唇山究竟寺的百年风度，即：让欲进大殿之人，须提前带着极大的恭敬之心。

刘釜随着柴婴从 U 形玄关爬了进去，然后在另一边冒出头来。

究竟寺的大殿并不大，完全封闭在门里，穹窿像一口浮雕密集的井。大殿整体状若一个陀螺的内部，呈反漏斗形，墙也是圆的。墙上布满了无数菩萨、罗汉、韦陀、观音、恶魔、如意、金刚、云朵与法器等雕像，石头的色泽古雅温润。大殿的后窗很小，仅有一扇，像是个透气的窟窿眼，高高地挂在墙上。最奇特的是，在那窟窿眼似的窗外，正好也能看见刚才扫地僧坐过的那块石头。就在他们进来这一会儿，石头上的袈裟与斗笠也都消失不见了，只剩下一把扫帚。大殿的中心也没有任何浮屠像，只有一个檀香木雕成的佛龛，一枚已因长年打坐而全是破洞的蒲团。佛龛内点了一炷香，蒲团上也空无一人。

"这里的住持呢？"刘釜问。

"我怎么知道？"柴婴反问道，"刚才还在。他不在也没关系吧。我们自己用破魔矢还愿就行了。反正话都在心里。"

"那倒也是。"

刘釜默然无语，便拿出短破魔矢，放在佛龛边。柴婴拿出长的，并列放在一处。两个人用双手连续三次击掌，然后合十冥想了半分钟。掌声在空旷的殿墙上撞击产生回响，三声似乎又变成了连续的无数声。

"还完愿，能告诉我你当初心里怎么想的吗？"柴婴忽然睁开眼问。

"说了就不灵验了。"刘釜仍闭着眼道。

"那你就这么走了吗？"

"我身不由己。"

"其实，也许你可以妥协。"

"什么？"

"我是说，去跟外面的人谈谈。"柴婴将声音压低说。

刘釜看看柴婴，笑着沉默了片刻，转头望着墙上一尊恶煞般的金刚像，仿佛是在汲取能量，然后冷冷地道："不，绝无可能。"

"非要如此吗？任何误会都可以坐下来谈。"

"没有误会，只有仇怨。"

"到底有什么仇？"

"这是我们这一代人的事。你还年轻，说了你也不会懂。"

"如果住持在，也许他能让你改变想法。"

"我从不觉得谁能改变我。"

"难道……我也不能改变你吗？"柴婴说着，伸手去握了一下刘釜合十的手，然后把他的双手分开，把手掌贴到自己的腮颊上。

"不，你不是不能改变我，而是早已改变过我了。"手掌因脸颊的温暖而令刘釜有些失落，但目光仍然坚定。

"早已？"

"对，从认识你时……不对，应该是从离开你时开始。"

"怎么改变的？"

"你让我可以不再考虑任何前途。"

"那岂不是很危险？"

"是很危险。就像此时此刻。"

"你不怕吗？"

"怕什么？"

"外面那些人，还有：死。"

"当然怕。"

"那为何不给自己留条活路呢？我们还可以在一起做很多事，我愿意等你回来。我们还可以一起回国，一起开始新的生活。"

"我更怀念过去的生活。"

"过去是无氧的。你总想着过去，会窒息的。"

"对我而言，未来才是无氧的。你就是我的一种过去。"

"我记得你过去并不这样，怎么会暮气这么重？"

"你还记得什么？"

"你的事我什么都记得。"

"比如呢？"

"比如你喝茶时喜欢舔湿嘴唇。比如有一次你跟我生气，就在大街上砸了一个路灯，还跟巡警吵架，差点打起来。"

"还有什么？"

"还有你睡觉时的样子。"

"什么样子？"

"嗯……很难形容。"

"也许很傻吧，像是只乱冲乱撞的野猪？"

"不，更像是一头不断翻身的鲨鱼。"

"奇怪，怎么会有这印象？"

"因为枕头、被褥、床单总是会被你掀得惊涛骇浪，我整夜翻身起来给你盖被子也盖不过来。"柴婴笑起来。

"我的确一直生活在海底。"

说到这些，刘釜有些神色黯淡。他忽然不自禁地将柴婴抱了过来，并把脸顺着她的脖子往下滑到颈窝里，仿佛真的像一只渴望躲进浪涛里的鲨鱼。柴婴的颈窝很小，玲珑剔透，就宛如刚才舌屋案头那只幽雅的茶碗，柔骨形成的圆形曲线凹陷在她的衣领深处。刘釜的嘴唇滚烫，仿佛是要在其中继续去啜饮那浅浅的残茶。他的假胡须，把柴婴触得有些痒。柴婴并没有太拒绝，也没有迎合。她只是扭头去看佛龛里的那炷香。香烧得还剩下一半。

"记得小时候在老家，我们孩子在互相恶作剧时，都管使劲地去按别人的颈窝叫'按盐巴罐'。"刘釜埋着脸，忽然静静地说。

"为什么起这么个怪名？"

"我也不清楚。大概是因这位置按起来会有一种酸疼的涩感吧。"

"那你按一下我试试。"

"对你，我可不会。我只会……"刘釜说着，猛地摘下胡须，然后如撒野般地朝颈窝吻了下去。

"住持进来会看见的。"柴婴摸着刘釜的后脑勺提醒道。

"那有什么关系？"

"这是寺院，不太好吧。"

"我们的过去才是一座寺院，你就是我的住持。"

"你还是这么贫嘴。"

"我哪有？"

"既然我是住持，你怎么不听我的？"

"住持也有不在的时候，就像这间空空的大殿。人生在世，一切都不增不减，终不过是心随境转，且随色走吧。"

刘釜说完这句后，两人又沉默了许久。柴婴也没有再催促他。待他再次从柴婴雪白的小颈窝里抬起脸来时，已然是满眼泪痕。

寂静始终像神权一样镇压着恋人们企图起义的语言。

"我必须走了。"刘釜说。

"门可能已经被他们从舌屋那边给封锁了。"柴婴擦拭着他的泪。

"我从没想过回头再去走那个门。"

"你真的不会怨恨我吗？"

"我的仇恨挥霍殆尽，这一年多已被用光，轮不到你了。"刘釜笑了笑，宛如一个耗光了全部家产，却依旧眷恋色情的荡子。

"可我还爱着你。"

"爱必须是怀念。不是只有一次，便是最后一次。"

"可我们更应该有下一次。"

"没有下一次。"

"难道你就是这么许愿的吗？"

"我许的愿是不可告人的。"

"如果今天的见面真成了最后一次，我就永远也不会知道了。"

"那倒也未必。"

"怎么呢？"

"重要的是忘记我们曾许愿这件事。"

"你知道，我最讨厌忘记。"

"只有忘记之后，才会看到谜底。"

"你这是诡辩。"

"以后你会明白的。"

"你在骗我。"柴婴的瞳孔中闪烁着焦急之火。

但刘釜却似乎并不在意，仍是很亲切地说："小婴，我怎么会骗你。我杀人太多，很多事是不需要验证的。我是单行道上的人。所以忘记才是情义，离别才是本分。对了，你还记得这书里的那首诗吗？"

"什么？"

此刻，唇山的雨越下越大，森林如洗。刘釜将怀里那本一直揣着的《破鞋》拿出来，放回到柴婴手里。因书的第九十三页有一个折角，所以她一打开，便正好看见几行大约是雪门玄松的诗，还被刘釜特意用笔在下面画了红线：

叶落时愁正脉绝，
花开忽喜法灯荧。
今朝直去一条路，
无浪清风佛衣泠。


正当柴婴专注读那书时，刘釜悄然转身，如敏捷的黑猫一般，直奔大殿后墙。他双手攀缘着密集的罗汉与祥云浮雕，猱身而上，最终双脚踩着一尊金刚和一座菩萨的头顶，够到了那扇小窗。那窟窿真是只能容下一只猫进入。但魁梧的刘釜竟然也能穿了过去，这不得不说是一桩奇特的事。他跳到窗外，迎头便见那扫地僧人也回到了石头边。不同的是，扫地僧的袈裟已变成了夹克，手中的竹枝扫帚则变成了一把对准刘釜的枪。两个人朝对方看了看，仿佛是在看一位久违的知己。一瞬间，两个人同时举起了手里的枪，但谁都不敢轻举妄动。他们紧张地，又谨慎地，慢慢往寺门外移动，好像生怕打扰了寺院的寂静。

满地落叶在雨水里重新聚拢，像是要掩盖他们脚下的痕迹。

恋人消失时，坐在殿中蒲团上发呆的柴婴，狠心地将两支破魔矢折断了。隐藏在舌屋那边的人，这时全都拥入大殿内，质问着刘釜逃亡的方向。柴婴低头不语，看着手指，因指尖被破魔矢的木茬刺出了血。她一边把指尖放在嘴里吮吸，一边望着那本书发呆。指尖的血与口红的味道混在一起，让她觉得有点微甜。当她感到自己快要流泪时，从寺外唇山森林的山麓上，传来了阵阵与大雨混成一片的乱枪声。两声不分胜败，却此起彼伏。

2020 年 2 月

# 发条兔

吾友舟桥松枝君，常年在 JR 线赤羽站轻轨电车上及车站内外谋生，贩卖一种可以改变人的世界观与方向的奇怪玩具，名叫"发条兔"。松枝君在轻轨地盘上赫赫有名，有个绰号曰"赤羽的吕布"，乃因他卖的发条兔，是一种与乒乓球大小差不多的全金属自动机械兔子模型。这只兔子只要拧紧了发条，便可以在地上快速蹦跳、奔跑、拐弯，快得就像一匹微型的赤兔马。发条就装置在兔子的两只长耳朵上，只需左右各拧紧几圈就行。当然，之所以这小玩意也能常卖，主要原因是松枝说它有一种奇异的本领与向导功能，可将购买者带去一个全称叫作"往昔命运修改协会秘密办事处（The Secret Office of the Past Destiny Modification Association）"的地方，简称"命修办（DMA）"。据说这个办事处总部可能在冲绳，但在世上设有很多临时办事处，散落在城中各种不为人知的写字楼、酒店、商场或狭窄巷道的某个犄角旮旯里。如果没有发条兔带领，一般人根本不可能找到。

当然，买发条兔是一种赌博，因它并非对每个人都会带路。大多数情况是拧紧发条后，兔子只是随地乱蹦，或干脆把你带到诸如公园、餐厅、动物园或电影院之类的地方，但那里什么也没有。不过，松枝说办事处的事绝对真实可靠。而且，他的数据里大约有百分之十七的顾客可以证明，发条兔的确曾把他们带到过一间很奇异的办公室里。室内种满植物，并有几个持枪的便衣站在门口守护。他们会检查发条兔身上的条纹码，以及刻在内部齿轮上的密码。确认与协会编码一致，才会放人进入。然后，这些人曾在那些植物丛中被拍照、填表、询问一些个人历史和嗜好，最后加入协会，成为其中的一员，按照他们的要求做一件事，便彻底改变了自己过去的命运。

可命中率这么低，有几个人会相信世间真存在这样一个协会呢？

"这可是旷世绝技与难得的机会，您不想来一只吗？"松枝经常拿着发条兔，在电车里追问那些匆匆赶路、擦肩而过的乘客。

"真荒唐，过去命运怎么能修改？不需要。"对方通常都是紧张地摇摇头，冷漠敷衍地回答，然后迅速转身走开。

也许他真正卖出去的发条兔并不多。但他却对我发誓说，最起码有数万人从他手中买走过这东西。我通过冲绳的朋友在很多有关档案资料馆里查过，那边的社团根本就没有这样一个协会。甚至连相似的都没有。会不会是松枝君杜撰的，只为了卖掉他那一大堆积压在仓库里的发条兔？我不清楚。但以我对他人品的多年观察来看，似乎又不像是撒谎。松枝君虽性格古怪，但绝非骗子，更不会骗我。

"那你去过那间办公室吗？"我直截了当地问他。

"不瞒您说，我的确没有进去过。"松枝坦诚地答道，又苦笑一声，说，"但我可以向你保证，办公室是存在的。因有一次，发条兔曾把我带到了门口。可惜，因检查编码不符，他们不许我进去。如果我进去了，没准命运早就改变了，何苦至今还在电车站贩物为生。"

"你还记得那办公室具体位置在哪儿吗？"

"当然记得。但不能说。"

"为什么？"

"因没有意义。每只发条兔带去的办公室位置不同。如果你有一只发条兔，它可能就会带你去另一间办公室。我那一间，你即便去了也没有意义，因肯定不让你进去。"

"起码我能确定办公室真的存在。"

"你无法确定。"

"怎么不能确定？"

"因办公室的门与任何普通的场所是完全一样的：那可能是一间居民楼里的家，可能是某公司的大门，甚至可能是公共厕所的门。最关键的是其临时性，就是他们每过一段时间就会换地方。你去了也看不见。"

"那你怎么不多试几只兔子？也许还有机会。"

"不行，只要一次被他们拒绝之后，协会资料上就会有你的记录，上了黑名单。你也就永远失去了进入那办公室的资格。据说，这也是为了确保公平，即命修会只提供给每个人一次修改过去的机会。"

"应该说，是一次使用发条兔的机会吧？"

"也可以这么说。"

"可这根本就是两码事。发条兔怎么能代表命运？"

"那只是你的理解。"

"恐怕谁都会这么看。"

"不。命运本身是无形的，过去的事，必须有个符号或替代物，来表达它的运行轨迹与状态。其实过去一直活着，并未消失。就像钓鱼时用的浮标。鱼和钩都在水下。水面与空气之间的视觉是有折射的。即便水很清澈，你能看见它们，但其实并不在同一个位置，也就不在同一个时间。何况大多数时候，我们甚至连水下是什么都看不见，只能通过浮标的颤动来判断鱼咬钩的状态。"

"你这么说，我越发觉得你是在勾引人买你的假兔子。"

"我是否在诓骗世人，最好你自己买一个试试看。"

"你是在激将我吗？"我冷笑一声。但他并不愿再为此事多做解释。

松枝君是冲绳人，性格激烈。他当面打开随身行李箱，我看见里面如菜码一样密集地排满了大小一样、颜色却略有不同的上百个金属机械发条兔。他让我随便挑一只，还说可以按出厂价给我。老实讲，价格并不太贵，未超过我半个月的薪水。既然这点钱就能修改过去的命运，为了避免影响我们的友谊，加上久违的好奇心，我便把心一横，选了一只通体发黑的发条兔。

但很多年来，我始终都把这古怪的玩意儿放在窗台上当作装饰品摆件，并未使用。大约我仍对松枝君说的事完全怀疑吧。他还说这个模型最早的理论的确来自古代托勒密天文学传统。这更是无稽之谈，让我将此事看作一个玩笑，时间一久便会忘记。

有一年春天，我家偶然来了一位远房亲戚，且还带着孩子。那亲戚的孩子坐在窗台上玩弄这只几乎已生锈的发条兔，还不小心拧紧了它的两只耳朵。兔子于是忽然从窗台蹦到了地下。孩子一惊，便在后面追这罕见的玩具。而我只好抛下亲戚，尴尬地去追那孩子，怕他摔倒。一直追到楼梯口，我才赶上孩子，并索性将孩子抱回了屋里。可转身一看，那发条兔却自己蹦下了楼梯。我下意识地又去追它，也下了楼。发条兔的速度与频率意外地快，简直像一辆被遥控的什么玩具车，且是凌空一蹦三跳的那种，完全超出了我的预料。我看见它迅速跳入院子里的草丛，飞跃栏杆，朝旁边的一座居民楼大门里蹦去。看来，它在窗台上像块石头一般待了那么久，后腿里的弹簧却一点也没生锈。

我急速赶到那楼下，打开大门，那里面竟然是一家超市。我在这边住了这些年，从来不知道这里也有超市。在密密麻麻城墙一般的零食区、罐头、卫生纸、猪肉、鱼虾、方便面、米、酒瓶与橄榄油方阵排列之下，我看见发条兔正在地上疯狂地跳跃驰骋。我盯着它，对它紧追不舍，穿过了一个又一个的商品过道，就像在追一只狡猾的耗子。由于心里还惦记着家中有客人在等我回去做饭，故虽在奔跑中，可我还顺手在超市货架上飞快地拿了一些馒头、莴笋与猪肉，装在塑料袋里。最后，我才终于在一架放满速冻食品的大型立式冰柜前抓住了发条兔。我累得一屁股坐在地上，抓着这东西大口喘气。在冰柜边上，站着一位正在挑选速冻中国饺子、冰激凌、金枪鱼刺身与黑芝麻汤圆的顾客。这个人两鬓与下巴上还留着几缕修长的美髯，满脸通红，穿着一袭燕尾服。在这时代，西装革履却留那样古人式长须的人已极少了，简直有点像浮世绘画里的关公。

这顾客一边吃着刚从冰柜里取出来的蛋卷冰激凌，一边低头看了看发条兔，又转身看了看我，忽然冷静地对我说："来了，把它交给我验证一下吧。"

"什么？"我坐在地上擦着汗，非常惊讶，却又满脸狐疑地问。

"它不是带你来找命修会办事处的吗？"他反问。

"这个……"我一时无语。

"我需要验证它的编码和密码。否则我可不能让你进去。"美髯顾客伸出舌头，一边舔着冰激凌，一边解释道，并对我伸出另一只手来。我看见他无意间撩起的燕尾服下摆，他的腰上别着一把手枪。

"可是，即便有办事处，也总不能是在超市这么一个怪地方吧？"不知为何，我似乎有点在强迫自己相信什么，并本能地反驳道。

"对过去的事而言，没有什么不可能。"

"那么，办事处在哪里？"

"再说最后一次，把兔子先给我。"他又强调了一遍，样子有点生气。

不得已，我只好把好不容易抓到的发条兔递给他。美髯顾客接过去，先是一口吃掉了剩下的冰激凌，然后就像拆开一把枪的弹夹、瞄准器与枪膛似的，将无缝金属焊接的发条兔迅速给拧开了。兔子肚里的零件结构非常复杂，状若一个天体运行模型器。他将钢珠、弹簧、蓄电池、电线、铜丝、集成电路等细碎得如绿豆大小的各种零件，一个个取出来，并摊开放在地上，又取出里面的芯片，检查上面的编码。他抬手看了一下自己的手表，又查看零件上的数字，像是在对照什么数字是否有误。最后，他又将发条兔零件在一瞬间全部还原，然后将兔子揣进了裤兜里。其手法之简单、快与精确，就像是一个抽烟的人，打开了一盒古老的火柴点燃香烟，又立刻合上。

"行了，你可以进去了。"他说。

"进哪里去？"我问。

"办事处，门就在这里。"美髯顾客说着，忽然转身，打开旁边立式冰柜的门，然后将门里的食品架子再往后一推，柜子背板深处便露出了一个昏暗的洞口。我瞠目结舌地朝洞里看去，里面有一条很窄的走廊，走廊尽头是一间屋子。我将信将疑，想便抬腿走进冰柜，又有点犹豫不决。准确地说，是有点畏惧。美髯顾客见我迟疑，便从身后猛地给我一推，然后迅速将柜门关上，并顺便在食品架上又取下一只蛋卷冰激凌吃起来。

于是我便提着一塑料袋买的菜、粮食与肉，走进了这条不归路。我记得冰柜门的入口很冷，可一旦进入走廊后，温度便恢复正常了。

尽头那间屋子很大，像个封闭的篮球场。我看见远处角落里，还真有一个篮球架，只是生锈了。莫非这间屋子就是很久没用过的室内体育馆？也未可知。屋子中央放着一张明式大书案，还有一张医院用的病床。床上的被子鼓起一团，似乎还有个在蒙着头睡觉的人。案上放着地球仪、很多罐头、餐盘、药瓶、砚台、注射针管、成堆的签字笔和一排崭新的书。屋子里非常昏暗，只有一盏摇摇晃晃的吊灯。更奇怪的是，案上还驾着有一挺古老的转盘弹夹重机枪，装满了子弹。书案后的官帽椅上坐着一位戴黑框眼镜、穿职场正装、眼影与口红都颇淡雅的中年女子，正在批阅文件。她面色臃肿，似乎很疲倦。看来她就是办事处的负责人了吧。可床上躺着的又是谁？我能清楚地听到被子里那个人正在发出震耳欲聋的打鼾声。

"是发条兔带你来的吧？"那中年妇女并未抬头，只斜睇看了我一眼，问道。

"是……是啊。"我一时不知该说什么。

"谁给你的兔子？"

"是松枝君……舟桥松枝。"

"你和他很熟？"

"凑合吧，算是朋友。"

"你也想修改自己过去的命运？"

"老实讲，我也不知道。"

"不知道？"

"是。我并不认为过去需要修改。"

"什么意思？"

"意思就是我觉得自己的过去虽然并不完美，有过错，甚至有罪，但不一定要修改。命运如果能修改，那就不是命运了。"

"既然如此，那你还来办事处做什么？"

"我是不小心跟着发条兔来的。"

"门口的人也没强迫你吧？"

"的确没有。"

"可是你还是来了。"

"嗯，算是凑巧。"

"也许是好奇吧？"

"当然，也可以这么说。"

"你是真的想不起来过去，还是真的无所谓过去？我看你是前者。"她说着，放下手里的笔，抬起头，脸色阴沉地看着我说。

"这有什么区别吗？"

"区别很大。"

"譬如呢？"

"譬如你甚至想不起我是谁。"

"您……抱歉，我的确忘了问了。请问女士贵姓？"

"刘釜，你再仔细看看，真的不认识我吗？"

我听见她居然直接叫出了我的名字，心里一惊。借着昏暗而摇晃的灯光，我观察起她的脸来。那是一种带有忧郁、绝望而又似乎充满阅历的女子的脸。不能算漂亮，却带着某种奇异而深邃的色情魅力。我小心地走到桌边，越过那挺危险的重机枪，再仔细端详，发现她的左边眉梢上有一小块眉毛似乎有残缺，仿佛是早上修眉时不小心给剪掉了。正是这一点，让我猛然想起来，她竟然是我少年时代的一位恋人。呀！有三十多年没见了吧，她的样子我完全不认识了。

"您该不会是……那谁吧？"我虽然认出了她，可怎么也想不起她的名字。

"想起来了？"她得意地笑道。

"真的是你呀。你怎么会在这里？"

"我的工作而已。"

"你就是办事处的负责人吗？"

"那倒也不是，"她指着床上被子里的人说，"负责人正在休息。我是秘书。"

"哦，反正这是你的地盘。"我笑道，气氛有点放松起来。

"你好像还是当初的样子，肆无忌惮。"她却并不放松，且收敛了笑容。

"哪里，我老多了。"

"所以才要修改过去的命运嘛。"

"怎么修改？拍照、填表，或者换一个身份吗？"

"瞧你说的，好像我就是个办假证的。"她冷笑了一声，说，"我们这里可是 DMA，是曾改变过无数人历史的著名秘密协会。你以为开玩笑吗？"

"哦，对不起。我忘了这是个正规单位。"

"恐怕你也忘了自己过去到底做过什么了吧？"

"的确，过去种种譬如昨日死。我记不太清了。"

"你能记得些什么？"

"我记得你那时好像并没打算出国呀。"

"还有呢？"

"还有，你好像后来嫁给了一个运动员？"

"这事你倒不会忘。"

"当然不会。"

"还记得什么？"

"没有了。"

"真的？"

"真的没了。"

"你完全不记得对我的背叛、侮辱和欺骗吗？"她忽然厉声说道，像是变了个人。

"什么？"我很诧异，她怎么会说这样的话？

"你曾经残忍地虐待过我。"

"怎么会？我们只是在一起恋爱过，然后又分手了。"

"胡说。谁跟谁分的手？"

"谈不上谁跟谁吧，是互相同意后，好聚好散的。"

"撒谎。无耻。"

"好像你至今仍在为分手生气？"

"我才懒得生你的气。你以为你现在整天买菜做饭，装得像个没事人似的，就可以逃避掉过去的那些记忆吗？"

"可我真的不记得对你有过什么过分之举。"

"你当然不记得。人从来就不会觉得自己的任何历史会是过分的。爱情对你这样的人来说，基本上与强奸也差不太多。"

"这话可从何说起？如果我当年因为什么别的事，真的不小心伤害过你，以至于让你对我产生了怨恨，那我愿意在此表示抱歉。"

"虚伪！太晚了。"

"我是诚心的……尽管我还不确定。"

"你看，你还是在给自己留后路。"

"真不是。这么多年了，我真无法确定呀。"

她沉默片刻，拿起桌上的水喝了一口，打开了一听罐头。吃完罐头后，又拧开药瓶，吃了几片不知什么药，并用手摸着那挺重机枪上锃亮的圆盘子弹夹，带着严酷的目光看着我，说："我想问你，如果我帮你修改了过去，让你的命运变得好起来，你会承认你当年犯下的罪吗？"

"漫说我真想不起来有什么罪。就算有罪，你如何能修改？"我反问。

"修改命运是本办事处的专职工作，无须怀疑。"

"我根本就不相信。"

"你也不相信发条兔和冰柜门吧，但它们的确存在。"

"搞不好都是你们这帮人设的一个什么圈套。"

"圈套？我们有什么必要这么做？"

"那谁知道。也许为了讹诈，譬如让我为修改命运缴费之类。"

"我们这里一切服务都是免费的。"

"那就是有别的某种目的。"

"你还是那么多疑。"

"什么？"

"我说，你跟过去一样幼稚。"

"既然如此看不起我，那不如放我走吧。首先，我也不是故意主动要来这办事处的；其次，我觉得你我之间可能有某种误会，但也没必要非在这里解决吧。已经过去的恩怨，也不是聊聊天马上就能一笑了之。我们可以慢慢再交流沟通嘛。"

"很遗憾，你已没有选择退出本办事处的机会。"

"为什么？"

"舟桥松枝的发条兔都是总部固定的配给，一人一份。你拿到的就是你必须有的。这来自冲绳总部的备案和程序设定，即：所有企图、自愿或被动选择来修改命运的人，最终都会变成必须修改命运。甚至购买发条兔的钱都可以退给你，但严禁退出修改手续。"

"这简直是强盗办事处吧？哪有你们这样的？"我有些愤怒起来。

"总部就这么设定的，我也没办法。"

"那如果我偏要退出呢？"

"你知道，这不可能。超市冰柜的门只能进，无法出。"

听她说得这么肯定，我赶紧回过头去看刚才进来的走廊和门洞。果然，那里只剩下一面墙。我走过去摸那墙，已找不到任何缝隙。我忽然感到一种惊恐，但尽力抑制住自己的情绪和暴躁，期望能找到更妥当一点的安全出口。

"任何事总不能强人所难吧？你们这么做，执意干涉一个人的历史，难道就不怕引起别的无辜者们的激烈对抗吗？"我转身问道。

"你也别紧张，没那么严重。"这时，一个沉重而带着鼻音的回答，忽然从那病床上的被子里传了出来。刚才的打鼾声骤然停止了。紧接着，被子掀开，我看见从里面钻出来一个仅穿一条裤衩、身材魁梧的彪形大汉来。此人浑身肌肉与胸毛虬结，还散发着也许来自梦中的剧烈汗臭味。更奇异的是，他即便睡觉时，手里还始终抱着一只篮球。他站起身来，对我冷漠地说道："出口会有的，但是在别的地方。"

"你是负责人？出口在哪儿？"我故意假装镇静地质问道。

"等修改完你的过去，自然就知道了。"他说，然后抱着篮球，开始围绕着办事处的桌子运球奔跑了一圈半，并对准远处角落里那个生锈多年的篮筐猛地一掷。篮球准确地投进了筐网中。但他并未就此停下脚步。他急速跑过去接住球，仿佛是在打比赛似的，在办事处屋子里不断地做自我带球、传球、运球、跳跃或反身投篮等动作。而对我满怀莫名怨恨的中年女子兼早年恋人，则在一旁为他叫好。

他的汗臭味在空气中散发得越来越多，凶恶得几乎令人窒息。

不得已，我耐着性子看了一会儿他打篮球的矫健身姿，以及像装甲车一样来回把地板压得轰隆震动的肉体，然后才见缝插针地对他们说道："凡是总有个头，你们究竟打算何时放我走？或者你们如何修改我的过去？我不能总在这里耽误时间吧？"

"那要看我们能不能合作了。"打篮球的壮汉说。

"合作？怎么合作？"

"你可以带上发条兔，替我们去冲绳总部走一趟，帮我们办件事。"

"去做什么事？"

"我实话对你说吧，其实，我们——我是说我和她，你早年的这位恋人，也都是 DMA 监控下修改完自己过去命运的人。我们现在过得很幸福，是一对幸福夫妻。"

"这么说，你就是那个运动员？"

"对。"

"那不是很好吗？"

"不。我们对现在的幸福并不满意。"

"什么意思，是觉得还不够幸福，不满足？"

"不是。是我们非常后悔修改了自己的过去。"

"后悔？既然幸福，怎么会后悔？"

"当然会。这世界上并不是每个人都会认同现在的幸福。幸福是一码事，不认同则是另一码事。不是吗？我们反对幸福。"

"我可不信你的话。"我再次表示怀疑。

"他说的都是真的。"这时，中年女秘书兼我的早年恋人在旁边帮腔道，并慢慢走到那男子刚才睡觉的床边，脱去职业装，半裸着躺下来睡觉。无意间，她的阴毛也露了出来，在巨大的篮球场里，像一只藏在怨恨里的黑色蝴蝶。而她的优雅、丰腴、充满色情寓言般的横卧睡姿，则让我回忆起了当年与她在床上颠鸾倒凤时的情境。

"可以说，我们也是 DMA 的被害者。这件事是个秘密。我们需要改变。"打篮球的男子似乎并不在意她的暴露，只是忽然停下球来对我说。

"怎么改变？我能做什么？"

"你可以去冲绳，用炸弹帮我炸掉那个该死的 DMA 总部。"

"真亏你们想得出来。是想把我当棒槌使吗？"

"别误会。我只是把你当个兄弟。但恐怕你也别无选择。"

"开玩笑吧。我一个买菜做饭的平头百姓,用什么炸?当人肉炸弹吗?"

"没那么糟糕。是用发条兔。"

"什么?"

"有件事你不知道。发条兔改变组装后,就是定时炸弹。最早,这设计师是为了防止购买者泄露本会的机密,所以才故意研制出的向导与监控两用的一种爆破装置。如果谁要是做了不利于 DMA 的事,发条兔就会被总部的人遥控起爆,让购买者意外殒命。这本来也是个秘密,现在你都知道了。"

"我看你们真像是一个犯罪组织。"

"不,不。犯罪都是有前因的,而我们的工作都是从后果开始的。"

"我决不会犯罪。更何况用炸弹这种事,伤天害理。"

"你不要过早下判断。如果你按照我的话去做了,改变了我和她现在的处境,那你的过去命运也就同时会被修改。我敢担保,你的未来会过得很好。因为现在就是未来的过去。我们必须捍卫我们的过去,这也许是我们这一代人最低限度的反抗了。你应该能理解。"

"我完全不认同你的话。为了未来就可以随便改变现在吗?这很荒谬。再说,发条兔在我进来时,已经被超市冰柜边的那家伙没收了。"

"那倒没关系,他会还给你的。"说着,他忽然一个反身,将篮球再次从空中投入远方的篮筐里,就像是在按电钮。接着,就在球从筐子里进去,然后落地的一瞬间,明式大书案下的一扇小柜门打开了。刚才超市冰柜门前的那个美髯顾客,忽然从书案的小柜门里钻了出来。我难以相信书案底下也会有暗道通往超市。美髯顾客朝投篮运动员行了个礼，走过来，将我的发条兔递给打篮球的人。等对方看完，又转递给了我。

我接过来时，看见发条兔已不是原来那样子了。两只耳朵被折叠到身后，短短的兔子金属尾巴则变成了类似拉环的东西。兔眼也不红了，变成了一个圆形小计时器。只有金属色泽还能看出是原来的兔子。似乎当时在超市冰柜门前，美髯顾客拆下来又安上时，就已经完成了爆破结构的组装。总之，发条兔已变成了一个类似定时炸弹或微型手雷式的东西。而且他手里还提着一箱子这样的玩意。

"别看这东西小，一旦投掷出去，威力还可以。没准可以消灭一切。"投篮运动员说，并两腿分叉凌空跃起，在投篮的一瞬间，在半空保持定格状态，始终不落到地上。这动作的时间保持了好几分钟。

"我是不会杀人的，这是做人的底线。"我又强调一边。

"底线这个问题很复杂，不适合现在谈论吧。"投篮运动员听着我的话，在半空中思考了很久。等落地后，他才继续解释道："让你去炸掉总部，并不见得一定要杀人。就像过去犯的罪，也并不一定说明真的伤害了谁。犯罪只是一种观念。在这世上，每一个人都是犯过罪的人，只因观念认识不同，所以境遇就不同，对犯罪的认识、惩罚与补救也不同。犯罪只是个结果，并非原因。一个完全不犯罪的人，通常也是没有过去命运的人。没有过去的人，等于是个假人。对了，可能一会儿还要委屈你一下。为了不引起怀疑，我得把你亲自押送上飞机。对那些 DMA 总部来的人，我会说，你的个人情况有点特殊。你和我们内部职员之间存某种情感形式。所以，必须要到总部

310

去才能有效执行命运修改方案。你放心，在那边还会有接应你的人。实际上我们早已组织好了冲绳总部那边所有渴望否定幸福的人，并互相有联络，策划了全局的行动。只是我们就缺你这样一个可以引起激变的导火索。"打篮球的负责人说到这里，忽然在运球时，又来了一个后空翻的动作，准确地在球落入筐子后再接住球，并看着我笑道："你听外面，好像接你的人已经来了。"

"什么？在哪里？到底怎么出去？"我知道我已到了忍无可忍的底线。

但话音未落，便听到的确有一架直升机的巨大轰鸣声，从屋子外传来。这时，整个篮球场办事处的屋子里忽然变亮起来。我看见四周的墙都是高大的植物。这时，打篮球的男子扔下篮球，忽然端起了书案上的重机枪，朝屋顶扫射了一阵。天花板上立刻被打开了一个类似井口的小窟窿。好像有人在房顶上掀开了一块压住井口的石头。窟窿口外是天空。一条柔软的来自直升机的绳子，从窟窿口扔了下来，垂到我面前。投篮运动员端着枪对着我喊道："刘釜兄弟，咱们都是过去历史的见证者。你别再犹豫了，准备动身吧。"

"你们这是疯了吗？"我怒吼道，并转头又看了看床上熟睡的女子。可她似乎已完全睡着了，对目前的紧张气氛一眼都不看，也一言不发。唯有她阴毛形成的黑色蝴蝶，还在风中扇动着小小的翅膀。

"为了过去，你必须去执行这个任务。再说，我和她也参与到不认同幸福，甚至企图否定幸福这件事里来，目前只有你一个人知道。所以，你是我们的机密。如果你不答应，那我现在只好除掉你。"男子把重机枪子弹盘调整了一下，枪口对准我狠狠地说。

美髯公顾客这时走过来，把手里那一箱子发条兔递给了我。

"那……舟桥松枝现在哪里？"我一手接过箱子后，忽然问道。也不知为何在这时会想起他来。也许我内心里依然认为这是他搞的什么骗局。

"他？你去总部看看就知道了。"

"这是啥意思？"

"他也许早在那边等你了。他如今已是 DMA 的会长。"

"什么，'赤羽的吕布'是会长？他不就是一直在电车站上到处流窜，然后被你们雇用来卖发条兔的那个小贩吗？"

"那是你多年前的记忆了。现在是 2036 年。"

"怎么可能？"

"怎么不可能？过去和未来都是由现在的偶然性决定的，就像无意间开启了发条兔功能的那个孩子。而且，从你家到超市之间，始终就只有一条单行道。可你平时从来没有注意这个局限。你既然已经找到了这间办事处，就意味你必须，甚至已经被改变了命运。而且你也改变了舟桥松枝的命运。因你是他的第一百一十二个靠发条兔命中率而找到 DMA 办事处地址的买家。总部有规定，买家命中率达到这个数字的雇佣者，都可以升职。然后那家伙就回了冲绳总部，并且平步青云。这件事从好多年前就开始发生了，只有你不知道。因为只有你还活在现在时里。不信，你看看发条兔上的铸造时间。"

我听着那家伙蛮不讲理的话，又低头看着手里的发条兔兼微型定时炸弹。我清楚地看见兔眼定时器里的铸造时间，显示为"2036 年制"。再看另一只手里始终提着的，刚才从超市里拿的馒头、莴笋和猪肉，因它们早失去了重量，变得很轻，故我完全忘掉了。这些食物在塑料袋里已化为残渣霉粉般的一堆灰。可我的脸与身体并未见衰老。我爱过并早已忘记是否伤害过的那个恋人，虽不再年轻，也并未显得人老珠黄。她只是因过去的误会而陷入了长久的沉默。我到底是如何走到今天这一步的？我的记忆是否有了很大的缺失，却茫然不知？究竟是否应该用一种没有伤害的暴力犯罪形式，去参与他们？或者说我这一代人共同的对往事的反抗，同时也是对现在的改变？这封闭的篮球场里继续散发着汗臭味、子弹火药味与昔日恋人下体的气味。望着那条从天而降、晃来晃去的绳梯，我陷入了一生从未有过的悲怆、悔恨与犹豫之中，并对自己的存在与爱的意义产生了一种毁灭性的怀疑。

2020 年 3 月

# 镰仓之崖
## ——或"阁楼上的地下室"

　　画里移舟慢，鸥边就梦迟。自从告别了镰仓宁静的海、恋人与电车，他就一直住在那座孤零零的阁楼上。每日下了楼，出了电梯，他便顺着大街上的隧道一直往下走。阁楼如明镜高悬，就挂在那隧道尽头。阁楼就是一间地下室。他能通过封闭的四墙，俯瞰众生如蚁。这么高却又深陷地底下的阁楼，世间的确并不多。他来之前，阁楼里还有多少人住过，然后又消失了？不清楚。到处都是前人们犯罪留下的遗址、幻影与蛛丝马迹。但只要能让他忘记镰仓宁静的海、恋人与电车，就算是住在茅屋、监狱、广场或太空站里也行。相对而言，地下室中的阁楼倒是最好的归宿。隧道长一些也没关系。反正人在世间的运行就是一条隧道，是无头无尾的走廊。他的地下室高悬在隧道里。而在隧道或走廊的那一端，只是另一些新的隧道或新的走廊。为了获得一间自己的地下室，空中的人其实没有可以真正停留之处。

　　他的地下室曾引起过很多争议：有人说是空中楼阁，有人说是色情实验室，还有人甚至说那就是一家秘密的黑店，是他犯罪的地方。这些没人能证明，故亦不能证伪。

　　每日去地下室时，他必须在隧道里乘坐一架电梯，慢慢向上升起。他住在顶楼，所以他曾称他的那间地下室为"镰仓之崖"。这不仅是因他那一代人自儿时起，便听过无数与悬崖有关的词，诸如绝壁、鹞儿岭、悬空寺、秘魔崖、仓顶、狼牙山、悬棺乃至"崖山以后无中华"等，更多的还是因他对镰仓那段时光的无耻记忆（如散步、吻、性交、饮茶、追逐、背叛与阅读等）与痛苦眷恋。他的当下始终存在于对重返往昔的未来式假设之中。他没有时间用在此时此刻。对所有的"此时此刻"，他都表示不屑一顾。

至于他高悬半空的压抑，那只是一种远离尘嚣的、不敢高声语的忧郁。黑暗当头，照耀在这间看不见的石头之中。漆黑的腐烂光辉四射。在这间至高无上的地下室，每日正午狂风咆哮，子夜有不知名的麻雀、信鸽或野鸟飞过窗前，并发出冲锋般的怪叫。清晨，可怕的雾会将整个隧道遮蔽，让四周的楼鬼影般矗立云霄，偶尔露峥嵘。如果从峭壁般的地下室跳出去，肯定会粉身碎骨。他常常数月不下楼，就靠在屋子中徘徊、打电话、定盒饭、照镜子、面壁与吞噬祖传的旧书度日。并非他有恐高症，恰恰是因从这么高的地方看人间世相，他常会有一种马上跳下去的渴望。这太紧张、太壮烈了。人不能总是这样紧张，这样壮烈。当然，阁楼里还有落日——那是大街上的人们闻所未闻的落日——地下室的落日。每日黄昏后，落日会像狮群一样冲进墙壁。光的獠牙与殷红的尖爪会扑向书架与卧床，把整个房间撕咬得到处是血腥的霞影。

一个悬在半空阁楼中怀念镰仓宁静的海、江之岛、人行道、茶屋、神社、船、日出、路边的太鼓、春雪文学馆、古本店、破魔矢、佛、恋人之手与沿岸电车铁轨之蜿蜒曲线的、不修边幅的四十来岁的老家伙，怎么能同时也是深埋在地下室里的人呢？绝对不能。但事情就这样发生了。为了真正告别记忆，他必须选择不离开一种记忆，并严禁议论，不允许任何人质疑他这场伟大的怀念。

据说，他还曾是一位多年前令无数路人胆寒过的旅途中人。不过，这件事就不用再展开说了。好汉不提当年勇，危险的往事也常常会带来不必要的羞愧。

他现在从不出远门。他再也不能去镰仓，可地下室里却塞满了他的行李：雕像、皮箱、枪、手卷烟、长袍、书信、恋人的照片与当年他们一起使用过的信物，譬如锦香囊、念珠、门票、旧打字机、头发丝、名刺、笔记本、铁锁与干花等。他每日与这一堆行李同睡同起，带着行李在阁楼里来回地走，不断反复穿越隧道，沿着地下室的墙根踽踽独行；他会从同一扇门反复出入自己的地下室，在同一架电梯里上上下下，只是为了重新回到他亘古不变的阁楼里。他虽足不逾户，但一生誓与全部行李共存亡。他明白，其实不管住哪儿，所有生物都一样：都是先从子宫来到世界，然后便带上行李与恋人运行，从襁褓一直到坟墓，又从坟墓到虚无。然后便是远望故人凋零，美艳肉身壮观的崩溃、豺狼与蛆虫们的盛宴、中阴之花满开时，山河寂静，人人都会悬浮在半空中，化为一头不朽的饿鬼，再在惘然的追忆中去投胎到另一个子宫。若中途忽然间断了，那结局干脆就是零。

如今恋人已不见了，全部行李便成了他的恋人。

谁理解他的寂寞？无人。寂寞是一切爱的灰烬，是厌倦与失败之王。最好的寂寞皆会拒绝理解，更拒绝分析与世俗的关怀。他是雪山异人、古洞癫僧？当然也没那资格。他只是用行李祭祀往事的人。一位性欲旺盛、思维罕见而狂狷的城市匹夫。多少个长夜，他曾将这些行李放下了，拥抱行李，对着行李流泪，批判行李的沉重，又否定它们是自己的累赘。为了验证自己能否在这场了不起的忘记中，将镰仓宁静的海、恋人与电车都铭心刻骨，就在地下室的行李堆上，他曾与无数新的女友相拥而眠，其中有：少妇、空姐、设计师、乐手、律师、画家、女学生、导游、编辑、演员甚至交警，从邪恶的少女、野蛮的娼妓到内心茫然的家庭主妇等，不一而足。她们如一碗沉渣泛起的茉莉花茶碎末，变幻无穷，又都像是同一个——即镰仓的那一个的分身。但性欲与色情也是一种行李，往往拖泥带水。好在长空万里送秋雁，对此可以酣高楼。这些偶尔过夜的伴侣，偶尔也能让他在晚上睡得好一些，不被内心的风暴与记忆的狂飙折磨。起码，他不会因月光太响，动辄便被惊醒。不错，在地下室中望月，月光就是响的。响就是亮，所谓响亮。他在阁楼中打鼾，仿佛就是一根棒槌，而月亮则是一面锣。在镰仓之崖，恋人的重复出现总是令他震耳欲聋。记忆的怒吼经常把他赶到地下室的房间一角，让他蹲下来捂着耳朵，瑟瑟发抖。

没有人能帮他阻止那些记忆噪音发起的骚乱。用他自己的话说："记忆是什么，遗忘是什么，本质上都无意义。尽管江山内心也曾努力，但人间世变化并不大。某甲痛失恋人，乍入丛林，姑且以丛林法则为一代宗风。泥牛入海，鼾声震天，月色皎洁，令人难眠。"

若干年来，这颓唐的挫败感，让他有时蓬头垢面，有时又使劲刮脸、剃头和洗澡。没有人知道，这个带着那么多奇怪行李之人，为何会在这里。他的解释是："我在等人。"但那个人从未出现。因后来的女友们也会留下各种信物，所以他的行李倒是越积越多，深沟高垒，几乎要占满阁楼的四壁。很多零碎，甚至堆满了外面的隧道与电梯。他站在地下室中心，行李们围困他，犹如巨大战役结束之前，被敌军层层包围的最后一个残卒。作为一位长期在地下室记忆里翱翔的空中豪杰，他本来仇恨每一个地平线上的人。但最终，他不得不与他的行李一起苍老。他与他的行李一起投降。他心如死灰，又以此为他的最大成就。就在某个下雨天，他从众多女友中，忽然选择了与其中最平静、朴素的一个结了婚。他带着全部行李，与对方的行李混在一起。这让那些曾甘心围绕过他的无数女友大惑不解，又略有些怨气。当然，这些也都是过眼云烟。尽管每个曾与他在这苍茫阁楼中一起飞行过、在地下室的黑暗中送过他行李的女人，从此都对他生出了一种惆怅，但他已视而不见。反正镰仓的海、恋人与电车扼杀了他的记忆后，他已是行尸走肉。行李成了他的背景。他只是他背景前面的一扇窗而已。每日，当他穿过隧道，从地下室走向大街时，皆如从空中楼阁向下一跃般轻盈。地平线上的每个人，也都能听见他的存在所发出的一阵阵响亮的粉碎声。

2020 年 2 月

# 十 翼

## ——关于十魔军的心学、诗与笔记体寓言

**按**：这是一部没有任何情节、只有心绪流露的笔记体寓言，可以称作"十翼"，也可称"十魔军"（The Ten Armies of Mara），前者即传说孔子为《周易》所作之"易传"统称，包括象、彖、文、系、说、序、杂等十篇。后者则为《经集》（*Sutta Nipata*）中言释迦牟尼成道前与之鏖战的魔罗十军，所谓欲乐第一军，不满第二军，饥渴第三军，以及贪欲、昏眠、怖畏、怀疑、傲慢、名利与赞毁等军。所谓"军"，只是一切欲望之火、外界暴力与精神困扰的象征，如此篇中的散乱思绪，每个人身上也都有，是一切生活乃至写作的常态。其实就整篇而言，我也无以名状。我只是在不自量力的书写中彷徨，尽量言说矛盾、顺应或渺小的感知。加上多年来，我始终期望自己也能如古今先贤那样，冲决网罗，芬芳悱恻，写出某种根本没有故事、结构、人物、时间、地点，非物非象非志怪，更非意识流或西来意，也没有任何逻辑与结局，却在心中总是充满着一股伟大激情之力在秘密推动的寓言，或者"小说"。但我知道前人杰作已太多，且汉语重创凋零，个人天赋更有限，我的写作可能仍然只是一场大失败。一篇笔记体寓言或小说，究竟是否可以完全只是叙述了某种"态"，又同时只叙述了一场"无"？鲸背载雪，野心依旧；丛林探赜，也未可知。于是四年前便有了此作，并陆续修订。且因正好十篇，故假借古语之形骸以名之。庚子年补记。

# 一、丧乱帖①

山枯水竭，世界将集中在一只螟蛉的小腿上。

打开的砖头扣押了内部的黑暗。

春王正月，日偏食，爱情不尽如钩。我见过一个少年，他经常在镜像中谋杀雨水。当狗用舌头劈开夏天，恶鬼登基，腐烂的天穹便会敞开给尸体。但愿我也有亘古少年气。

我的山水早已万径人踪灭。夜读历代通鉴辑览，何谓士？不用推十合一。我就是一。我是一中的无。我是无中的卑贱、世俗与渺小之总和。我之超我将重新点燃反道德的曙光。可追思往事，为何我们竟杀过那么多本只想如一株植物般靠分叉与歧途而活下去之人？时代不过是一只被偶尔搁浅在那植物枝条上的朱雀。

丧乱之际：别哭泣，请尊重记忆。

请尊重一只瓷碗破碎之前的圆。

请尊重圆周率，而非效率。

每夜，南北朝奇怪的蚂蚁们都会驱赶着密集的灵车，以蛛丝为缰，触角为辕，萤火虫为灯笼，驶过一切现代领袖的鼻孔。

> 柴火且作金钩看，
> 折腰枯枝赛水仙。
> 可怜皮囊无处躲，
> 透彻心远地自偏。

---

① 《丧乱帖》本为晋人王羲之尺牍，现存唐人摹本。

灯前鬼董露齿笑，

月下书窗懒作笺。

挥泪打马望山倒，

只为登高赋屯田。


邦无道，乘桴浮于海吗？还是舍筏登岸，登此岸还是彼岸？行动不如思想，思想不如沉默，沉默不如写作，写作不如弹琴，弹琴不如饮酒，饮酒不如睡觉……但睡觉真如逝世，每夜都有一场集体的逝者运行在屋顶吗？——这是多么可怕呀。有蛇缠在脖子上吗？还是听见了海鸥、航母与癫僧的呼啸驶入床头？怎么，睡不着？——可睡着了又如何？

还是算了吧。烟霞璀璨，卑鄙者翱翔在群山之巅。请赞美他那一对光荣的獠牙，优雅而阴森的蛾眉，冷酷的假面、白发、火舌、数字与不世出的倾斜的雄姿吧。


通会之际，人书俱老。临纸感哽，不知何言。

我所有的哀伤都来源于我就是超我，悲欣交集，夫复何言？


## 二、觱篥格①


本我即南蛮：一双手是两头相反的猖獠。

如果能给本我一堆寒山的磷火，还有什么不能烧干净？凶猛的黄金、共和制的鸦片、烟视媚行的军队、写满邪恶注疏的

---

① 觱篥，一名悲篥，本为胡笳之一种，汉时羌人竹管乐器，形似喇叭，以芦片为哨口，其声悲凉，以此惊中国马。唐人段成式撰有《觱篥格》，后人诗中也多有吟诵。

秘籍：我热爱这一切的灰烬。

图像从不认同存在与时间；图像是"无"在集会。

世界不过是图像被亵渎之后留下的痕迹。故请反对这世界。

我反对一切对称的圆柱。我反对广场有边缘。

我妒忌所有事物的中心空出来的地方。

我妒忌混乱的植物、声音与肉体。我妒忌力。

我妒忌点——因为点没有面积。妒忌每一个点。于是我妒忌世界有无数微尘众，即非微尘众，故名微尘众。

说到底，我应该离开思想与科学。披发万丈，飞身吞吃竹简、零与氢弹。坐骑蓝鲸，斜吹觱篥，只随身带着你暴风雨般的拥吻、撕咬、吮吸与不协调的姿势；呀！我只要记住你：你尖叫之不确定性、快感瞬间之不可计时性、呼吸之参差、语言之颠倒、你那如南方起义军黑压压地密集渗出山林般的汗液和涕泣、比古猿扑树时更动人的挣扎——所有这一切，我都曾经为你写入残酷的尺牍。我反对尺牍中心有空出来的地方。

> 夜观鹿门隐，
> 晨向雪中归。
> 变化参谭峭[1]，
> 忍止学刘蜕[2]。
> 蚤心脱壳久，
> 豹脚疾行醉。
> 微言辩肥遁，
> 愁瘦老占魁。

---

[1] 谭峭，五代道士，著《化书》。

[2] 刘蜕，唐代进士，著《山书》。

皮日休曰："古之杀人也怒，今之杀人也笑。"那未来呢？

恶德、史记、父性与灾变围绕着每一个人。梦想中的招隐与奢侈的读书生涯，诡辩的荣耀，精湛的色情，还有镶嵌满桃花的君权及一件行走的睡衣，为何这些东西能像芯片植入反骨般地控制我们的中枢神经？除了沉默，汉语并无真言。

唉，我宁愿选择一碗忽必烈时代的脑髓，与君痛饮。

立夏，嗜血乐官骑着预言之翼，手握西方闪电，声闻于野，以惊中国马。

原儒不过是催眠术，惊醒吧！莫非亡国才会有新的语言？如独眼梁元帝萧绎一样，焚毁所有典籍，但并非为了革命，而是为了惋惜。

惋惜吧，如果你心中始终有一个晴耕雨读的皇帝。

## 三、别枝鹊

明月别枝惊鹊，窗前茶盏窑变出清朝的黑色。
夏夜，为何过去越来越美，未来便越来越丑？

我是我自身凸起的浮雕，背景凹陷，世界乃因其不存在方成为世界。

以头撞墙者问：原子碰撞究竟如何发生？海底火山到底吞噬过多少幽灵？行星、中阴之胎、蒲公英、导弹与香气为何会凌空飘浮？那个奇怪的瘦子，为何能集少年恋人、凶手、寓言小说家、催眠师与共产主义者于一身？为何战争、几何、钟表与书信仍然不能证明人的意义？甚嚣尘上时，为何我宁愿效忠于一团完全没有结论的迷惘？

我有个大遗憾，我从未能令一切黄金离开其价值。

我最深刻的抱负是有朝一日，可以让阿拉伯数字互相之间不再有大小，不再用于运算和记忆，而只用于对形状、气味、颜色、声音与年龄的怀念。存在本无数。

船头向西而行，船桨必向东划。我害怕，因我本质上是放纵的、持续冒险的、渴望刻苦地探索恶之奥秘的人。我深爱着最荒谬的那些事物，如原始森林、美人臀、造反、宗教逻辑学、候鸟迁徙、性欲与扑克牌之间难以令人相信的神秘关系。但是我害怕，我也想逃避。人人都想逃避，因最重要的生存本领就是害怕。寻个静美去处，每日只吃喝拉撒睡，子孙满堂，长命一百二十七岁。害怕可以代替尊严和爱。害怕有时就是尊严和爱。除了害怕，我们什么也不会。即便那些最强大最残忍的人，也是为了掩饰他们的害怕。除了恐惧与惭愧，我们的一生毫无成就。

渺茫大化，万人如海一身藏？谈何容易。这世间就没有不害怕的人，我便是其中最害怕的一个。一粒尘土，饶了我吧。

在鸠占鹊巢的大清洗岁月，鬼画桃符于不被理解之图、写卖不动的纯粹之书、弹不为登台表演的琴，此即吾向往之境。

为何见门庭外有树枝向下一弯，我便知有鸟被惊飞？乃因"在永恒的沉默面前，我瑟瑟发抖"（Blaise Pascal）。

左为空主宰，

右作无领袖。

双丸跳一圆，

改尽江山旧。

骑气观梦厂，

博异狎髑髅。

凿井思羵羊，

何劳笑孔丘。

雅恨胡人脚[①]，

执着獦獠头。

毋忘夜航曲，

秉烛幽明游。


在人人目的清晰的时代，唯迷惘者能真正会得方向。请打倒目的，赞美迷惘吧。得时则蚁行，失时则鹊起；唯过时与不及时者会心。难道我们心中的魔军从不曾为了一朵花的悖论而起义过吗？

每个人的童年都曾在灵薄狱中挣扎，反抗过科学、道德与法律。

---

① "胡人脚"见刘义庆《幽明录》之《士人甲》一篇，讲晋时有某甲病脚，而以将死胡人之脚换之之奇事。"獦獠头"（南蛮"人头祭"风俗）之事，可参见六祖文献与拙文《獦獠的神学》。另，"夜航曲"本为古乐府，也称"夜航船"，有杂闻之意。后明人张岱与清人破额山人皆撰有《夜航船》，但前为札记，后为小说。破额山人引《中吴纪闻》言：因浙西吴越间水路常有夜航停泊，于是等船的人便互相之间闲聊，用来打发时间，"黄昏解缆，黎明泊棹，信如潮汐，虽风雨无间也"，故能自夜至旦，通宵不能安睡。于是各类道听途说和荒诞不经之事，多如牛毛，碎片化之传闻故事类似今日"信息社会"之密度。

太阳如多年前一枚过期地雷，无法引爆，只为世界留下隐患。

猛禽疾飞三日，饿食腐鼠，渴饮污水，俯瞰无道之邦，栖于恶木之荫。为繁衍后嗣，它亦不得不筑巢于血腥的尸山前，并接受一切黑暗、恐怖与精魂的庇护。

为抵达那片无言之惊异，令千里伪善的彼岸毁于碎片化思想之蚁穴，我还将浪费掉世间多少艘被秘密修辞过的浮槎、画舫与潜艇？

大道至简，窗前晚霞流露出元代的怒色。

## 四、后空翻

镜影箫声，泪满貂裘：敌军溃散令一支急行的箭不知何去何从。

太阳衰落时，如大回环加后空翻转体七百二十度下，充满了惊险。

罢了，就像猪一样活着，像士一样思考——只愿猪是野猪，而色情与懒惰则是狷介之士最后的闪光。我是披发入山的盲人，我写下的一切都是盲文。

"过去，仿佛是人吐了一口痰，然后又用脚去蹭。"（S.A. Alexievich）

从过去伟大的恶，到现在庸俗、烦琐、鸡零狗碎的恶，恶的形式始终在变。只有善毫无变化。故恶是四季，是雨雪，是节气，是日子……而善则是年。恶是创造，善是麻木。

多么迷惘。怀疑乃最大的密码锁，钥匙就在迷惘里。

乌托邦就是一只打不开的皮箱，里面是否塞满了胭脂、书

信、血衣、眼镜或残肢？究竟藏有多少种卑贱的杂货与永恒的
罐头？至今我们仍无法知晓。但打不开是人的问题，不能怪皮
箱，更不能怪钥匙。如果你砸烂皮箱，乌托邦也会同时消失，
犹如气球内的空气在气球被刺破的同时，便与外面的空气融为
一体。

没有乌托邦的人比没有鼻子的人更可怕吗？

无解。在地铁里，我曾不止一次遇到过没有鼻子的人，但
他有鼻孔。

那年夏日，一个剃白沙①者曾用皮鞭抽打广场。感而遂
通——空中的腥臭可杀死方圆七十里的蚊蝇蛾蝶，令风筝猝死
于风中，血味扑鼻，经久不散。

在二战的山林中，隐藏着的芬兰狙击手被称为"杜鹃"。
岂止杜鹃，人间几乎所有事物——建筑、图画、语言、爱情、
政治或园林，都是人在宣泄完残酷本性之后，又试图用修辞来
抚恤的痕迹。唯有性欲不能修辞，只能衰落，如大回环加后空
翻转体七百二十度下，充满了与生俱来的含蓄与悲壮的惊险。

唉，现在谁还能为了汉字啸聚？金钱在冒充虬髯客替天行
道。如王通曰："古之好古者聚道，今之好古者聚财。"又如李
密问王霸之路，子曰："不以天下易一民之命。"②然而谈何容
易？每一次有人死去，便多一次假仁假义的爱。难道真要这样

---

① 白沙，四川方言，指光头。
② 见隋人王通（文中子）《中说》。书中另载："薛收问隐，子曰：至人天隐，其次
地隐，其次名隐。"薛收，隋唐期间秦王府十八学士之一。

继续吗？抬起头来吧，月光怎么会是虚构的？就因为它本来是阳光的反射？能否就以虚构作祖龙语？

既身为黑色之子，我愿在无边的大遮蔽下前进。黑色大于黑夜。

混世飞钳无处落，
忧国葛藤缦绕身。
花影独霸寒窗角，
雪涧孤桥一线吞。
消遣生涯薛收隐，
激愤事业綦毋[①]心。
逆鳞困兽灯前吼，
测圆海镜烧蛾颦。

且低头独行如一头年轻之兕吧——只用一枚皎洁的角顶着苍穹。

大音希声，整个宇宙都将在你叱咤反对它的时刻，慢慢向后翻滚、弯曲、缩小，最终化为一只螟蛉翅膀上振动的颤音。

## 五、半截碑

蔷薇腐烂时的姿势比亡国宫娥们的尸首更幽贞。

他们真信科学吗？不，科学最终会令人怨，正如音速遇到了超音速。

---

① 綦毋，本为古代复姓，此处指南北朝时期的兵器冶炼名师綦毋怀文，以及唐代江西诗人綦毋潜。

残暴的竹简、拓本、卷轴、羊皮、经折装、梵夹装、蝴蝶装、旋风装……堆积如山的古籍让我崇拜沉默。因恶德与疑虑可令一切宁静的词语顿时烟消云散，化为肤浅的狡辩。还有何可说？空气的齿轮正在碾压人群的喉结。

好吧，那就让万物缩小成一个点。

好吧，打呵欠就是反抗，伸懒腰便算起义，喷嚏即憎恶，那每夜连绵不绝的呼噜，震耳欲聋，则是我们这一生静穆的怒吼。

正所谓：且因曾打落水狗，错过红海漏网鱼。乱曰：

大块噫气吼，
喝杀三不朽。
谁是真巉人，
未免旁观丑。
塔内玲珑恨，
塔外争是否。
出入大中小，
绑缚人口手。
提刀斩烟霞，
柔克强燮友。
鸿鹄志迷惘，
随风四处走。
花开漫天血，
鹰啸兔颤抖。
道成猛参将，
何必取人首。

看，夏日已经很盛大。"内心高兴我登上山岗"，俯瞰当代绚丽绽开的"四大精神病院"：医院、法院、学院、寺院——山水间鸡飞狗跳、草菅人命、误导儿童、诓骗众生，难道我该同情他们吗？政客、假僧、财主、乞丐、被遗弃的恋人、伪善的风水师、擅长催眠且自己也已被催眠了的教授、剃光脑袋躺在黑暗之床上哀号的病人；我望见恶霸、瘾君子与江湖术士风起云涌，野鸡、地头蛇与丘八波澜壮阔。一队队蓝色的警察走过金黄的乡野。在远方，在海畔，猩红的白人们端坐于军舰饕餮海鸥。呀！从未有人知晓，那些隐居在监狱中的幻想家，曾经为我们秘密指引过汉语的方向——我也知道，的确有三千七百九十四个疯子在管理着我们的世界，只是我们从不承认。在一个信息密集"浸润之谮，肤受之愬"的时代，谈何明远？我的苦恼是，我看见过一本真正的巨著，却无法咀嚼，更无法向你们反哺。如果还有词语，又何来疯癫？可没有词语的疯癫又能有多少深度？冷漠算什么？那亘古淫妇用她夺目的荣耀已统治了写作的山林，我们这一代的所有凤凰也都已化为恶臭的鸟残，令人厌倦。

唉，残酷，太残酷了！悲惨的友谊。人到最后都苍白乏味，千篇一律。爱即缺陷。最大的叛逆最终也不过是些俗不可耐的矜持和谎言。

寂静像叛军一样，昼夜在城外呐喊。而城内，寂静则被腰斩于市。唯有对寂静和你的回忆能陪伴着我们"放射着异彩沉沦"。

到了隆冬，我将在白伞盖下呢喃：究竟谁是最亲切的火？谁是最不可思议的三角形？谁是坐骑光明兽、构建版图的谋士？

老衲身为"新诗第一金刚"，放生还是杀生？那矗立于投降之国、高耸入云的西洋自鸣钟，不仅是对时间的好奇，且是对防弹玻璃钟罩的哲学研究：我们都活在罩内，做无氧运动。外面的世界似乎隐约也看得见，就像信息时代的网络绥靖。风景洞然，但你永远出不去。钟罩里的一切都是在封闭的环境中做顺时针疯狂旋转，而我们争分夺秒生活的激情本质，不过是机械原理罢了。

弹琴者呀，尔等何必披头散发歌代啸？琴放反了。

若某个大系统是假的，那内部的零件再真实也没有用。

我多么想"圆姿替月，润脸呈花，横虎步于朱轩，梦八门而出飞"[1]。

既然是以头撞墙，疼与不疼，最后的结果却终究是荒谬的。


# 六、撒园荽


如何是"闻其名，小儿不敢夜啼"？

黑暗是扁的，夏天是直的，唯有热是左的。

在罐装的人间：性欲能集中体现我们对山林的迷惘。

横练西学竖参史，满纸术语，不过是"老婆心切"。真好似处子论嫁，寡妇思汉，乃"铁牛背上刮龟毛，石女腰间寻兔角"，全是些空话。小流氓才街头斗殴，大流氓从不打人，甚

---

[1] "圆姿"一段本为不连续的三句，分别摘录截自《半截碑》（即唐代兴福寺僧人大雅集王羲之字之《镇国大将军吴文碑》），因出土后只剩半截，字句缺漏很多，故名。

至从不骂脏话，只谈哲学、家法与修养。不是吗?

> 醉来黑漆屏风上，
> 草写卢仝月蚀诗。

不，写什么都是多余的。道乃无言，转头皆空。人的一生就是逐渐走向自己的反面或侧面（恰如生与死是正面与反面，而鬼神则算是侧面），最后都会变成马尔库塞式的单面人吧。唯有艺术、情感与荒淫能让我们在麻木之余，重新找回一点往昔的美学和恶之荣耀，并尽量掩饰自己的羞愧。

> 出门不踏盘陀路，
> 归道须入乱云峰。
> 怪岩嵯峨插兰若，
> 斩碎溟滓洗玄同。
> 畏风扶头强作赋，
> 恐蛇拨草学冬虫。
> 欲得晚清睡狮意，
> 寒窗卧烧阿芙蓉。

石头路滑，一切哲学与僧侣都是假的。物质半真半假。那什么才是真的? 只有"我"是真的。元遗山之句意犹在耳："老阮不狂谁会得，出门一笑大江横。"

唏嘘：黑肉红牙獦獠家，不师古人师造化。

食静：这就是我的一日三餐，乃至多餐——是我将整个围绕着我的虚无啃光后，便成了世界现在这个样子。

332

犹记儿时，有人称上茅房曰"伦敦"（轮蹲），而旧时称房事为"敦伦"①。唯有晚清张祖翼②去英国时写了一部《伦敦竹枝词》，一举两得。因他既写西方女人多长胡须，以及"细腰突乳耸高臀"，也写"家家都爱挂春宫，道是春宫却不同"。为何有那么多的书用来修饰野兽对种类繁衍的焦虑和紧张感？有人膜拜坦克、刺刀与军舰，便有人供奉陶且、贞洁带与花营锦阵。有人取人头，便有人撒园荽③。有金字塔，便有《金瓶梅》。精神、精怪与精子，说到底都不过是对一个"精"字的演绎，何来色情？S与Z一定能阐释O吗？是否研究平等就等于是在研究杂交、血婚与人种学（恩格斯）？这千疮百孔的斑斓月窟中，到底云集过多少只双目充血的狡兔？

如何是斩？一柱擎天，烟消云散。

如何是醒？未有淫心不起早。

如何是骚？写诗君不器，老妇舌根长。

如何是露？无聊、啰唆与懒惰是推动历史的动力。

如何是屈？掌心掌背都是肉，你且伸脸过来。

如何是默？O O O O O O。

---

① 清人袁枚《新齐谐》卷二十一有"敦伦"一篇云："李刚主讲正心诚意之学，有《日记》一部，将所行事必据实书之。每与其妻交媾，必楷书：某月某日，与老妻敦伦一次。"

② 张祖翼（1849—1917）字逖先，号磊盦，又号濠庐、梁溪坐观老人，安徽桐城人。晚清书法家、篆刻及金石收藏家，著《伦敦风土记》《伦敦竹枝词》。

③ 园荽即芫荽，香菜之学名。周作人《八十自寿诗》有说明云："出语不端谨，古时称撒园荽，因俗信播芫荽时须口作猥亵语，种始繁衍云。"又说"古时出语不端谨，宋时人称为撒园荽"。不知出自何典。因此首涉及艳语，故名。

如何是怕？每日去菜市场，必得见血。

如何是虋？那鬼冷得直发抖，可见人皮不暖和。

如何是灯？太阳若鼓噪，吹熄了便是。

如何是打？少年反骨，如今已化作颈椎病。

如何是忘？花乃植物生殖器。

如何是得？信只是叙述，不信才是表达。

## 七、猫鼻煖

夏日，烧菊灰可治蠹虫。

低头寻团扇，举头食烈火。

心中响起一阵虚铎。

夜读月令粹编，可见：

无影塔、长命菜、留客雨、猫鼻煖①。

寿则多辱吗？人为何可以为了一句修辞而活，以及不许别人活？

每一座塔都是突然死去的秒针，静止不动。

天空黑如煮熟的肥肉，放在猩红的盘子中。

这热——是空气在反对什么吗？如电吹风在反对狂妄的头发，翻开的书在反对手。我看见"热"折叠着巨大的赤翼，停留在一个怪人身上。

"热"将轰然倒下、喘息、抽搐、哀鸣——如被瘟疫感染的白象群，集体腐烂在印度支那的向日葵地里，凶恶的气味数

---

① 见清人秦嘉谟《月令粹编·夏总·夏至》引《西阳杂俎》："猫鼻端常冷，惟夏至一日煖。"其余事也多载于该书。

月不散，残骸的宫殿密集森严。

你可曾见过从空中飞来的愁面鬼军？插满黑旗的队伍绵延山水云间，一望无际。世间有妖怪四十七亿八千五百七十三万零六百四十二个。那领头之人无头，名字叫作"乱"。他们都用牙齿走路，沿途留下惊天动地的血痕。

你看，世界太丑了——孩子们竟因此而好奇。花园已被弑，何必再徒留园丁？多少代人用绚烂的猥亵，纯男权的绝对美统治着无边的墓地。那求得荣耀者已然崩溃速朽，唯以身殉道者仍在继续闪光。恶童们在镀金的广场上惊叫。湛蓝的肥臀将曲意奉承粉红的金刚。反抗世界、机器、山林与体制……都流于表面，只有反抗内心之花才是骨子里的雷电。

或许我们都误读了"我在"。

先有在，然后有我；正如先有猫鼻，然后才有夏至。

> 三尺棍杖搅沧海，
> 半截皮鞭入梦深。
> 笤帚用来随日秃，
> 尘埃难上簸箕唇。
> 入蜀穷衲急跨卫，
> 出吴癫僧斗舰横。
> 敲冰煮茗燃一指，
> 击壤映雪读招魂。

夜深了，妻儿在病中哭泣。我是否还要面对新的考验？

我知道我的惆怅并不能成为人类的惆怅。

花前狂生已四十四岁，不动如山，鬓染秋霜，却为何尚未获得火的启示？为何我与一滴水之间的默契远远超过了每一个人？

那年苦夏，在星辰、敌人、乌鸦与古籍尽数被围剿的露台上，是谁曾告诉八大热狱中的少年"诗，能使绝望一词有具体的指向和意义"？我还记得他，我已忘记了他。记忆与遗忘都不过是生命在作弊，始终不变的只有一个荒谬权力的定数、热和语言。

## 八、驱山铎[①]

我就想整日坐着发呆，像一头衰老麻木的怪兽。

舌头静卧，如红海中沉重的装甲舰，它在为一场称霸而休息。

唾沫的惊涛骇浪，拍打着我咬死过苍穹的白牙。

厌倦呀，我不知道"厌倦"是否已成为毕生的事业。无言即雷霆。我每日都能听到无言之言在脑中怒吼，其声闻于野，振聋发聩，它赶着漫天飞翔的石头、花、妖魔、航母与尸首前进，斩除一切哲学，其形圆如暴君的黄钟：它是我一个人的驱

---

① 驱山铎，为传说中秦始皇之宝物，可以驱动山川，尽杀妖魔。如五代人王仁裕《玉堂闲话》以及明人董说《西游补》（孙悟空欲寻此物。"古人世界原系头风世界隔壁"一句，见该书第五回）与《楝花矶随笔》引《舆地纪胜》等书中多有记载。如云："宜春界钟山，有峡数十里，其水即宜春江也。回环澄澈，深不可测。曾有渔人垂钓，得一金锁，引之数百尺，而获一钟，又如铎形。渔人举之，有声如霹雳，天昼晦，山川震动，钟山一面崩摧五百余丈，渔人皆沉舟落水。其山摧处如削，至今存焉。或有识者云，此即秦始皇驱山之铎也。"

山铎。

先做梦，然后才能入睡。你以为睡着了，乃因你未尝真正做梦。

我梦见行走的通鉴、团扇与绢本。我梦见我面前的苦茶降解为下流的景色。为何恶棍多壮美，强盗最亲切？为何权力、魔法与性欲总是呈三角形？我梦见圆形早已寂灭，所有和尚都是剃光头、读假经或穿袈裟的野道士。人间教全都是异化的"阐教"。而亘古的道性早已金蝉脱壳，借尸还魂，暗中统一了所有神学，也包括明以后的儒家、景教、军阀、洋人、主义与一切自由知识分子所信奉的空中之灵。

我梦见我成为明代的猛犸，语言的獠牙多到六颗。第七颗正在昼夜不停地生长。

我梦见我的著作被后代们篡改、推翻与烧毁，只因他们渴望僭越我的悖论。

皇帝都有惊人的数学天赋，故而能在计算死亡时从不哭泣。可是我呢？仅仅"十七"这一个数字，便可令我彻夜流泪。

太悲惨了，山川丘壑都是被"无言"碾压后留下的黑渣滓。

童年高烧的耳鸣与群众的喧嚣并驾齐驱，统一了墙上的坤舆万国全图。

立秋之夜，隔山打牛，远远地有人在唱：

> 秃驴戒疤宫人痣，
> 烈士纹身囚徒刺。
> 狮子牡丹各一朵，

说部春秋分言志。
日上三竿懒罩染，
月满西楼下指迟。①
请来敲门赤面鬼，
尽吞万古不平事。

可人毕竟是脆弱的。太脆弱了。你看，怕得发抖的人通常是强者，而心如死灰的人通常却是温柔的父亲。

我希望我能炼成一支软心肠的镜中军队，可令人走进金色的假象。

头伏蒸笼时期，再听一听杜夏布勒的《叹息》吧，或再读一读迪诺·布扎蒂的《无期徒刑》，仿佛又回到了1987年夏天的醇亲王府。那时，斗室内经常会来许多人，空虚流动，又像是什么人都没来过。可惜，没有露台让我发表猖狂的演说，而所有的孩子都在等待着恋爱、恶作剧、音乐与彻夜的争论，并目睹窗外的落日化为一团惊人的黑色。

如今大家都散了，带着他们卑鄙的成长与体制的割礼，悻悻而去。

当年的房间里空无一人，唯有尖叫，仍在从中心放射。

古人大多是在随意地写、弹、画，今人大多是在认真地写、弹、画。

拟古乖时，陷今难拔，达与不达且两说，一认真便俗。

世界真的只有三种吗？——在、不在、无不在。——如实部、幻部、无幻部。

---

① "月满西楼下指迟"句，见明琴家徐青山《溪山琴况》所引严天池之诗。

338

"古人世界原系头风世界隔壁"吗？如此，头风世界又在何处？也许还有第四种：说不明白时，便请大吼一声吧。

## 九、夜半亭

"更衣时节荒山冷，野径行人一点白。"

气压太低了，头疼欲裂；太阳穴被绑缚在野猪林中，坐等十万只乌鸦横穿眼窝。我的悲伤与人类的悲伤完全相反：鲜血偶尔会让我有一丝秘密的喜悦。

边沁恐怕不能理解萨德，正如托马斯·阿奎那不能理解荀况，维特根斯坦不能理解特拉克尔（虽然他自称理解了后者的语言），巴塔耶、拉什迪、曼加内利也不能理解胡兰成、土方巽或佐伯俊男们的怪癖。恶并非完全是痛苦。更多时候，恶之所以能在人间长盛不衰，姹紫嫣红，乃是它总能令一部分人快乐。恶是制造浮华的螺旋桨，繁衍色情成就的绞肉机。除了反面性，它有时也是抵御功利主义的武器和最后的荣耀。恶的修辞，只要能抑制具体的灾难——这通常是最艰难的——它就比善更能反抗世俗，保持独立，为生活的卑微感复仇，并为爱与秩序重新赢得新的自由。

然而，并不是谁都有资格理解恶的舞姿。那是一种失败之舞。

正如夜半亭中，并不是谁都理解"寒风凛冽扫旷野，一僧正读碑"[①]。

---

① 引与谢芜村之俳句。与谢芜村（1716—1783）日本俳人，画家，也是中国艺术崇拜者。本姓谷口，因曾寄寓于松尾芭蕉传人早野巴人之夜半亭，故俳号也叫"夜半亭"（二世），另有许多画号，如谢长庚、春星、子汉等。

骸骨、阎王、乐谱、少女……横山竖水斜行人，我痛饮之物全都是黑色。我整夜在梦中流泪乃是因为逝去的友谊、愧疚的恋人、大恐怖以及某些奇怪的古籍。

说起令人怀念的友谊，令人厌倦的友谊——早年挚友们的分崩离析是我最深的悲痛。我梦见狂野的交谈、争执和酗酒，梦见当初最好的那帮人竟然全都鸟兽散了。清晨醒来，发现这哪里算梦，完全是四十岁后的现实。兔死狐悲，人性嬗变，只剩下我一个人还在怀疑。我应该用一生与这悲痛在月夜练推手，粘掤压放，引进落空。

读书吧——亭林是粥，南雷是盐，晚村是辣椒，唯船山是大萝卜头。

敢问方以智呢？药地炮庄，自然是牛黄解毒丸了。

> 小怒画鬼怪，
> 中怒画僧道。
> 大怒画花鸟，
> 至怒画木石。

踩虎头、履虎尾，敢问虎身虎毛虎牙虎爪在何处？

曰：梦中惊醒时便见。

他说他是博士，我则只想做个猛士。

学者多，会者少，达者无。

然而学即废，不会最亲切；所谓达，也即自起炉灶，从零开始罢了。世间真有达于彼者么？纯属自家门庭，被窝里混沌。心思千里万里，不过信步七尺八尺。哪里有什么达？我幸在未学、未会与未达之间。会与不会，学与不学，达与不达，说到底都是一厢情愿的事。不如乱吼一声，便得万籁俱寂：

> 二尺雪涧七寸松，
> 孤峦突兀乱云彤。
> 且驻小亭守长夜，
> 可与阴阳参大雄。
> 草木有见主无见，
> 造化庞然一疙瘩。
> 难得荆楚岁时意，
> 横渡此间黑窟窿。

狂霸凶狠之人最是多情，而宁静素雅者往往最是冷漠。

他们说的那一套，你不要再信了。

你写你的，他杀他的，而更多的人既看不见写，也看不见杀。大家都在不同的空间里自以为存在。其实是你存在你的，他存在他的。有何意义？

刑罚、科学、风俗、经济……每个人都已领教了，折腰了，也习惯了。

也许拜月亭就是风波亭，夜半亭就是且介亭。

天色降解如茶，山昏蝙蝠满天；今夜，我与那个写字之鬼可否仍在亭中相会，这完全取决于恋人是否能对飞逝的溪水说你从未动，对寂静的黑山说你正轰鸣。

# 十、安晚册①

晚安，一只寒鸦拉黑了山林的灯绳。

晚安，唯睡觉能救人；醒着的人都是在误人。

下午曾是头蹲在窗前的无头之鬼，其高难测，不敢望其项背。天色已暗，一切都被某种著名的"恨"蒙在鼓里。何为人间第一恨？不见就想，见了又无话可说。不是没话说，是不能说。语言可以否定，行为会被误解。激烈的修辞篡改了我们的本性。事实上人根本不能表达自己。大海是有限的，晚安是含蓄的。

古籍是奇异的线装冲锋枪，只是极少有懂如何开枪之人。

菜谱即传单。火车时刻表则是一本最秘密的小说。

你想：那么多人，都在按照设定的时间相聚、飞逝和别离，所有眼泪都是预订的。偶尔晚点，还会因此而遗憾，而埋怨。我就曾经见过一个怪人，火车到站了也不下车，只坐在那里翻来覆去地察看手上的一把金属勺子。

勺子里的时间是凹形的，光速的，就像1991年的勺园。

那时，你站在我面前，你与花与塔互为掎角之势，呈等边三角形。

世间有如幽兰般矜持、清雅之恶。恶都是超验的。恶有不必靠训诂来阐释思想的猥亵图画、恋人与故事；有足以推翻一个朝廷的萎靡尺牍，有比晚明山林与好望角森林中的黄金更耀眼的色欲；在此典裘沽酒的时代，我只愿与花椒、南瓜、竹石

---

① 《安晚册》本为八大山人晚年最著名的一套书画册页名。

或一座满是恶鬼的村落为伍，偏安一隅。世界本无意义，二百零七种文明都是自掘坟墓的空想与胡闹。人生的价值就是食色、迷惑与繁殖，其他诸如神学究竟、国家问题、数学、艺术、哲学或科学等都不过是一厢情愿的戏剧罢了。

记忆如鞭身派教徒将我的境界抽打。我恨不能终生只读书、杀生、性交、怒吼，或如一棵树那样完全没有方向，没有抱负，没有正反，并再也不去任何地方。

道在是矣。因若没有我，哪有这个世界？

叙述？沉默？且慢，行为已是大罪，根本就不应该有语言。

我本无须石霜楚圆之冷漠，亦无须拿塔纳埃勒[①]式的热忱。忘了他们吧。

> 昏夜无偈语，
> 万卷不走心。
> 类腋宣室志，
> 冥顽且介亭。
> 转头花恨蕊，
> 投崖雀登云。
> 玄思八十四，
> 惟念折枝情。

但所有往事都已过去了，只剩下厌倦、十三经注疏与一双布鞋。

我是我悬挂在三千白发前的一团漆黑窟窿。

---

① 拿塔纳埃勒，纪德《地粮》中虚构的一位少年信徒。

我是浑浊的圆形中正争分夺秒的腐烂圆心。

冷酷吧，狡兔多说无益。大人先生在自渎，孩子们则自奔前程，我也得不断地接受一次次荒谬的考验和新的灭亡，在原子与种子内"称帝"。

晚安，淫雨。晚安——晚年即我们的公元零年。

鸟在禅位。月光照耀亡国。寒山已经融化。恋人们正在收集抒情的尸体。

我望见手提敌军人头的少女在田野中飞奔，其笑如泣。

2016 年 9 月

**图书在版编目（CIP）数据**

恶魔师/杨典著 . -- 北京：作家出版社，2020.12
ISBN 978 - 7 - 5212 - 1148 - 1

Ⅰ.①恶… Ⅱ.①杨… Ⅲ.①短篇小说 – 小说集 –
中国 – 当代 Ⅳ.①I247.7

中国版本图书馆 CIP 数据核字（2020）第 196408 号

**恶魔师**

作　　者：杨　典
责任编辑：赵　超　赵文文
装帧设计：吴元瑛
出版发行：作家出版社有限公司
社　　址：北京农展馆南里 10 号　　　邮　　编：100125
电话传真：86 – 10 – 65067186（发行中心及邮购部）
　　　　　86 – 10 – 65004079（总编室）
E – mail: zuojia@zuojia.net.cn
http: // www.zuojiachubanshe.com
印　　刷：北京中科印刷有限公司
成品尺寸：135 × 195
字　　数：249 千
印　　张：11.25
版　　次：2020 年 12 月第 1 版
印　　次：2020 年 12 月第 1 次印刷
ISBN 978 – 7 – 5212 – 1148 – 1
定　　价：58.00 元

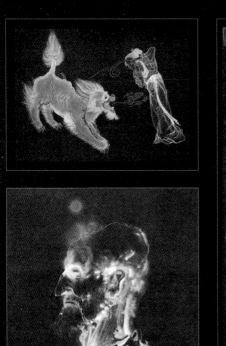
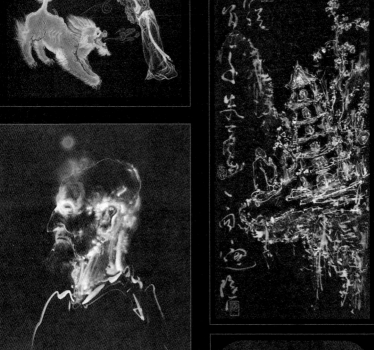

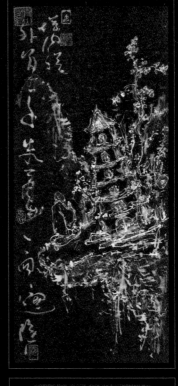
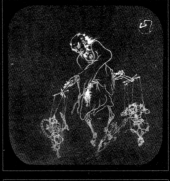

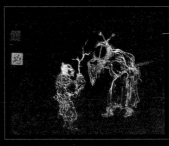
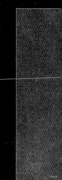